Henning Schäfer

Benjamin

Roman

schäfer verlag

Erstausgabe 11/2008

Umschlagbild: Albert Edelfelt
Druck: Druckerei Hubert & Co., Göttingen
ISBN 3-939482-02-1

1

»Möckmühl« stand auf dem blauen Abfahrtsschild. Heinrich Gerhard nahm den Fuß vom Gas, setzte den Blinker und verließ die Autobahn.

Er war noch nie in dieser Gegend gewesen, kannte das Tal der Jagst nur aus schwärmerischen Berichten von Freunden, die es durchradelt hatten. Es war für ihn lediglich ein kleiner Umweg, eine geringfügige zeitliche Verzögerung, die er sich leisten konnte. Er war gut vorangekommen auf seiner Fahrt von Nordhessen bis hier hinunter ins Schwäbische. Außerdem, dort, wohin er wollte, würde vor Mittag niemand anzutreffen sein. Alle waren im Weinberg, erst zum Essen würden sie ins Dorf zurückkehren.

Bei Züttlingen überquerte er den schmalen Fluss und fuhr auf der Uferstraße talabwärts. Er freute sich auf die vor ihm liegenden Tage. Auch als Pensionär gab es für ihn noch vieles zu entdecken, waren Erfahrungen zu machen, zu denen er in seinem mit Arbeit angefüllten Leben als Arzt nicht gekommen war und die zu machen ihn schon immer gereizt hatten.

Während einer Familienfeier im Sommer, an der er mit Franziska und den Kindern teilgenommen hatte, war er mit dem Mann seiner Nichte Kerstin ins Gespräch gekommen. Bernhard, ein Winzer im Württembergischen, hatte ihm von den Schwierigkeiten erzählt, in der Lesezeit genügend geeignete Leute zu finden, Arbeitskräfte, die willens waren, von morgens bis abends im Weinberg zu stehen, um Eimer und Kiepen mit Trauben zu füllen. Spontan hatte Gerhard zugesagt, sich als Erntehelfer für einige Tage zur Verfügung zu stellen. Schon immer hatte die Lesezeit im Herbst für ihn einen Zauber besessen, dem er sich bisher allerdings nur als trinkender Genießer hingegeben hatte. Nun also würde er die andere Seite kennenlernen, die Mühe und Plackerei, die der Weingewinnung vorausgingen.

Kurzfristig befiel ihn eine leichte Bangigkeit, als er an die ungewohnte Arbeitsbelastung dachte, die auf ihn wartete. Schnell aber verdrängte er diesen Gedanken und freute sich auf das bevorstehende Abenteuer.

Der Nebel, der noch am Morgen in den Tälern gelegen hatte, war nun nahezu vollständig verschwunden. Mildes Sonnenlicht breitete sich über die taufeuchten Flusswiesen und spiegelte sich im ruhigen Wasser der Jagst.

Gerhard genoss die verträumte Landschaft. Er bummelte über die kurvenreiche Talstraße, die den Windungen des Flusses folgte, und dachte an Franziska. Ihr Gesicht tauchte vor ihm auf, er hörte ihr Lachen, roch den Duft ihres Haares. Hätte er nicht am Steuer seines Wagens gesessen, er hätte die Augen geschlossen und sich dem schönen Bild ganz hingegeben.

Franziska war zurückgekommen, heimgekehrt auf immer, wie sie versprach, an den Ort, an dem sie sich vor Jahren ihre gemeinsame Bleibe aufgebaut hatten. Ihm kam der Tag in den Sinn, als sie zum ersten Mal vor dem langgezogenen Fachwerkgebäude gestanden hatten. Gut noch erinnerte er sich ihrer Begeisterung beim Anblick des alleinstehenden Bauernhauses. Auch wenn ihnen klar gewesen war, wie viel Arbeit und Schweiß die Renovierung des Gebäudes erfordern musste, sie hatten vom ersten Augenblick an gespürt, dass sie hier am Rande des kleinen nordhessischen Dorfes Oberhone ihre neue Heimat finden würden.

Und nun war Franziska wieder eingezogen in ihr gemeinsames Haus. So, wie es ihrer spontanen Art entsprach, war sie vor drei Wochen auf den Hof gefahren, war mit dem sprichwörtlichen Köfferchen in der Hand dem Auto entstiegen und hatte ihm verkündet: »Da bin ich wieder. Und diesmal bleibe ich, für immer. Nächste Woche kommen die Möbel nach.«

Kurz darauf am Kamin hatte er dann den Sachverhalt genauer erfahren: Es war eine Bauchentscheidung gewesen, versicherte ihm Franziska. Sie hatte den Mietvertrag ihrer Göttinger Wohnung, in die sie vor einigen Jahren aus geschäftlichen Gründen eingezogen war, kurzerhand aufgekündigt und ein Speditionsunternehmen mit der Ausräumung des Mobiliars beauftragt. Ihr Reiseunternehmen habe sich so gut entwickelt, ihre Stammkundschaft sich so vermehrt, dass es von nun an ausreiche, dass Siggi, ihre Mitarbeiterin, das Büro besetzt halte. Sie, Franziska, habe sich überlegt, dass sie genauso gut von Oberhone aus das Unternehmen führen konnte. Außerdem habe sie, um mehr Zeit für ihn zu haben, ihre Einbindung in das Reisegeschäft erheblich verringert. »Das verstehst du doch!« Mit strahlenden Augen hatte sie ihn angesehen. »Denk nur, was wir jetzt alles zusammen unternehmen können!«

Seinem Vorschlag, ihn doch gleich, quasi als Beginn dieser gemeinsamen Aktivitäten, zur Weinlese nach Schwaben zu begleiten, hatte sie zunächst begeistert zugestimmt. Dann aber war ihr eingefallen, dass sie zumindest für die ersten Tage, an denen er Bernhard zu helfen versprochen hatte, terminlich verhindert war. Aber sie wollte, sobald sie entbehrlich war, mit dem Zug nachkommen. So hatten sie vereinbart, dass sie telefonieren würde, wann sie käme. Heinrich hatte versprochen, sie dann in Heilbronn vom Bahnhof abzuholen.

Als er in Bad Friedrichshall einfuhr, wurde Gerhard aus

seinen abschweifenden Gedanken in die Gegenwart zurückgeholt. Der Verkehr hatte zugenommen, Industrieansiedlungen säumten die Straße, Fabrikschornsteine kündeten von der Wirtschaftskraft dieser Neckarregion. Vorbei war die Beschaulichkeit des stillen Jagsttales. Die geschäftigen Verkehrsadern, der schiffbare Fluss, die Schnellstraßen und Bahnlinien bestimmten hier den Rhythmus.

Gerhard beschloss, sich dem zu entziehen und weiterhin über Land sein Ziel anzusteuern. Unter der imponierenden mittelalterlichen Stadtsilhouette von Bad Wimpfen überfuhr er die Neckarbrücke und kletterte auf kurvenreicher Straße den westlichen Talhang hinauf. Das lebhafte Treiben der Flussniederung blieb hinter ihm zurück.

Noch einmal während seiner Fahrt durch eine friedvolle Hügellandschaft mit Dörfern, deren Namen er noch nie gehört hatte, kehrten seine Gedanken zu Franziska zurück. Er dachte an die eigenartige Eheführung, die sie zuletzt praktiziert hatten: Als damals seine Frau nach Göttingen gezogen war, hatte Gerhard zunächst befürchtet, dass ihre Ehe unter dieser Trennung leiden könnte. Aber im Nachhinein, jetzt, nachdem Franziska zurückgekehrt war, stellte er fest, dass das zeitweilige Getrenntsein ihrer Beziehung nicht geschadet hatte. Im Gegenteil, es hatte ihre Ehe belebt, sie jung und spannungsreich gehalten. Ungeachtet der räumlichen Distanz waren sie oft zusammen gewesen, hatten ihre Begegnungen zu Festen und Ereignissen gemacht und ihnen das Flair des Besonderen gegeben. Dennoch, er war froh und dankbar über Franziskas Rückkehr. Nach über dreißig Ehejahren war seine Frau ein so großer, unverzichtbarer Teil seines Lebens, dass es ihn mit Glück erfüllte, sie jetzt wieder ganz in seiner Nähe zu haben.

Die zunehmenden Weinanbauflächen links und rechts

der schmalen Straße verrieten Gerhard, dass er sich seinem Ziel näherte. Die hügelige Landschaft wurde bergiger, am Höhenzug des Heuchelberges zogen sich die Wingerte bis dicht unter die bewaldeten Gipfel. Er erinnerte sich, gelesen zu haben, dass die württembergische Zaberregion eines der größten zusammenhängenden Weinanbaugebiete Deutschlands darstellte. Das, was sich seinem Blick zeigte, schien diese Feststellung zu bestätigen: Weinberg reihte sich an Weinberg, soweit das Auge reichte.

Hausen an der Zaber lag nicht an der Zaber, sondern am Neipperger Bächle, das erst knapp einen Kilometer südlich des Dorfes in die Zaber mündete. Aber so genau nahm man das nicht bei der Namenskennzeichnung des kleinen Weinortes, den Gerhard von Norden her erreichte. Einmal schon war er hier gewesen, zum Hochzeitsfest seiner Nichte. Damals war, wie es sich für einen Winzerbräutigam geziemte, in den Räumlichkeiten der Weingärtnergenossenschaft gefeiert worden. Gerhard erkannte das Gebäude wieder, als er es jetzt passierte.

Sein Blick ging hinüber zur anderen Straßenseite. Richtig, dort stand die »Jupitersäule«, an die er sich noch gut erinnern konnte. Zwar war sie nur die Nachbildung einer an dieser Stelle gefundenen fast 2000 Jahre alten Römersäule, doch sie stellte für die Hausener gleichermaßen wie für Fremde eine touristische Attraktion dar, die allerdings auch die einzige des verschlafenen Ortes war.

Wenige hundert Meter weiter die Straße hinunter lag das Anwesen des Winzers Bernhard Schmoll. Gerhard hielt am Bordstein vor dem Haus und stieg aus seinem Wagen. Ein orangefarben lackierter rostiger VW-Bus stand in der Einfahrt. Durch die schmutzigen Scheiben konnte er Bottiche, Kanister und Eimer erkennen, Rebenscheren und

Handschuhe waren auf einer Plastikdecke abgelegt. Die Lesemannschaft war augenscheinlich zur Mittagspause aus dem Weinberg zurückgekehrt.

Er betrat den gepflasterten Hof. Ein prächtiges Weinspalier zog sich an der Langseite des Wohnhauses hin bis hinauf zur Dachtraufe. Die roten Blätter der alten Rebstöcke leuchteten in der warmen Oktobersonne.

Neugierige Augenpaare sahen Gerhard von zwei in der Mitte des Hofes platzierten Tischen entgegen. An dem einen saß, vor sich Teller und Gläser, die Gruppe der Weinleser in geduldiger Erwartung des Mittagessens. Sie genoss, das war offensichtlich, die Ruhe nach einem arbeitsreichen Morgen.

Wesentlich temperamentvoller und lauter ging es an dem anderen Tisch zu, an dem sich die Kinder zusammengesetzt hatten. Hier waren die Gespräche angeregter, die Bewegungen lebhafter. Kleine Flüssigkeitslachen verschütteter Getränke auf der gelben Wachstuchdecke legten Zeugnis von der ausgelassenen Stimmung ab.

Gerhard trat zu den Erwachsenen und klopfte mit dem Knöchel auf die Tischplatte. »Hallo«, entbot er den auch im Schwabenland verständlichen bundeseinheitlichen Gruß und fügte erklärend hinzu: »Ich bin der Neue.«

Kerstin stand auf und kam um den Tisch herum. Sie umarmte ihren Onkel und stellte ihn vor: »Das ist Heiner, Verwandtschaft aus Oberhone, einem Dorf bei Eschwege«, und als sie die Verständnislosigkeit in den Augen der Sitzenden sah, ergänzte sie: »Eschwege in Hessen, ganz oben im nördlichsten Zipfel des Landes.«

Zunächst wollte Gerhard protestieren, klang doch die geografische Lokalisierung seiner Nichte so, als käme er aus einer abgelegenen arktischen Region. Dann aber erinnerte er sich, dass Kerstins Qualifizierung gar nicht so abwegig war, wurde doch das waldreiche, bergige Nordhessen wegen seines rauheren Klimas gelegentlich auch »Hessisch-Sibirien« genannt. Er beließ es bei einem Achselzucken. »Heiner ist gekommen, um uns bei der Weinlese zu helfen.«

Das zustimmende Gemurmel und Kopfnicken zeigte, dass mit dieser Mitteilung endlich alle etwas anfangen konnten.

»Komm, hock dich zu uns, s‘ gibt gleich Essen«, forderte eine der Frauen ihn auf und rutschte auf der Bank zur Seite. »Du musst hungrig sein nach der langen Fahrt.«

»Aber ich habe doch noch gar nichts gearbeitet«, protestierte Gerhard, während er sich zwischen die Sitzenden zwängte.

»Da mach dir mal keine Sorgen. Arbeit ist noch genug da – vielleicht mehr, als dir lieb ist«, versicherte ihm lächelnd sein Nachbar zur Rechten und legte ihm die Hand auf den Arm. Dabei fragte er nach: »Heiner heißt du also – und bist mit der Kerstin verwandt?«

»Ja, ich bin ihr Onkel. – Eigentlich heiße ich ja Heinrich. Aber so nennt mich nur meine Frau, alle anderen sagen Heiner zu mir.«

»Na, Heiner, dann lass dir's schmecken.«

Inzwischen hatte Bernhard die Würste vom Grill genommen und Kerstin die Schüsseln mit dem Kartoffelsalat gebracht. Selbst am Kindertisch verstummte kurzzeitig das Rufen und Lachen, als die Teller gefüllt waren und die Münder zu kauen begannen.

Auch Gerhard langte kräftig zu. Die anfängliche Befangenheit war verschwunden, schon jetzt fühlte er sich als Teil dieser Mannschaft, die ihn mit soviel natürlicher Selbstverständlichkeit aufgenommen hatte. Er biss in seine Wurst und blinzelte in den wolkenlosen Himmel, von dem eine wärmende Herbstsonne unverändert herunterstrahlte. Er war froh, gekommen zu sein. Eine freudige Erwartung erfüllte ihn, als er an den Nachmittag dachte und an die Tage, die noch vor ihm lagen.

An diesem Abend hatte die Gaststätte »Goldenes Lamm« in Brackenheim nur wenig Kundschaft. Drei Männer saßen am runden Tisch und spielten Skat. Ein älterer Herr und eine attraktive junge Frau – vielleicht die Tochter, vielleicht auch nicht – tranken aus bauchigen Henkelgläsern den neuen roten Wein, der jetzt überall frisch aus der Kelter kam.

Gerhard war der einzige Gast, der an der Theke saß und Bier in diesem Weinland trank. Er hatte die Arme auf den Tresen gelegt und betrachtete das unabwaschbare Muster seiner Handlinien, das die gepflückten Trauben hatten hervortreten lassen.

»Sie haben wohl geholfen beim Beerenlesen?«, konstatierte die Wirtin. Ihr waren Hände wie diese offensichtlich vertraut.

»Ja«, nickte Gerhard, »bis in die Dämmerung hinein haben wir gelesen. Oben am Hang unterm Hörnle.«

Ein wissendes Lächeln breitete sich über das gutmütige Gesicht der Frau, als sie feststellte: »Ja, da am Berg, da ist's steil. Das spürst du dann abends im Rücken.«

Das hatte Gerhard bereits am eigenen Körper erfahren müssen. Mit jeder Bewegung, jeder Drehung war ihm der Schmerz bis hinauf in die Schulterblätter gezogen. Aber welch geringer Preis war das für diesen schönen Nachmittag. Zwar hatte es eine Weile gedauert, bis er das Arbeitstempo der anderen ernteerfahrenen Weinleser einigermaßen mithalten konnte. Zu penibel war er anfangs gewesen, hatte jede Traube genauestens auf faule, welke oder pilzbefallene Beeren untersucht. Aber nach einiger Zeit hatte sich auch bei ihm eine gewisse Routine eingestellt. Die stille und gleichmäßige Arbeit hatte schon bald die Spannung, die vor Beginn der ungewohnten Tätigkeit in ihm entstanden war, aufgelöst. Dort oben am Berghang, von dem der Blick unbegrenzt über weinkultiviertes Land schweifen konnte, war er schon bald von einer Ruhe durchdrungen worden wie schon lange nicht mehr.

Nun war er froh, Kerstins Einladung zum Übernachten in ihrem Haus abgelehnt zu haben. Hier in dem nur zwei Kilometer von Hausen entfernten Brackenheim, in der Geborgenheit des anheimelnden Gasthofs, war er niemand anderem als sich selbst verantwortlich, konnte sich, wie an diesem Abend, ungestört seinen Gedanken und Empfindungen hingeben und das Tagesgeschehen nachwirken lassen. Er spürte, wie eine wohltuende Schläfrigkeit langsam von ihm Besitz ergriff. Es war Zeit, zu Bett zu gehen.

Er trank sein Bier aus, stellte das Glas auf dem Tresen ab und legte ein Geldstück daneben. Der morgige Tag würde anstrengend werden, ihm einiges an Kraft und Ausdauer abfordern. Früh schon wollten sie mit der Weinlese weitermachen, um die beständige Schönwetterlage auszunutzen. Mit müden Beinen stieg Gerhard die Treppe zu seinem Zimmer hinauf. Jeden Muskel seines Rückens spürte er unter den Erschütterungen der Schritte. Schwerfällig entkleidete er sich und kroch mit vorsichtigen Bewegungen unter die Decke. Noch bevor er die Nachtischlampe ausschalten konnte, war er eingeschlafen.

2

Es war kurz vor der Frühstückspause – gut zweieinhalb Stunden intensiver, meist schweigsam verrichteter Lesearbeit lagen hinter ihnen –, als Gerhard Benjamin zum ersten Mal erblickte. Eigentlich wurde er auf den Jungen erst aufmerksam, als Lore, Bernhards Mutter, sich aufrichtete und mit der Rebenschere den Hang hinaufdeutete. »Hör nur, wie still's geworden ist.«

Tatsächlich, das fröhliche Lärmen und Lachen, das ihnen vor einigen Minuten die Ankunft des VW-Busses mit Kerstin, den Kindern und dem Frühstück angezeigt hatte, war nun vollständig verstummt. Gerhard folgte Lores Blick hinauf zu dem am Wegrand abgestellten grünen Traktor.

Nun, die Kinder waren noch da. Er sah sie deutlich – sieben oder acht waren es. Dichtgedrängt hockten sie in der Fahrerkabine des Treckers, das Farbspiel ihrer bunten Jacken und Anoraks war unübersehbar. Reglos und schweigsam schauten sie einen blonden Knaben an, der, gegen das Lenkrad gelehnt, zu ihnen zu sprechen schien.

»Wie dominant dieser kleine Bursche ist«, flüsterte Lore neben Gerhard, »und wie fasziniert ihm alle zuhören.«

»Wer ist das? Ist er von hier?«

»Nein, er ist bestimmt nicht aus dem Dorf. Sonst müsst ich ihn doch kennen. So'n Bub, der fällt auf.«

Von oben rief Kerstin zum Frühstück, eine Aufforderung, der jeder gerne nachkam. Die Sonne hatte es inzwischen geschafft, den Dunst des Morgens aufzulösen. Sie strahlte von einem hohen, klaren Himmel, der dem gestrigen in nichts nachstand.

Gerhard hielt den dampfenden Kaffeebecher in beiden

Händen und sah sich nach dem blonden Jungen um. In der Traktorkabine befand sich nun niemand mehr. Auch die Kinder waren dem Aufruf zum Frühstücken gefolgt, hatten sich mit Saft und belegten Brötchenhälften eingedeckt und in das unter der Sonneneinstrahlung inzwischen abgetrocknete Gras gesetzt.

So sehr er auch Ausschau hielt, er konnte den unbekannten Knaben nirgends entdecken. Erst als Lukas, ein Nachbarkind der Schmolls, Brötchen auf einen Pappteller häufte und mit den Worten »das bringe ich Benjamin« hinter dem Anhänger verschwand, erblickte Gerhard den Jungen, der dort im Schutz der Räder kauerte.

»Sag mal, Timmy, wer ist denn der Blonde, der eben mit euch auf dem Traktor war? Kennst du den?« Lore sah ihren neunjährigen Enkel fragend an, während sie ihm Saft in den Becher goss.

»Nein«, schüttelte Tim den Kopf. »Der war heute zum ersten Mal hier.«

»Was hat er euch denn Interessantes erzählt?«, wollte Opa Herbert wissen. »Ihr habt ja alle ganz andächtig zugehört.«

»Das hast du also auch bemerkt?« Lore fasste ihren Mann am Arm. »Richtig gebannt haben sie dem Bub gelauscht. – Also komm, erzähl's uns jetzt«, forderte sie ihren Enkel auf, »von was hat er gesprochen?«

Unschlüssig sah Tim seine Großeltern an. Es war deutlich zu sehen, wie er mit sich rang. Sein Mund stand halboffen, die Augen waren geweitet.

»Eigentlich darf ich ja nichts verraten.« Aber das Vibrieren der Stimme, das Zittern seiner kleinen Hand, das den Saft über den Becherrand schwappen ließ, verrieten die zunehmende Erregung und das nun nicht mehr zu beherrschende Bedürfnis, jemandem das Geheimnis mitzuteilen. Ängstlich sah er sich um, ehe es aus ihm mit einem schauernden Flüstern hervorbrach: »Benjamin ist auf der Flucht.«

»Aha, auf der Flucht.« – Herbert sah erst seine Frau, dann Gerhard an. Bedeutungsvoll schob er die Lippen vor und hob die Augenbrauen. Schließlich wendete er den Kopf zur Seite, um sein Lächeln vor dem Kind zu verbergen. »Auf der Flucht«, wiederholte er, »wohl vor Piraten? Oder vielleicht vor Indianern?«

»Nein«, informierte ihn Tim mit großer Ernsthaftigkeit, »Benjamin ist auf der Flucht vor der Polizei.«

»Ja, ja.« Lore nickte ihrem Enkel zu, fasste ihn um die Schultern und drehte den schmächtigen Körper der Stelle zu, an der die Kinder im Gras saßen. »Timmy, geh wieder zu den andern. Und den Benjamin, den holt ihr jetzt zu euch. Ist doch klar, dass ihr ihn beschützen müsst, wo er doch auf der Flucht ist.«

Nur kurz zögerte Tim, dann rannte er los, um der übrigen Schar Lores Vorschlag zu unterbreiten. Aus den Augenwinkeln beobachtete Gerhard, wie nach kurzer Beratung Tims fünfjähriger Bruder Lennart zu dem von der Polizei Verfolgten losgeschickt wurde.

Die Frühstückspause ging zu Ende, Bernhard rief zum Weitermachen auf. Bevor er mit Eimer und Schere zwischen die Rebstockreihen eintauchte, drehte Gerhard sich noch einmal um. Oben am Wegrand konnte er jetzt Benjamins blonden Haarschopf aus der Mitte der Kinderschar hervorleuchten sehen. Wie die Türme einer Wallanlage hatten sich die Buben und Mädchen um ihn gruppiert, als wollten sie ihn mit ihren kleinen Körpern vor dem Zugriff der Polizei abschirmen.

Zufrieden brummte Gerhard vor sich hin. Nun konnte Benjamin nichts mehr passieren. Einer für alle, alle für einen, das galt auch noch heute, da würden es die Ordnungshüter schwer haben, des Jungen habhaft zu werden. Kurz dachte er an seine eigene Kindheit zurück, an die Fantasiespiele, die sie sich seinerzeit ausgedacht hatten. Wie wenig unterschieden sie sich von den heutigen. Auch damals schon war die Polizei in der kindlichen Vorstellungswelt eine geeignete Institution gewesen, um eine bedrohliche Lage zu schaffen. Er lachte und machte sich auf den Weg den Berg hinunter zu dem Weinstock, an dem er vor der Pause mit dem Lesen aufgehört hatte.

Schon am Mittag war abzusehen, dass sie mit dem für heute vorgenommenen Arbeitspensum früher als erwartet fertig werden würden. Die diesjährige Erntequalität hatte es ihnen leicht gemacht, Eimer und Butten zu füllen. Nahezu makellos hingen die Lembergertrauben an den Stöcken, kaum eine Beere musste herausgekratzt, kaum eine Spitze abgeschnitten werden.

Zweimal schon hatte der Traktor den Hänger mit den vollen Zubern zur Weingärtnergenossenschaft gebracht, jedesmal begleitet von den Kindern, die es sich nicht hatten nehmen lassen, die Fahrten ins Dorf mitzumachen und dem Entleeren der Traubenbehälter beizuwohnen. Benjamin durfte dabei stets auf dem Ehrenplatz neben dem Fahrer sitzen. Nach wie vor bildete er den Mittelpunkt der jungen Gesellschaft. Die Aura des Geheimnisvollen, mit der er am Morgen in den Kreis der Kinder eingetreten war, umgab ihn auch noch am Nachmittag mit unveränderter Strahlkraft.

Man nahm allgemein an, dass der Knabe zu einer der

vielen Lesemannschaften gehörte, die momentan im Weinberg tätig waren. Wahrscheinlich waren seine Eltern froh, dass ihr Sohn Kontakt zu anderen Kindern gefunden hatte und sie nicht bei der Arbeit störte. Lore hatte vergeblich versucht, Näheres über Benjamins Herkunft herauszufinden. Es war ihr lediglich gelungen, den Nachnamen und den Wohnort in Erfahrung zu bringen. Benjamin hieß Kramer und wohnte in Brackenheim. Weitere Fragen nach seiner Familie hatte der Junge ausweichend oder gar nicht beantwortet.

Die Sonne stand noch hoch über dem Höhenrücken des Strombergs, als die letzten Trauben gelesen und die letzten Eimer in die Zuber geleert waren. Noch einmal wurde die Beerenlast auf den Hänger gehievt. Man sammelte die Gerätschaften ein und verstaute sie im VW-Bus. Der Arbeitstag war beendet, der Winzer mit dem guten Ernteertrag mehr als zufrieden.

»Ihr wisst, dass morgen frei ist«, erinnerte Bernhard. »Die Genossenschaft muss erst die angelieferten Beeren verarbeiten, ehe sie neue annehmen kann. Übermorgen machen wir weiter.«

»Aber heute haben wir Grund zum Feiern«, verkündete Kerstin und deutete zu der blauroten Beerenpracht auf dem Hänger. »Wer gut arbeitet, muss auch gut essen. Ich habe zwei Bleche Zwiebelkuchen vorbereitet. Gleich, wenn ich heimkomme, schiebe ich sie in den Ofen. In einer Stunde dürften sie dann fertig sein. – Und neuer Wein ist auch genügend da. Na, wie ist's mit euch?«

Zustimmendes Brummen und Nicken signalisierte die freudige Annahme der Einladung, der richtige Abschluss nach einem arbeitsreichen Tag.

»Du bist doch auch dabei, Heiner?«, fragte Kerstin und

machte ihrem Onkel das Kommen schmackhaft. »Schwäbischer Zwiebelkuchen, das ist eine Köstlichkeit. Den muss man einfach probiert haben, wenn man zur Lesezeit im Schwabenland ist.«

Gerhard versicherte seiner Nichte, wie sehr er sich auf ihren Zwiebelkuchen, den Wein und den Abend im Schmollschen Haus freue. Schließlich war er ja hergekommen, um den Ablauf einer Weinlese in ihrem ganzen Spektrum kennenzulernen. Das feierabendliche Zusammensein mit den Arbeitskollegen gehörte natürlich dazu.

Ein Streifenwagen der Polizei kam den geteerten Weinbergweg heraufgefahren. Hin und wieder verlangsamte er das Tempo, so als hielten seine Insassen nach etwas Ausschau. Dann beschleunigte er wieder, kroch weiter den Hang hinauf, bis er schließlich neben dem VW-Bus zum Stehen kam.

Die Fahrerin, eine junge Polizistin mit Sommersprossen im Gesicht, ließ die Seitenscheibe herunter und streckte den Kopf aus dem Fenster. Suchend ging ihr Blick über die Rebstockreihen. Auf der Beifahrerseite entstieg ein hagerer Beamter dem Dienstfahrzeug und kam um den Wagen herum auf die Gruppe der Weinleser zu. Die Hand mit der Schirmmütze, die er sich gerade auf den Kopf setzen wollte, hielt in halber Bewegung inne, als er das Winzerehepaar erkannte.

»Hallo, Familie Schmoll«, grüßte er, legte dabei zwei Finger an die Schläfe und klemmte die Kopfbedeckung unter den Arm. Während er den übrigen Anwesenden freundlich zunickte, fiel sein Blick auf den beladenen Hänger: »Sieht nicht schlecht aus, Herr Schmoll, was Sie da drauf haben.«

»Ja, es war ein guter Erntetag heute«, bestätigte Bernhard, »der Lemberger ist dieses Jahr ausgezeichnet.«

»Schön für die Winzer«, freute sich der Polizist und klopfte zwei,- dreimal anerkennend, so wie man Pferde nach außerordentlichen Leistungen tätschelt, auf die geschlossene Heckklappe des Anhängers.

»Sind Sie dienstlich hier, Herr Krenzinger?«, wollte Kerstin wissen, »oder machen Sie nur eine Spazierfahrt?«

»Wir suchen ein Kind«, ließ sich die im Auto sitzende Beamtin vernehmen. »Einen zehnjährigen Jungen. Er wurde gesehen, als er in die Weinberge lief.«

»Und warum suchen Sie ihn? Hat er etwas verbrochen?«

»Nein, nein«, Herr Krenzinger schüttelte betrübt den Kopf. »Das Ganze ist eine traurige Geschichte. Der Junge ist weggelaufen, als wir heute Morgen seinen Vater verhaften mussten.«

»Verhaften? Warum denn das?«

»Er soll einen Mord begangen haben. Näheres wissen wir noch nicht. Wir haben ihn auf Anweisung der Kollegen von der Kripo verhaftet und nach Heilbronn gebracht.«

»Und was ist mit der Mutter?«

»Unauffindbar. Sie lebte schon lange nicht mehr bei ihrem Mann. War mit einem anderen durchgebrannt. Das Kind wohnte alleine mit seinem Vater in Brackenheim.«

»Ist der Bub vielleicht blond?«, erkundigte sich Herbert ahnungsvoll.

»Ja«, gab die Polizistin aus dem Auto heraus Auskunft, »strohblond. Sein Name ist Benjamin Kramer. Haben Sie so einen Jungen heute hier im Weinberg gesehen?«

Gerhard drehte unwillkürlich den Kopf in die Richtung, in die Benjamin und die übrigen Kinder verschwunden waren. Sie hatten zur Quelle hinunterlaufen und sich die saftverklebten, verschmutzten Finger säubern wollen. Bevor

Kerstin antwortete, wollte sie erst noch wissen: »Was passiert mit dem Kind, wenn Sie es gefunden haben? Kommt es dann zu Verwandten?«

Der Polizist zuckte die Schultern: »Soweit wir bisher ermitteln konnten, existieren väterlicherseits keine Verwandten. Herr Kramer war ein Einzelkind, seine Eltern, die Großeltern des Jungen also, sind beide tot. Und von der Mutter fehlt, wie gesagt, jede Spur. Wir wissen nicht einmal, ob es von ihrer Seite überhaupt Verwandtschaft gibt. – Wir werden ihn wohl dem Jugendamt überstellen müssen«, bedauerte Herr Krenzinger. »Falls wir ihn überhaupt finden.«

»Nun, Sie haben ihn schon gefunden.« Kerstin deutete auf die Gruppe von Jungen und Mädchen, die nassgespritzt und nicht wirklich sauberer als vorher zwischen den Rebstöcken den Hang herauftrottete. »Der Blonde in der Mitte, das ist Benjamin Kramer.«

Auch die Polizistin stieg jetzt aus dem Wagen. In tatenfrohem Schulterschluss stellte sie sich neben ihren Kollegen und sah den Kindern entgegen. Kurz schilderte Kerstin, wie der fremde Junge am Morgen zu ihnen gestoßen war und den Tag in ihrer Gesellschaft verbracht hatte.

»Wir gingen davon aus, dass die Eltern, so wie wir, im Weinberg arbeiteten. Wie es wirklich war, konnten wir ja nicht ahnen.«

Die junge Schar kam nun zügig den Berg herauf, fast schon war der Weg erreicht. Noch hatte Benjamin den vom Bus verdeckten Streifenwagen und die wartende Polizei nicht bemerkt. Zu sehr war er ins Gespräch mit seinen neuen Freunden vertieft.

In Kerstin kam jetzt Bewegung. Mit einer Entschlossenheit, die Gerhard seiner Nichte gar nicht zugetraut hätte, trat sie auf die uniformierten Beamten zu, fasste sie am Arm und zog sie mit sich hinter den Traktor. »Herr Krenzinger, Sie kennen uns, kennen unsere Familienverhältnisse, wissen, wie wir wohnen und leben. Was halten Sie davon, wenn Benjamin vorläufig bei uns bleibt? Solange zumindest, bis geklärt ist, was mit seinem Vater wird – oder ob es Verwandte gibt, bei denen er unterkommen kann.«

Überrumpelt von dem überraschenden Vorschlag sahen sich die Polizisten unschlüssig an.

»Tim ist fast gleichaltrig«, warb Kerstin weiter, »und nahezu gleich groß. Es dürfte also mit Wäsche und Kleidung keine Schwierigkeiten geben. – Und sehen Sie selbst, wie wohl sich Benjamin in dieser Gruppe fühlt. Von Anfang an wurde er von den anderen akzeptiert und aufgenommen.«

Verborgen hinter der Motorabdeckung des Traktors beobachteten sie die herannahenden Kinder, deren Sprechen und Lachen jetzt deutlich vernehmbar war. Ratlosigkeit schwang in Herrn Krenzingers Worten, als er sich zu seiner Kollegin drehte und sie anflehte: »Nun sag du doch auch mal was, Britta. Schließlich bist du eine Frau.«

Gerhard hatte das Gespräch im Hintergrund verfolgt. Er hatte keinen Zweifel, wie das Urteil der jungen Beamtin ausfallen würde. Eine solche Entscheidung in weiblichen Händen – oder sollte er besser in weiblichen Herzen sagen – konnte nur ein Ergebnis haben.

Brittas Antwort bestätigte seine Vermutung: »Ist doch logisch, dass der Junge in einer Familie viel besser aufgehoben ist als bei einer Institution, in einem Heim oder sonstwo. Kinder brauchen Nestwärme und Spielkameraden. – Das ist wichtig für ihre Entwicklung«, wurde Krenzinger belehrt.

»Woher weißt du das alles?«

»War ja schließlich auch mal jung«, gab die gerade Zwanzigjährige das Geheimnis ihrer Lebenserfahrung preis.

Kurze Zeit später ratterte der Traktor mit der letzten Fracht des Tages vom Weinberg in das Dorf zurück. Benjamin saß, wie schon zuvor, auf dem Beifahrersitz, dicht umgeben von den übrigen Kindern, die seine Aufnahme in die Schmollsche Familie lautstark feierten. Nachdem auch von Lore Kerstins Vorschlag vehement befürwortet worden war, hatte Herr Krenzinger vor der weiblichen Phalanx kapituliert und Benjamin der Obhut der Winzerfamilie anvertraut.

Natürlich müsse das Ganze erst vom Jugendamt genehmigt werden, hatte der Polizist mit erhobenem Finger die spontane Freude gedämpft. Aber er sei zuversichtlich, dass es von dort keine Einwände geben werde. Er hatte versprochen, am Abend vorbeizuschauen und sie über die Entscheidung der Behörde zu unterrichten.

»Ich hebe Ihnen ein Stück vom Zwiebelkuchen auf«, hatte ihm Kerstin versprochen, »frisch gebacken. Auch der neue Wein ist da.«

Nur kurz war ein Ausdruck des Zweifels auf Krenzingers schmalwangigem Gesicht erschienen: Gehörte Zwiebelkuchen zu den vorteilsbegünstigenden Bestechungsobjekten, deren Entgegennahme einem Beamten untersagt war? Aber schnell war der flüchtige Vorbehalt ausgeräumt. Mit Glänzen in den Augen nahm er das Angebot an: »Hört sich gut an, Frau Schmoll. Und außerdem – es ist ja nach Dienstschluss.«

Benjamin war sichtlich froh, der Polizei entkommen zu sein. Den überraschenden Grund seiner Angst vor den uniformierten Beamten hatte Lore bei einem Gespräch, in dem sie ihm eigentlich Trost wegen der Inhaftierung des Vaters hatte spenden wollen, herausgefunden.

»Warum bist du denn so schnell weggelaufen, als die Polizisten zu euch kamen?«, hatte sie ihn gefragt. Dabei hatte sie ihm den Arm um die Schultern gelegt, um ihn an sich ziehen zu können, sollte er in Tränen ausbrechen bei der Erinnerung an die väterliche Verhaftung. Umso erstaunter war sie gewesen, als Benjamins Antwort ganz anders ausfiel, als sie erwartet hatte.

»Ich hab's doch nicht mit Absicht gemacht«, hatte der Knabe gejammert und den Kopf eingezogen, »der Stein ist so komisch geflogen, ich wollte das nicht.«

»Was wolltest du nicht?«

»Die Scheibe kaputtmachen. – Großes Ehrenwort, der Stein ist versehentlich reingeflogen.«

Der Sachverhalt, der schnell ans Licht kam, war der folgende: Benjamin hatte versucht, Kieselsteine so über das Pflaster der Straße springen zu lassen, dass sie nach mehrmaliger Bodenberührung schließlich in den vorbeifließenden Bach platschten. Einer der Steine hatte jedoch eine andere Richtung als die vorgesehene genommen und war im Schaufenster des Obsthändlers gelandet. Benjamin hatte selbstverständlich angenommen, dass das Erscheinen der Polizei am Morgen ihm und seiner Tat galt. Von der Verhaftung des Vaters und dem Mordvorwurf gegen ihn hatte er keine Ahnung. Man hatte einvernehmlich mit der Polizei beschlossen, es im Moment dabei zu belassen.

Das Fest war in vollem Gange, der Zwiebelkuchen gegessen, der neue Wein gekostet und für gut befunden. Herr Krenzinger, den alle längst Friedhelm nannten, saß im Kreis der Feiernden und zechte mit. Er war vor einer Stunde mit der willkommenen Nachricht erschienen, dass das Jugendamt mit Benjamins Unterbringung im Haus der Schmolls einverstanden war. Morgen im Laufe des Tages würde sie ein Behördenvertreter aufsuchen und das Weitere mit ihnen besprechen.

Der Kreis der Jungen und Mädchen hatte sich nach dem Essen aufgelöst. Die Nachbarskinder waren nach Hause gegangen, der Schmollsche Nachwuchs auf die Zimmer gebracht worden. Unter dem lautstarken Protest von Lennart, der den neuen Freund unbedingt bei sich einquartiert sehen wollte, war Benjamin zu Tim gelegt worden, dessen Raum genügend Platz für zwei bot.

Inzwischen waren die Erwachsenen vom jungen, spritzigen, noch alkoholarmen Wein auf die edlen Tropfen alter Jahrgänge umgestiegen. Mit dem Zuwachs der Prozente hatte auch die Lebhaftigkeit der Unterhaltung zugenommen. Die Erntemannschaft, die sich hauptsächlich aus Verwandten und Bekannten der Winzerfamilie zusammensetzte, lebte seit Jahren im gleichen Dorf. Gemeinsamer Gesprächsstoff war also genügend vorhanden. Kasek, der polnische Lesehelfer, und Lydia aus Kasachstan, die so herrlich schwäbelnd radebrechte, gaben der Gesellschaft einen gewissen internationalen Anstrich. Da passte auch der exotische Hesse aus dem hohen Norden bestens hinein.

Es ging lustig zu im großen Wohnraum der Schmolls. Das Kaminfeuer flackerte im Ofen, auf dem ausgezogenen Eichenholztisch reihten sich leergetrunkene und noch zu trinkende Flaschen aneinander. Die Atmosphäre war angesichts des morgigen freien Tages entspannt, die Stimmung gelöst.

Nur kurz unterbrach das Klingeln des Telefons den Redefluss. Am Apparat war Franziska, die ihren Mann sprechen wollte. Kerstin gab ihrem Onkel den Hörer und empfahl: »Geh nach nebenan, hier kannst du kaum etwas verstehen.«

Waren es die Folgen der anstrengenden Tagesarbeit oder war es der Wein, der Gerhard einige Mühe machte, die Beine in Gang zu setzen und in die Küche zu gehen? Er zog sich einen Hocker heran, nahm schwerfällig darauf Platz und konzentrierte sich, seine Frau zu begrüßen: »Hallo, liebe Franziska, welche Freude, heute Abend noch mit dir zu telefonieren. Was verschafft mir die Ehre deines späten Anrufs?«

Drei schweigsame Sekunden verstrichen. »Heinrich, hast du getrunken?«

»Wie kommst du darauf?«

»Nun, wer so gestelzt formuliert wie du, der hat seine Mühe mit dem Formulieren. Gesteh's, du hast getrunken!«

»Fast richtig, Liebes, aber nur fast. – Ich habe nicht nur getrunken, ich trinke noch immer.«

»Schäm dich, Heinrich«, spielte Franziska die Empörte. »Ich sitze hier zu Hause, einsam und alleine – weine mir die Augen nach dir aus – und du betrinkst dich. Pfui!«

»Es ist Weinlese, liebe Frau. Die Ernte muss überprüft werden. Das ist so eine Art Qualitätskontrolle, die wir hier machen.«

Franziska lachte ins Telefon. »Na gut, wenn das so ist, dann werdet ihr ab morgen eine Prüferin mehr haben.«

»Wie, du kommst schon jetzt?«

»Ich habe alles erledigt, was erledigt werden musste. Die nächsten Tage habe ich frei. Du kannst mich Punkt 11.17 Uhr am Bahnhof in Heilbronn abholen. – Freust du dich?«

Mit einer jähen Plötzlichkeit wurde Gerhard von einem Gefühl des Glücks durchströmt. Seine Emotionen, vom Wein an die Oberfläche gespült, überwältigten ihn. Franziska würde kommen, morgen schon. Beseelt lehnte er sich zurück...

Der dumpfe, schmerzhafte Aufprall auf dem gefliesten Boden brachte ihm schlagartig zu Bewusstsein, dass er nicht auf einem Stuhl, sondern auf einem lehnenlosen Hocker gesessen hatte.

Durch das Telefon, das er noch immer in der Hand hielt, drang Franziskas angsterfüllte Stimme. »Heinrich, was ist mit dir? Bist du noch da?«

Gerhard setzte sich auf. Benommen sah er sich um, blickte auf das umgefallene Sitzmöbel und schüttelte den Kopf. Was einem so alles passieren kann, wunderte er sich und bewegte vorsichtig Arme und Beine.

»Ja, Franziska, ich bin noch da, allerdings befinde ich mich einen Meter tiefer als zu Beginn unseres Gesprächs. Ich sitze auf dem Küchenboden.«

»Auf dem Küchenboden? Wie kommst du denn da hin?«

»Meine Gedanken an dich haben mich sprichwörtlich vom Hocker gerissen. Aber keine Sorge, ich habe mir nichts getan.«

»Heinrich, Heinrich«, seufzte Franziska, »der Wein – der viele Wein!« Und dann mit abschließender, strenger Zärtlichkeit: »Man kann dich doch keinen Moment alleine lassen. Es wird allerhöchste Zeit, dass ich komme und nach dem Rechten sehe.«

3

Schon gleich nach dem Frühstück machte sich Gerhard auf den Weg nach Heilbronn. Er fuhr, anders als geplant, mit der Bahn. Das hatte seine Gründe. Nach der intensiven

Weinprobe des gestrigen Abends, bei der er wenigstens noch so vernünftig gewesen war, den Wagen stehen zu lassen und mit dem Taxi zum »Goldenen Lamm« zurückzufahren, fühlte er sich heute Morgen etwas angeschlagen und in seiner Fahrfähigkeit beeinträchtigt. Kopfschmerz und Bauchrumoren setzten ihm zu und erinnerten ihn an die nicht abreißende Flaschenvielfalt, die Bernhard seinem Weinkeller entlockt hatte. Nachher, auf dem Rückweg von Heilbronn, würde er zusammen mit Franziska das Auto abholen. Es gab eine Busverbindung von der Stadt nach Hausen, das hatte er vorher in Erfahrung gebracht.

Nach dem verheerenden Luftangriff am 4. Dezember 1944 war von der schönen ehemaligen Reichsstadt am Neckar so gut wie nichts mehr übriggeblieben. Wer heute nach Heilbronn hineinfuhr, vorbei an endlosen Industrieanlagen, Lagerhallen und Geschäftsbauten, der suchte vergebens nach Häuserzeilen und Gebäudeensembles, die an die alte Geschichte dieser Stadt erinnerten. Lediglich im früheren Altstadtkern fanden sich noch einige wenige Zeugnisse einstiger baulicher Pracht.

Gerhard durchschlenderte die unpersönlichen Straßenzüge, sehnte sich nach engen Gassen und verwinkelten Plätzen und kehrte bald zum Bahnhof zurück.

Der ICE war pünktlich, Franziska schön und strahlend, als sie aus dem Zug stieg. »Heinrich, da bin ich«, sagte sie überflüssigerweise und umarmte ihren Mann. »Was also unternehmen wir jetzt?«

»Langsam, langsam«, besänftigte Gerhard ihren Tatendrang, berichtigte sich aber im selben Augenblick: »Nein, schnell, schnell, wir müssen uns beeilen. In fünf Minuten fährt der Bus.«

Auf dem Weg zum Bahnhofsvorplatz erklärte Gerhard

seiner Frau, warum er nicht mit dem Auto gekommen war, und gestand ihr seine momentane Unpässlichkeit ein.

»Dass es dir heute schlecht gehen würde, das hätte ich dir gestern Abend schon nach unserem Telefongespräch sagen können«, gab sich Franziska überlegen. Demonstrativ reichte sie ihm die Hand beim Einstieg in den Bus. Während der Fahrt musste Heinrich ausgiebig über die Traubenlese, Kerstins Familie und die neuen Arbeitskollegen berichten. Besonders aber interessierte Franziska Benjamins Auftauchen aus dem Nichts vor dem schrecklichen Hintergrund der Tat, die seinem Vater angelastet wurde.

»Er soll tatsächlich jemand umgebracht haben?«, erschauerte sie und drückte sich eng an ihren Mann, als der Bus in einer scharfen Kurve in das Zabertal einbog. »Wen hat er denn ermordet? Und warum hat er's getan?«

Heinrich hob die Schultern. »Keine Ahnung. Die hiesige Polizei wusste selbst nichts Genaues. – Vielleicht wollte sie auch nur nichts sagen. – Jedenfalls ist dieser Kramer jetzt in Heilbronn, wohl in Untersuchungshaft, und Benjamin bei Kerstin untergebracht. Der Junge wird dir gefallen. Ein hübscher, wacher Bursche.«

In Hausen Ortsmitte, gegenüber der Kirche, stiegen sie aus dem Bus. Gerhard fühlte erleichtert, dass sein geistiger und körperlicher Zustand sich wieder der Normalität näherte. Der Spaziergang durch Heilbronn und natürlich Franziskas Kommen hatten ihm gutgetan.

Auf halbem Anstieg die steile Nordhauser Straße hinauf bemerkte Gerhard den Polizeiwagen, der, von seinem eigenen Auto verdeckt, am Bordstein vor dem Haus der Schmolls parkte. Auch Franziska war auf das Streifenfahrzeug aufmerksam geworden. In stummer Übereinstimmung beschleunigten sie die Schritte, betraten kurz darauf die Hofeinfahrt und läuteten an der Tür.

Die Begrüßung war herzlich, aber kurz, da Kerstin auf den Besuch hinwies, der seit einer halben Stunde im Wohnzimmer saß.

»Kommt rein«, bat sie. »Ich stelle euch vor.« Sie ging voran und machte sie mit der Dame bekannt, die an der Seite Benjamins auf dem Sofa Platz genommen hatte. »Frau Herzog – vom Jugendamt in Brackenheim. Sie kommt wegen des Jungen. – Und das sind Onkel und Tante aus Eschwege.«

Gerhard, sensibilisiert durch die Ignoranz, der er vor zwei Tagen bei der Erwähnung seiner Heimatstadt begegnet war, beobachtete genau die Gesichtszüge der Frau und versuchte aus ihrer Reaktion die Wirkung von Kerstins Vorstellung herauszulesen. Aber die Unbeweglichkeit der Mimik und die Gelassenheit, mit der sie ihnen die Hand reichte, ließen nicht erkennen, ob ihr der Name Eschwege etwas sagte oder nicht und ob es sie überhaupt interessierte zu wissen, was Eschwege war und wo es lag.

»Du also bist Benjamin«, sprach Franziska den Knaben an und betrachtete ihn mit sichtlichem Wohlgefallen. Sie ging um den schmalen Tisch herum, setzte sich neben ihn und strich ihm über den blonden Kopf. »Ich glaube, wir beide werden uns gut verstehen.«

»Nun«, nahm Frau Herzog den durch den Eintritt der Neuankömmlinge unterbrochenen Faden wieder auf, »im Grunde sind wir uns einig, Frau Schmoll. Der Junge bleibt vorerst bei Ihnen. Sollten Verwandte auftauchen, die Benjamin zu sich nehmen wollen, werden Sie von uns informiert.« Lächelnd wandte sie sich zu Benjamin.

»Kommst du jetzt und zeigst mir das Zimmer? Ich habe

gehört, du wohnst mit Tim zusammen.« Sie nahm den Jungen an der Hand und ging zur Tür. An der Schwelle drehte sie sich noch einmal um. »Herr Krenzinger wollte mit Ihnen reden. Er sollte das jetzt tun«, sagte sie mit Nachdruck und nickte zu Benjamin hin, »während wir oben sind.«

Vom Flur her rauschte die Toilettenspülung, wenig später betrat Friedhelm Krenzinger in akkurat sitzender Polizeiuniform das Wohnzimmer. Seine mittig gerückte Krawatte und das exakt gescheitelte Haar bildeten einen Kontrast zu der bleichen Gesichtsfarbe und den tiefen Ringen unter den Augen.

»Na, Friedhelm wie geht's?«, fragte Gerhard, nachdem er seine Frau vorgestellt hatte.

»Und wie geht's dir?«, wollte der Polizist, ohne eine Antwort zu geben, wissen. Seine Stimme klang leidend.

»Jetzt wieder besser.«

»Mir noch nicht«, seufzte Krenzinger; und dann, in einer Anwandlung von Trotz: »Aber schön war's doch gestern Abend – und der Wein war wirklich gut.«

Doch dann entsann er sich des Grundes, der ihn zusammen mit der Dame vom Jugendamt hierher geführt hatte. »Frau Schmoll – pardon – Kerstin«, erinnerte er sich der gestrigen Verbrüderung, »nach Lage der Dinge wirst du dich auf eine längere Beherbergung des Jungen einstellen müssen. Wir kennen jetzt die näheren Umstände der Mordanklage. Ich fürchte, die Sache sieht nicht gut aus für Benjamins Vater.«

»Und was heißt das?«, fragte Gerhard, »oder darfst du nicht darüber reden?«

»Doch, doch, das ist jetzt kein Geheimnis mehr. Morgen wird sowieso das Meiste davon in den Zeitungen stehen.«

Krenzinger zog sich einen Stuhl heran und ließ sich

langsam darauf nieder. Mit dem einen Arm stützte er sich auf die Tischplatte, den anderen streckte er vor, um die Bedeutung seiner Worte zu unterstreichen: »Das Schlimme daran ist, dass Kramer seinen Mord angekündigt hat. Nicht nur vor Nachbarn und Bekannten, nein, auch vor der Polizei hat er gedroht, den Mann umzubringen.«

»Welchen Mann?«, mischte sich Franziska ein, die zusammen mit Heinrich und ihrer Nichte den Ausführungen des Polizisten lauschte. »Welchen Mann wollte er umbringen? Und vor allem, warum?«

»Gut, ich will's euch erzählen. Genau deshalb habe ich ja schließlich Frau Herzog hierher begleitet.« Der Beamte lehnte sich zurück und schlug die Beine übereinander. »Es ist wichtig, dass ihr als Benjamins Pflegefamilie über die Abläufe und Hintergründe der Straftat gut und vor allem sachlich informiert seid. Ihr könnt euch vorstellen, was in den nächsten Tagen auf den Jungen einprasseln wird. Wenn ihr ihn nicht einsperren wollt, wird es sich nicht vermeiden lassen, dass er die Wahrheit erfährt. Oder, was noch schlimmer ist, mit Halbwahrheiten und Gerüchten konfrontiert wird, die er nicht verarbeiten kann. Zwar steht die Kripo noch am Anfang der Ermittlungen, aber ihr sollt wenigstens die Vorgeschichte erfahren, um das Kommende richtig einordnen zu können.«

Krenzinger beugte sich vor und öffnete den obersten Knopf seiner blauen Uniformjacke. Aus der Innentasche des Jacketts zog er ein Blatt Papier hervor, das er entfaltete und glattstrich. »Hier ist eine Kopie des Protokolls der damaligen Angelegenheit. Die Sache liegt gut ein Jahr zurück.«

Er hielt das Blatt jetzt nah vor seine Augen und begann, einen Abriss des dort festgehaltenen Geschehens zu geben: »Andreas Kramer erschien am 4. September des vergangenen Jahres auf der Polizeiwache in Brackenheim. Er kam, um eine Anzeige zu machen. Er war sehr erregt und verlangte, unverzüglich den leitenden Beamten zu sprechen. Polizeihauptkommissar Gerlach empfing den in der Stadt bestens bekannten Kramer, führte ihn in sein Dienstzimmer und hörte ihn an. Zugegen bei der Protokollierung der Anzeige war außerdem die Polizeiobermeisterin Astrid Schönewolf. Der Gegenstand der wilden Beschuldigungen, die Kramer vorbrachte, war – zumindest für Brackenheimer Verhältnisse – ausgesprochen ungewöhnlich. Zum einen bezichtigte er seine Frau Jutta, ihm ein Romanmanuskript entwendet zu haben. Zum anderen warf er einem Stefan Küster vor, einen Bestseller herausgebracht zu haben, der nahezu wörtlich auf diesem gestohlenen Manuskript basierte.«

Krenzinger senkte das Blatt und sah seine Zuhörer an. »Dazu muss man wissen, dass Andreas Kramer schon seit einigen Jahren als freier Schriftsteller in Brackenheim lebt. Mit publizistischen Arbeiten, meist Berichten oder auch Kurzgeschichten für Zeitungen, hält er sich mehr schlecht als recht über Wasser. Er ist ein durchaus angesehener Bürger, der sich besonders sozialer Missstände in der Stadt annimmt und sie anprangert. Aber er ist eben auch Künstler mit allen Eigenarten und Unberechenbarkeiten dieser Menschen. Seine Frau hatte wohl irgendwann genug von der Unstetigkeit ihres Mannes. Anfang letzten Jahres verließ sie ihn jedenfalls über Nacht. Sie zog zu ihrem Geliebten, jenem Stefan Küster, nach Schwäbisch Hall. Mit ihm lebte sie bis vor kurzem noch dort zusammen.«

»Lebte? Heißt das, dass sie jetzt nicht mehr dort ist?«, fragte Kerstin.

»Ja. Ich hatte es gestern schon angedeutet. Benjamins Mutter ist verschwunden. Sie hat auch diesen Mann vor einigen Wochen verlassen und sich irgendwohin abgesetzt. Wir haben keine Ahnung, wo sie steckt.«

»Also hat die Polizei noch keine Verwandten aufspüren können, die Auskunft über ihren Verbleib geben könnten?«

»Nein. Wir haben es hier mit dem Sonderfall zu tun, dass zwei Einzelkinder, vielleicht auch zwei Eigenbrötler, sich gefunden und geheiratet haben. Auch Jutta Kramer hat keine Geschwister, ihr Vater ist verstorben, ihre Mutter irgendwo in Übersee verheiratet. – Aber lasst mich jetzt weiter von damals berichten«, Krenzinger schwenkte das Blatt Papier, »damit euch klar wird, in welcher Bredouille sich Benjamins Vater befindet.«

Kurz nur überflog er die Protokollkopie, dann fuhr er fort. »Kramer wurde nach Beweisen für seine Anschuldigungen befragt. Er musste eingestehen, nicht das Geringste in der Hand zu haben, das seine Vorwürfe belegen konnte. Das abhanden gekommene Manuskript – das einzige noch bestehende Zeugnis seiner Autorenschaft – war die Reinschrift des hingekritzelten Romanentwurfs gewesen. Die erste Fassung, so behauptete er, habe er gleich nach der Abschrift weggeworfen. Hauptkommissar Gerlach machte ihm deutlich, dass seine Verdächtigungen ohne Beweismittel kaum haltbar seien. Der Nachweis seiner Verfasserrechte an dem von Küster veröffentlichten Roman würde ohne die handschriftlichen Notizen nicht zu erbringen sein. Nach einigem Hin und Her hatte Kramer dann die Erfolglosigkeit seiner Anzeige eingesehen und darauf verzichtet. Das hielt ihn jedoch nicht davon ab, sich mit wüsten Drohungen vor dem Verlassen des Polizeireviers gehörig Luft zu verschaffen. Er war ganz außer sich, schrie, er werde diesen Küster, diesen Dieb und Plagiator, zur Rede stellen, ihn zwingen zuzugeben, dass er von seinem Roman abgekupfert habe.

Eher wolle er ihn umbringen, als ihm den ihm zustehenden Ruhm zu gönnen.«

»Und nun hat er es getan? Hat ihn umgebracht?« Zweifel war aus Franziskas Stimme herauszulesen. »Eine in Wut und Enttäuschung vor Monaten ausgestoßene Drohung berechtigt doch allein wohl kaum zu der Annahme, dass er seine Ankündigung jetzt in die Tat umgesetzt hat.«

»Natürlich nicht. Aber das ist ja nicht das Einzige. Das, was ihn vor allem belastet, ist, dass er ein Motiv hat und – das Schwerwiegendste – dass er vorgestern Abend, dem Abend der Tat, im Haus des Ermordeten gewesen ist.«

»Das ist allerdings erdrückend«, räumte Franziska ein. »Morddrohung, Motiv und Anwesenheit zur Tatzeit am Tatort. – Bei dieser Konstellation ist der Verdacht der Polizei dann doch verständlich.«

»Und was sagt Kramer zu den Vorwürfen?«, wollte Gerhard wissen. »Gibt er zu, im Haus des Opfers gewesen zu sein?«

»Er bestreitet, den Mord begangen zu haben, leugnet jedoch nicht, am Abend des Verbrechens Stefan Küster in dessen Haus aufgesucht zu haben.«

»Aus welchem Grund?«

»Er gab an, er habe über eine Beteiligung am Verkaufserfolg der Bücher mit ihm reden wollen. – Gütlich reden, wie er versicherte. Er habe nur das einfordern wollen, was ihm zustehe.«

»Da muss ich mal dazwischen fragen.« Kerstin wirkte unsicher. »Können denn – mal von Ruhm und Ehre abgesehen – die paar Euro, die man dabei verdient, ein für einen Mord ausreichendes Motiv sein? Das ist doch kaum vorstellbar.«

»Doch, das ist sogar gut vorstellbar, wenn man die dazugehörigen Fakten kennt.« Friedhelm Krenzinger erhob sich, als wolle er seine Ehrfurcht vor dem Zahlenwerk, das er jetzt preisgab, kundtun. »Bei einer Erstauflage von 250.000 Büchern wurden von diesem Roman bisher 200.000 Exemplare verkauft. Rechnen wir nur zwei Euro Gewinn pro Buch für den Autor, so kannst du dir den Betrag ausrechnen, der dabei herausspringt. Da sind schon wegen wesentlich geringeren Summen Morde verübt worden. – Wobei das Motiv Habgier gar nicht im Vordergrund gestanden haben dürfte. Was nützte Kramer schon ein toter Stefan Küster? Der Roman war längst veröffentlicht, fast eine Viertelmillion Menschen hatten bereits das Buch erworben. Wollte Kramer einen Anteil vom Verkaufserlös einfordern, so war dies eher bei dem lebenden Plagiator zu erreichen als nach dessen Tod. – Nein, viel wahrscheinlicher ist, dass Rache, vielleicht gekränkter Stolz das Tatmotiv waren. Immerhin hat – aus Kramers Sicht – Küster ihm nicht nur die Romanidee, sondern auch die Frau weggenommen.«

»Scheußliche Sache«, Franziska schüttelte sich, »wie mag Benjamin das aufnehmen, wenn er die Geschichte erfährt? Aber irgendjemand wird es ihm sagen müssen.«

Das folgende Schweigen zeigte das Unbehagen, das alle bei diesem Gedanken befiel. Von der Treppe hörten sie Stimmen und Schritte.

»Friedhelm, sag uns noch schnell, wie Küster starb«, drängte Gerhard.

»Er wurde erschlagen.«

Benjamin stürmte ins Zimmer. »Frau Herzog hat nichts dagegen, dass ich solange bei euch wohne, bis Papa aus Heilbronn zurückkommt. Hoffentlich bleibt er nicht zu lang. Er muss der Polizei bei der Arbeit helfen, hat sie gesagt.« Stolz blickte er zu der Jugendamtmitarbeiterin auf, die verlegen mit dem Kopf nickte. »Darf ich Papa dort besuchen?«

»Aber ja doch.« Franziska nahm Benjamin in den Arm. »Natürlich besuchen wir deinen Vater.«

Frau Herzog, die mit Krenzinger im Polizeiauto in die Stadt zurückfuhr, nahm Gerhard beim Hinausgehen zur Seite. Sie habe gerade erfahren, dass er Arzt sei, da sei er doch gewiss vertraut mit Situationen wie dieser, wisse, wie man eine schlechte Nachricht schonend überbringen musste. Er hatte zugesagt, mit dem Jungen zu reden und ihm den wahren Sachverhalt in geeigneter Weise verständlich zu machen.

Gerhard war klar, dass er das Gespräch mit Benjamin nicht auf die lange Bank schieben konnte. Schon heute Nachmittag, nach dem Kaffeetrinken, zu dem Kerstin Onkel und Tante eingeladen hatte, würde er mit ihm über die Vorwürfe der Polizei gegen seinen Vater und über die Verhaftung sprechen. Bis morgen, wenn ein Zusammentreffen mit anderen Kindern zu erwarten war, musste Benjamin vorbereitet und gewappnet sein gegen das, was er zweifelsohne von seinen Spielkameraden zu hören bekommen würde.

4

Wie am Abend zuvor saß Heinrich Gerhard an der Theke des »Goldenen Lammes«, wieder hatte er ein Bier vor sich stehen, diesmal aber Franziska an seiner Seite. Nach ihrer kulinarischen Reverenz an das Schwabenland – sie hatten ausgiebig und vorzüglich Maultaschen gespeist – ließen sie nun den Tag am Tresen ausklingen.

»Schon erstaunlich, wie Benjamin das Ganze aufgenommen hat«, sinnierte Gerhard. »Dieses Vertrauen. Dieses absolute Überzeugtsein von der Unschuld des Vaters. Andere Gefühle als völlige Verachtung für die Anschuldigungen der Polizei hat er gar nicht zugelassen. – Vielleicht ist er einfach noch zu jung, um die Tragweite eines Mordverdachts zu begreifen«, wagte Gerhard eine Deutung der in der Tat ungewöhnlichen Reaktion des Knaben, dem er am Nachmittag im Beisein von Franziska die wahren Umstände der Abwesenheit des Vaters zu erklären versucht hatte.

Sie waren beide überrascht gewesen, wie wenig Benjamin die Schilderung der Verhaftung berührt hatte. Selbst den Mordvorwurf hatte Gerhard dem Jungen nicht vorenthalten, hatte offen von dem Opfer, dem Freund der Mutter, gesprochen, denn genau darüber würden am nächsten Tag die Zeitungen berichten. Benjamins einziger Kommentar war gewesen: »Das hat Papa nicht getan. So etwas würde er nie tun.«

Franziska schüttelte langsam den Kopf, während sie Heinrich widersprach: »Nein, ich meine, er ist alt genug, um die schwerwiegende Bedeutung einer solchen Tat zu verstehen. Natürlich begreift er die Konsequenzen einer Verurteilung seines Vaters noch nicht. Doch ein zehnjähriges Kind weiß sehr wohl, welche Schreckenstat die Tötung eines Menschen ist.«

»Aber nach deiner These wäre doch zu erwarten, dass er mehr Emotionen gezeigt hätte, mehr innere Bewegung, als ich den Mord erwähnte.«

»Nein, ganz und gar nicht«, wurde Gerhard erneut korrigiert. »Benjamin reagiert deshalb nicht mit Betroffenheit und Gefühlen, weil diese Tat aus seiner Sicht ihn nichts angeht. Sein unerschütterlicher Glaube an die väterliche Integrität umgibt ihn wie eine Schutzmauer, die nicht einmal einen Gedanken an eine mögliche Mordverwicklung des Vaters zulässt.«

»Ein erstaunlicher Junge. So viel Souveränität in diesem Alter.« Gerhard bestellte ein zweites Bier, ehe er sich auf seinem Barhocker zu Franziska drehte. »Ich würde doch zu gerne Benjamins Vater kennenlernen. Was für ein Mann mag das sein, der so abgöttisch von seinem Sohn geliebt wird?«

»Und was für eine Frau ist das, die ein so wundervolles Kind aufgibt?«, seufzte Franziska. Mütterlich bewegt atmete sie ein paar Mal tief ein und aus, um sich aber gleich darauf selbst zurückzunehmen: »Wir sollten vorsichtig bei der Beurteilung oder gar Verurteilung Jutta Kramers sein. Wir wissen viel zu wenig über sie, kennen die Familienverhältnisse praktisch überhaupt nicht. Es muss schon gravierende Gründe geben, einen Sohn wie Benjamin zu verlassen.«

Eine Weile schwiegen sie, hingen ihren Gedanken nach und vereinten ihre Blicke in der Kerzenflamme, die vor ihnen auf dem Tresen flackerte. Heinrich unterbrach die Stille: »Der Junge will unbedingt seinen Vater besuchen. Heute Nachmittag bei unserem Gespräch hat er erneut diesen Wunsch geäußert. Was hältst du davon, wenn wir ihn nach Heilbronn begleiten? So lernen wir Andreas Kramer kennen und können uns ein Bild von ihm machen.«

»Heinrich!«

Der Tonfall in Franziskas Stimme veranlasste Gerhard, sich augenblicklich aus seiner bequemen Lehnstellung aufzurichten. »Was gefällt dir nicht an meinem Vorschlag?«, sah er seine Frau fragend an.

»Heinrich!«, wiederholte sie und erhob sich von ihrem Sitz. In ermahnender Pose trat sie nahe zu ihm hin, tippte ihm zwei-, dreimal mit dem Finger vor die Brust und sagte: »Mir gefällt nicht, dass du schon wieder deine Nase in Angelegenheiten steckst, die Sache der Polizei sind.«

»Aber Liebes«, protestierte Gerhard, »ich nehme doch nur menschlichen Anteil an dieser Tragödie. Allein deshalb will ich Kramer kennenlernen.«

Franziska gab sich Mühe, ihrer Stimme Strenge zu verleihen, als sie ihm antwortete: »Das kenne ich. Das hatten wir doch schon einige Male. Aber was ist, wenn dich deine kriminalistische Neugier wieder packt? Dann gibt es für dich kein Halten mehr.«

»Aber doch diesmal nicht«, versicherte Gerhard seiner Frau. In einer Gebärde der Unschuld breitete er die Arme aus und beruhigte sie. »Hier unten in Schwaben, soweit von zu Hause, werde ich mich doch nicht in eine polizeiliche Ermittlung einmischen. – Ganz sicher nicht! – Diesmal nicht!«

Gerhard drehte den Kopf zur Seite, tat so, als schaue er der Wirtin zu, die gerade dabei war, den neuen, noch gärenden Wein aus einem Plastikkanister in Glaskaraffen zu füllen. In Wirklichkeit versuchte er, den Ausdruck des schlechten Gewissens zu verbergen, den, das befürchtete er, Franziska trotz seiner emphatischen Nichteinmischungsversicherungen leicht aus seinem Gesicht herauslesen würde.

Wie konnte er auch sicher sein? Hatte er nicht schon mehrfach in der Vergangenheit sein Versprechen, die Finger aus polizeilichen Untersuchungen herauszuhalten, gebrochen? Er war – das wusste er nur zu genau – in dieser Beziehung ein unsicherer Kantonist. Allzu leicht erlag er der Versuchung, auf eigene Faust zu ermitteln, wenn ihn eine Sache gefangennahm. Auch jetzt – da brauchte er sich nichts vorzumachen – interessierte ihn dieser Mordfall über das übliche Maß hinaus. Er war durch Benjamin persönlich in das Geschehen involviert, nun wollte er auch wissen, wie das Ganze ausging.

Franziska wechselte glücklicherweise selbst das Thema, als sie ihm die Hand auf den Arm legte und vorschlug: »Komm, lass uns noch ein bisschen spazierengehen. Die Luft ist so lau – alles riecht nach Erde und Ernte. Vielleicht ist dies der letzte warme Abend in diesem Jahr, wir sollten ihn nutzen.«

»Ja«, stimmte Gerhard zu, »ein Abend zum Heldenzeugen.«

Nach einem nochmaligen ermahnenden »Heinrich!«, hakte er Franziska unter und führte sie zur Tür. »Ich zeige dir, wo wir morgen Trauben lesen werden. Es ist nicht weit von hier, gleich hinter der Stadt beginnen die Weinberge.«

Tatsächlich – Franziskas Befürchtung, dies könne der letzte warme Oktoberabend sein, schien sich zu bestätigen. Ein Dunst hatte sich über den tagsüber so klaren Himmel gelegt, der verwaschene halbe Mond vermochte nur spärliches Licht auf den langgezogenen Berghang zu legen, den sie emporstiegen. Von Dürrenzimmern her wehte ein warmer südlicher Wind, sie zogen die Jacken aus und hängten sie sich über die Schultern.

Eine Zeitlang gingen sie stumm nebeneinander her. Tief atmeten sie den schweren herbstlichen Duft ein und drehten die erhitzten Gemüter dem Luftstrom entgegen. Die Stille hier oben war nahezu vollkommen. Lediglich die Schläge der Kirchturmuhr und das Bellen eines Hundes drangen kaum hörbar von einem nahe gelegenen Dorf zu ihnen herauf.

Franziska flüsterte fast, als sie sprach: »Heinrich, hörst du, wie's um uns herum wispert und raunt. Man möchte meinen, die sprechen miteinander.«

»Wer spricht miteinander?«, flüsterte Gerhard zurück und sah sich um.

»Na, die da.« Sie zeigte auf die reglosen, gekrümmten Schatten, die sich zu beiden Seiten ihres Weges gegen den Nachthimmel abhoben. »Siehst du die alten Kämpen und Helden, hörst du, wie sie tuscheln?«

Gerhard blieb stehen, sein Blick folgte ihrer Handbewegung.

»Ah, das meinst du«, ging ihm auf, von was sie sprach, »du redest von den Weinstöcken.«

»Was für ein romantiktötender Realist du bist«, schmollte Franziska. »Um wie viel schöner ist die Vorstellung, von murmelnden Männerrecken umgeben zu sein als von stummen Rebstöcken.«

»Vor allem in der weiblichen Fantasie«, lachte Heinrich leise und nahm ihre Hand. »Komm, wir sind gleich da. Oberhalb unseres Weinfeldes steht eine kleine Bank. Dort setzen wir uns hin und sind eine Zeitlang mucksmäuschenstill. Vielleicht sehen wir ja dann Weingott Bacchus und seine Helden vom Hörnle herunter ins Tal ziehen – ganz dicht an unserer Bank vorbei – alle mit nichts am Leib als einem Weinblatt. Na, ist das nichts?«

Franziska schmiegte sich an ihn und seufzte: »Doch, Heinrich, doch – das wäre großartig.«

Wenig später saßen sie nebeneinander und blickten schweigend in die Nacht. Nur wenige Lichter schimmerten vom Talgrund herauf, eine schwache Helligkeitsglocke am Himmel zeigte die nahe Stadt an. Nur einmal unterbrach Franziska die Stille, als sie ihr Gesicht an seine Schulter legte und hauchte: »Auch wenn die Bacchushelden nicht kommen sollten - das macht gar nichts. Ich habe ja dich, Heinrich.«

Inzwischen hatte sich der Mond weiter verschleiert, erste kleine Wolken zogen an ihm in schneller Fahrt vorbei. Der Wind hatte aufgefrischt, es war kühl geworden. Sie zogen ihre Jacken über und machten sich auf den Heimweg.

Schon nach wenigen Metern verhielt Gerhard den Schritt und fasste seine Frau am Arm. »Da ist jemand im Weinberg«, flüsterte er und deutete hangaufwärts. »Da, hörst du's? – Das klingt, als werde eine Flüssigkeit aus einem Vernebler versprüht.«

»Vielleicht arbeitet noch jemand, spritzt Dünger oder ein Unkrautvernichtungsmittel.«

»Jetzt, um diese Zeit? Sehr unwahrscheinlich. – Komische Sache.«

Gerade, als sie sich zum Weitergehen entschlossen, kam der Mond hinter einer Wolke hervor. Die Silhouette eines Mannes, der einen Spritzkübel auf dem Rücken und einen Sprühschlauch in der Hand trug, zeichnete sich klar wie ein Scherenschnitt vor dem erhellten Nachthimmel ab. Die große massige Gestalt bewegte sich langsam auf dem Hanggrat vorwärts und bediente dabei das Verneblungsgerät. Gerhard meinte, eine Baskenmütze auf dem mächtigen Kopf erkennen zu können, ebenso einen Bart, der das gedrungene Gesichtsprofil in seinem unteren Teil unterbrach.

Aber die Zeit für eine Beobachtung war zu kurz, um Einzelheiten auszumachen, denn schon schob sich erneut eine Wolke vor den Mond. Wenige Sekunden konnten sie den verschwommenen Schemen des Unbekannten mehr ahnen als sehen, dann war er, so unverhofft, wie er aufgetaucht war, wieder zwischen den Rebstockreihen verschwunden.

Eine Weile noch lauschten sie dem Geräusch des Sprühgeräts, das leiser und leiser werdend sich langsam von ihnen entfernte, bis es schließlich nicht mehr zu hören war. Die vorherige friedvolle Stille, unterbrochen nur von dem leisen Rauschen der Weinblätter im Wind, breitete sich wieder über den Hang.

»Der Schimmelreiter der Weinberge«, schauerte Franziska. »Richtig unheimlich, dieser Riese, wie er sich gegen den Mondhimmel abhob. – Warum arbeitet ein Mensch zu einer solchen Uhrzeit noch hier draußen?«

»Ich bin sicher, er hätte es uns erzählt, wenn wir ihn gefragt hätten – und uns wahrscheinlich eine plausible Erklärung für sein spätes Hiersein gegeben. Komm, lass uns gehen. Es wird ganz schön frisch jetzt hier oben im Wind.«

»Dann halt mich fest und wärme mich«, forderte Franziska ihren Mann auf.

»Na gut, Unersättliche«, brummte Heinrich und legte ihr den Arm um die Schulter. Eng an sich gedrückt führte er sie den Berg hinunter zurück nach Brackenheim.

5

Die Lese war in vollem Gange. An den Rändern der Weinbergwege standen die Wagen und warteten darauf, die geernteten Trauben aufzunehmen. Kleine Wingerttraktoren brachten die Butten zu den arbeitenden Mannschaften, überall am Hang war das Klacken der Rebenscheren zu hören.

Franziska hatte sich am Morgen mit Mühe in ihre alten, ausgefransten Jeans gezwängt und einen Pullover angezogen, der so fadenscheinig und verwaschen war, dass es ihr nichts ausmachen würde, ihn nach der klebrig-fleckigen Lesearbeit wegzuwerfen. Außerdem trug sie – auf Heinrichs Rat – ein rotkariertes Kopftuch zum Schutz vor dem spritzenden Traubensaft.

Ein schöner Anblick, dachte Gerhard, der liebevoll von seinem Leseplatz beobachtete, wie sie mit ihren klobigen, erdverklumpten Stiefeln von Rebstock zu Rebstock stapfte und die schweren Trauben abschnitt.

Wie zu erwarten hatte Franziska in ihrer offenen Art sehr schnell Kontakt zu den Mitgliedern der Gruppe gefunden, hatte sich wie selbstverständlich eingebracht in die anfallenden Vorbereitungen und Arbeiten. Besonders mit Lore verstand sie sich vom ersten Augenblick an gut. Es war eine offenkundig gegenseitige Zuneigung, die in der gemeinsamen fröhlichen Wesensart der beiden begründet war. Jetzt standen sie sich, jede auf einer Seite des Rebstocks, gegenüber und füllten unter lebhafter Unterhaltung die Eimer.

Anders, als es gestern Abend noch zu erwarten oder zu befürchten war, hatte sich der Wetterumschwung noch nicht durchsetzen können. Zwar war es heute Morgen diesiger als zur gleichen Zeit des Vortags, aber es war trocken. Der Wind hatte sich gelegt und die Sonne würde, wenn auch etwas später als gestern, schon bald den Dunstschleier vertrieben haben.

In der Frühstückspause, als sie alle auf Plastikstühlen um einen Campingtisch saßen, brachte Gerhard das gestern Abend Erlebte zur Sprache. Schon während des Erzählens fiel ihm das Interesse auf, das sein Bericht bei den Zuhörern hervorrief: »Was macht ein Mann nachts bei völliger Dunkelheit mit einem Sprühgerät im Weinberg?«, schloss er seine Schilderung und blickte in die Runde.

»Ha, das war bestimmt der ‚Spritzer'«, stieß Kerstin hervor und sah dabei ihren Mann an, »jetzt spritzt er also wieder.«

»Du musst wissen«, reagierte Bernhard auf Heiners offensichtliche Verständnislosigkeit, »dass vor einigen Monaten eine höchst unerfreuliche Geschichte bei uns lief, die für viel Aufregung unter den Winzern gesorgt hat. In meist nächtlichen Aktionen hat ein Unbekannter in unseren Weinbergen etliche Rebstockreihen kaputtgespritzt. Er verwendete dazu ein Unkrautvernichtungsmittel, wie wir es benutzen, um den Boden um die Stöcke herum frei zu halten. Sprüht man dieses Zeug auf die Weinblätter, kann die ganze Rebe sterben. Wir haben versucht, den Kerl zu kriegen, haben uns sogar nachts auf die Lauer gelegt, um ihn auf frischer Tat zu erwischen. Aber irgendwie hat er es gerochen, wenn wir auf ihn warteten. – Wir haben ihn jedenfalls nie fassen können. Das ging über mehrere Wochen so, bis in diesem Sommer das Treiben des ‚Spritzers', wie er bald überall genannt wurde, aufhörte. – Nun aber –deinem Bericht zufolge – scheint er seine Tätigkeit wieder aufgenommen zu haben.«

»Welches Motiv hat der Mensch, so etwas zu tun?«, erregte sich Franziska.

»Das wissen wir nicht. Es kann jedoch kein ökonomisches sein, denn er besprüht immer nur wenige Rebstöcke, will also offenbar keinem Winzer so schaden, dass es ihm finanziell wehtut oder ihn sogar ruiniert. Es sind eher Nadelstiche, die er gegen Mitglieder unserer Genossenschaft, aber auch gegen Weinbauern aus den Nachbargemeinden richtet.«

»Habt ihr die Polizei eingeschaltet?«, wollte Gerhard wissen.

»Nein. Wie ich schon sagte, die Schäden waren nur gering. Und dann – der ‚Spritzer' kann durchaus einer von uns sein, ein Winzer also, der aus irgendeiner Kränkung oder Enttäuschung heraus so handelt.« Bernhard zuckte mit den Schultern und stand auf. »Einen Kollegen zeigt man nicht so ohne weiteres an. – Komm jetzt, Heiner, zeig mir, wo du den Mann gestern Abend gesehen hast.«

Es war nicht schwer, die Stelle zu finden. Die Bank, auf der sie gesessen hatten, war ein guter Anhaltspunkt, den Blickwinkel zu bestimmen, aus dem sie die nächtliche Erscheinung beobachtet hatten. Das Auge des erfahrenen Winzers hatte schnell die Rebstockreihe ausgemacht, auf die der Unbekannte das Herbizid gesprüht hatte. »Hier, schau dir das an – alles welk und lummelig.« Bernhard riss ein Blatt vom Weinstock und rollte es zwischen den Fingern. »Die Reben werden's nicht leicht haben, sich davon zu erholen.«

»Und, war's der ‚Spritzer'?«

»Sieht ganz so aus. Das Mittel scheint das gleiche zu sein wie bei seinen früheren Attacken. Auch das geringe Ausmaß des Anschlags trägt seine Handschrift: Lediglich diese halbe Rebenreihe hat es getroffen. Er setzt Duftmarken, will offensichtlich nicht wirklich schaden. Aber was soll das Ganze? Ist das Protest? Oder ein Hilferuf, weil er mit irgendetwas nicht klarkommt?« Traurig schüttelte Bernhard den Kopf. »Vielleicht müssen wir doch die Polizei hinzuziehen.«

Nach dem Mittagessen, das erneut im Hof der Familie Schmoll eingenommen wurde, begleiteten die Kinder den Lesetrupp wieder in den Weinberg. Benjamin lachte und tollte unbeschwert im Kreis seiner neuen Freunde. Ihn schien die Inhaftierung seines Vaters in keiner Weise zu bedrücken. Lediglich die wiederholt geäußerte Bitte nach einem Besuch im Gefängnis zeigte seine innere Beschäftigung mit der neu entstandenen Lebenssituation.

Gerhards Versprechen, ihm das gewünschte Zusammentreffen mit dem Vater schon bald zu ermöglichen, hatte Kerstin veranlasst, bei Jugendamt und Justizvollzugsanstalt das Einverständnis für eine Visite zu erwirken. Am Nachmittag des kommenden Tages, an dem das Lesen der letzten Lemberger Lagen voraussichtlich schon am Mittag abgeschlossen sein würde, war für Franziska, Heinrich und den Knaben ein Besuchstermin bei Kramer im Gefängnis vereinbart worden.

Der Arbeitstag war zu Ende, der verklebte, erdverdreckte Schweiß abgeduscht. Gegenseitig hatten sie ihre saftgezeichneten Handflächenmuster bewundert und sich in romantischen Ausdeutungen versucht: »Hier, diese Linien – sieh nur, wie sie zusammenlaufen, sich weiter in einem vereinten Strang bis zum Mittelfingerballen fortsetzen. – Weißt du, was das bedeutet?« Franziska hielt Heinrichs Hände fest in den ihren, träumerisch sah sie ihm in die Augen.

»Nun sag's schon.«

»Das sind der Prinz und die Prinzessin, die sich hier begegnen«, sie zeigte auf die Kreuzung der Linien. »Sie lernen sich lieben und heiraten schließlich.« Mit dem Finger fuhr sie die tiefe Einfurchung entlang. »Und weil sie sich so lieb haben, werden ihnen drei süße Kinderlein geschenkt...«.

»Und wenn sie nicht gestorben sind, dann leben sie noch immer«, beendete Heinrich das Schwärmen seiner Frau. Sanft entzog er ihr die Hände und griff nach seinem abgestandenen Bier.

An diesem Abend ging es lautstark zu im »Goldenen Lamm«. Die Theke war dicht belagert. Sie hatten sich in eine Ecke zurückgezogen, in der sie ungestört reden konnten.

»Mich beschäftigt unser morgiger Besuch im Gefängnis. Es ist nicht alltäglich, einem Mörder gegenüber zu stehen.«

»Einem möglichen Mörder«, erinnerte Franziska. »Denk daran, dass Kramer die Tat abstreitet.«

»Ja, ja, das tun doch erst einmal alle.« Gerhard winkte ab, dann hob er fragend den Blick. »Wie er wohl aussieht, Benjamins Vater? Was meinst du?«

»Wenn der Sohn nach ihm geraten ist, dann sehe ich vor mir einen großen, blonden Mann mit blauen Augen unter einer hohen Stirn, einem intelligenten Gesicht...«.

»Stopp! Stopp! – Ich glaube, es ist besser, ich fahre alleine mit dem Jungen nach Heilbronn«, gab sich Gerhard eifersüchtig, räumte aber gleich ein: »Natürlich hast du Recht. Benjamin ist ein ausgesprochen schönes und ausdruckstarkes Kind, warum sollte der Vater da anders sein. – Nun, morgen wissen wir mehr.«

Er trank aus und bedeutete der Wirtin, dass er zahlen wollte. »Komm, die letzte große Hürde des Tages liegt noch vor uns – die Bewältigung der Treppe hinauf in unsere Betten. Du wirst staunen, wie viele verschiedene Muskelstränge du nach einem Arbeitstag im Weinberg in dir entdeckst.«

Diesmal schafften sie es nicht einmal, die Nachttischlampen in ihrem Zimmer einzuschalten, denn noch bevor sie zu ihrer gewohnten Bettlektüre greifen konnten, hatte sich der Schlaf ihrer erschöpften Körper bemächtigt.

6

Kaum etwas von dem, was sich Franziska am Vorabend ausgemalt hatte, traf auf Andreas Kramer zu. Lediglich der wache, mit jungenhafter Lebendigkeit gepaarte Gesichtsausdruck entsprach den gemachten Vorstellungen. Statt der hohen Gestalt, die sie erwartet hatten, sahen sie sich einem Mann gegenüber, auf dessen gedrungenem Körper ein voluminöser, von braunen Haaren eingerahmter Kopf saß. Dunkle Augen schauten den Eintretenden entgegen, die den Besucherraum des Gefängnisses betraten.

Gerhard zog das Kind, das sich unsicher hinter ihm gehalten hatte, an seine Seite und schob es dem Vater entgegen. Ein warmes Leuchten floss wie eine Welle über das Gesicht des Künstlers, als er seinen Sohn erblickte. Weit breitete er, ohne sich von der Stelle zu bewegen, die Arme aus.

»Benjamin.« Und dann noch einmal: »Benjamin.«

»Papa.« Mit einem Aufjauchzen flog ihm der Junge entgegen und versank in seiner Umarmung. Noch das Gesicht in die Schulter des Vaters vergraben, wollte er wissen: »Papa, du hast das doch nicht getan? Wie können die das nur behaupten.« Seine Worte waren eine Feststellung, keine Frage.

Kramer hielt seinen Sohn mit gestreckten Armen von sich und sah ihn mit großem Ernst an. »Natürlich nicht, Benjamin. So etwas könnte dein Vater niemals tun.« Er benutzte fast die gleichen Worte, die sein Sohn im Zusammenhang mit dem Mordvorwurf gebraucht hatte.

»Das weiß ich doch, Papa«, versicherte der Knabe mit einer Festigkeit, die jeden Zweifel an der Schuld des Vaters ausschloss.

Später würde Gerhard seiner Frau bekennen, dass dies der Zeitpunkt seines Entschlusses war, sich der Angelegenheit Kramer, wie er sie nannte, anzunehmen. Grundlage der Entscheidung sei die zwingende Glaubhaftigkeit der Vater-Sohn-Begegnung gewesen. Sie habe ihn vollkommen von der Unschuld des Künstlers überzeugt. Niemals vorher sei er sich so sicher gewesen, einen Menschen vor sich zu haben, der einer solchen Tat überhaupt nicht fähig war.

Franziska streckte Kramer die Hand entgegen: »Ich freue mich, Benjamins Vater kennenzulernen. Der Junge hat so herzlich von Ihnen gesprochen.« Während sie den Künstler begrüßten, stellte Gerhard sich und seine Frau vor: »Wir gehören zu der Familie, bei der Benjamin für die nächsten Tage untergekommen ist.«

»Ja, ich weiß«, nickte Kramer, »man hat mich davon unterrichtet.« Er forderte seine Besucher auf, an einem der im Raum stehenden Tische Platz zu nehmen. Den Stuhl seines Sohnes rückte er dicht neben den seinen. »Sie glauben gar nicht, wie dankbar ich der Familie Schmoll bin. Die Vorstellung, Benjamin in einem Heim untergebracht zu wissen, wäre für mich unerträglich gewesen.« Er legte dem Kind den Arm um die Schultern. »Vielleicht gelingt es ja doch noch, seine Mutter zu finden. Obgleich...«. In einer Geste der Resignation strich er mit der Hand durch die Luft. »Jutta ist so gar nicht der Muttertyp. Das war sie nie. Sie braucht Raum zur eigenen Entfaltung, Bewegungsfreiheit. Jede Einengung bedrückt sie. Benjamin war für sie immer...« Er verstummte und sah seinen Sohn an. »Es ist nicht leicht für mich, sie zu vergessen. Ich brauche ihn nur anzuschauen, dann sehe ich sie vor mir.« Es war offensichtlich, was er meinte. Benjamin hatte Aussehen und Schönheit von seiner Mutter geerbt.

Mit einer kaum wahrnehmbaren Kopfbewegung zu seinem Sohn hin fragte Kramer: »Was weiß der Junge von der Sache? Kennt er die Zusammenhänge?«

»Ja, ich habe über das, was an Fakten bekannt ist, mit ihm gesprochen«, erklärte Gerhard, »er hätte es sowieso irgendwann von den anderen Kindern erfahren. Ich hielt es für besser, wenn er von mir die unausgeschmückte und unverfälschte Wahrheit hört.«

Ein Schütteln durchlief kaum sichtbar Kramers Körper, ruckartig bewegte sich die Brust. Mit einem leisen Stöhnen warf er den Kopf zurück. »Die Wahrheit, die unverfälschte Wahrheit«, lachte er bitter, »die wollen Sie kennen? Was Sie kennen, ist die Version der Polizei, das Konstrukt, das die aus all den Indizien gegen mich zusammengewoben haben. Aber die Wahrheit?« Er beugte sich zu Gerhard hin und klopfte mit dem Finger auf die Tischplatte. »Jemand hat mir eine Falle gestellt, hat mich absichtlich in diese Zwickmühle gebracht, um den Verdacht auf mich zu lenken. – Das ist die Wahrheit!«

In einem plötzlichen Entschluss drehte er sich zu seinem Sohn, rückte dessen Stuhl so, dass er ihm in die Augen sehen konnte. »Benjamin«, flehte er mit eindringlicher Stimme, »du musst mir glauben, dass es so war, wie ich es dir jetzt erzähle. Du bist groß genug, um die Zusammenhänge zu verstehen. Und du weißt, dass dein Vater dich niemals belügen würde.«

Sanft fasste er Benjamins Hände, neigte den Oberkörper dem Kind entgegen und begann zu erzählen. Er sprach ausschließlich zu seinem Sohn, die Anwesenheit der Erwachsenen schien er völlig vergessen zu haben.

In kindgerechter Vereinfachung berichtete er von dem Diebstahl seines Romans und der Veröffentlichung des

Buches durch das Mordopfer, sprach den großen Verkaufserfolg und die damit verbundene enorme Geldeinnahme an. Das Verhältnis seiner Frau zu Stefan Küster ließ er unerwähnt. »Verstehst du, Benjamin, es war mein Buch, mit dem dieser Mann das viele Geld verdiente. Ich, ich habe es mir ausgedacht, er hat es nur abgeschrieben – das ist doch nicht gerecht. Zumindest sollte er etwas von den Einnahmen abgeben – die Hälfte oder so, vielleicht auch etwas weniger. Ich habe ihm das klarzumachen versucht.«

Nach mehreren vergeblichen Anläufen war es Kramer schließlich gelungen, am Mordtag ein Treffen mit Küster in dessen Wohnung zu vereinbaren. Sie wollten, so versicherte er seinem Sohn, vernünftig wie es sich unter erwachsenen Menschen gehörte über die Angelegenheit sprechen.

»Wir hatten uns für acht Uhr abends verabredet. Seine Wohnung liegt nicht weit vom Bahnhof entfernt, in der Mauerstraße am Ufer des Flusses. Ich hatte mich ein bisschen verspätet, weil ich die Straße nicht auf Anhieb finden konnte und mich erst nach der Adresse durchfragen musste. Zehn nach acht stand ich vor dem Haus, in dessen zweiter Etage Küster wohnte. Die Fenster des Stockwerkes waren hell erleuchtet, die Haustür öffnete sich auf Druck.«

Kramer ließ Benjamins Hände los und stand auf. Die Erinnerung an den Abend hatte ihn aufgewühlt, er war außerstande, sitzen zu bleiben. Während er erneut zu erzählen begann, ging er unruhig im Zimmer auf und ab. »Ich war natürlich erregt, als ich die Treppe hinaufstieg. Du kennst doch das Gefühl«, sprach er weiter nur zu seinem Sohn, »weißt, wie das ist, wenn du gleich dem gegenüberstehen sollst, der dir etwas weggenommen hat. – Ich klingelte, als ich den Treppenabsatz erreicht hatte. Noch während des Läutens bemerkte ich, dass die Wohnungstür nicht geschlossen, sondern nur angelehnt war. Ich wartete eine Weile, doch als sich nichts rührte, drückte ich gegen die Klinke. Durch den geöffneten Türspalt rief ich ein-, zweimal Küsters Name – aber es blieb totenstill in der dahinterliegenden Wohnung.«

Kramer hielt in seiner Wanderung inne. Vor einem Stahlschrank blieb er stehen und tastete gedankenverloren mit dem Finger über die Randleisten. Es war offensichtlich, er sammelte Kraft für die weitere Schilderung. Dann, mit sichtbarer Anstrengung, drehte er sich um und setzte seine Erzählung fort: »Was nun kam, Junge, war das Schlimmste, was dein Vater je erlebt hat. Noch einmal rief ich Küsters Namen und stieß, da ich wieder keine Antwort erhielt, die Tür ganz auf. Ich muss wohl einen Schrei ausgestoßen haben, als ich den Körper im Flur auf dem Boden liegen sah. Der Mann war tot, das sah ich sofort. Er lag mitten auf dem Teppich, sorgfältig ausgerichtet und angeordnet, so als sei er dort aufgebahrt. Die Arme waren über der Brust gekreuzt, in seinem Mund steckte das stumpfe Ende eines Hammerkopfes. Der Stiel ragte wie ein Spitzbart über das Kinn hinaus.«

Kramer hatte seine Wanderung wieder aufgenommen. Er sprach jetzt nicht mehr zu Benjamin, seine Schilderung hatte sich verselbstständigt. Noch einmal durchlebte und durchlitt er das Unfassbare des Abends. »Es war ein schrecklicher Anblick, dieser zurechtgemachte, arrangierte Tote. Über die Augen hatte man zwei Trinkgläser gestülpt, die dem blutverschmierten Gesicht etwas Maskenhaftes gaben. Er lag da wie ein Pharao, der zur letzten Ruhe gebettet worden war. Wie unter Zwang trat ich zu dem Toten hin, zog ihm den Hammerkopf aus dem Mund und entfernte die Gläser von den Augen. Starre Pupillen stierten mich an. Es gab keinen Zweifel an seinem Tod, die große Wunde an der linken Schläfe zeigte, wo ihn der Hammerschlag getroffen hatte. – Ich geriet in Panik, war keines klaren Gedankens mehr fähig. In einem Fluchtreflex rannte ich aus der Wohnung, stürzte auf die Treppe zu – und hätte dort beinahe einen alten Mann überrannt, der von unten die Stufen heraufgestiegen kam. Wahrscheinlich hatte er, alarmiert durch meinen Schrei, nachsehen wollen, was dort oben los war. Ich stieß ihn zur Seite und lief kopflos aus dem Haus. Von der Heimfahrt mit dem Auto weiß ich nichts mehr. Es war das reinste Wunder, dass ich unversehrt zurück nach Brackenheim kam. – Am Morgen dann standen Polizisten vor der Tür und verhafteten mich.«

»Und woher wusste die Polizei, dass Sie in Küsters Wohnung waren? Doch wohl kaum von dem alten Mann auf der Treppe. Der kannte Sie doch gar nicht.«

Franziskas Frage schreckte Kramer aus seinen düsteren Erinnerungsbildern auf. »Nein, natürlich nicht. – Man fand in Küsters Schreibtisch einen Terminkalender, in dem unser für den Abend vereinbartes Treffen vermerkt war. Da war es nicht schwer, meinen Namen mit dem Mann, der aus der Wohnung rannte, in Verbindung zu bringen.«

Erschöpft ließ sich der Künstler wieder auf dem Stuhl neben seinem Sohn nieder. Diesmal war es Benjamin, der die Hände des Vaters ergriff. »Papa, ich weiß, wie fürchterlich das ist, jemanden mit eingeschlagenem Schädel betrachten zu müssen. Ich habe einmal eine Katze gesehen, die von einem Auto überfahren wurde. Ganz plattgedrückt war der Kopf. Das war ein schrecklicher Anblick. – Aber du kannst den Mann doch gar nicht erschlagen haben. Du hattest ja überhaupt keinen Hammer dabei.«

Kramer zog den Knaben an sich und verbarg sein Lächeln in dem blonden Haar. »Ja, Benjamin, unter anderem auch deshalb kann ich es nicht getan haben.«

»Sagen Sie, reicht das denn aus für einen Haftbefehl?«, wollte Gerhard wissen. »Sie verabreden sich mit einem Mann in seiner Wohnung, finden ihn dann tot am Boden liegen. Was veranlasst die Polizei, Sie schon wenige Stunden später zu verhaften? – Sie haben ihr doch bestimmt Ihre Version der Geschichte erzählt?«

»Selbstverständlich habe ich bei der Vernehmung genau das, was ich Ihnen eben geschildert habe, zu Protokoll gebracht, denn es ist die Wahrheit. Die Tatsache, mit dem Opfer verabredet gewesen zu sein, hätte allein wahrscheinlich auch nicht zu meiner Verhaftung geführt. Aber da kam einiges zusammen, das in den Augen der Polizei für meine Täterschaft sprach. Ich sagte es ja schon: Es scheint, als habe es jemand darauf angelegt, mich in Verdacht zu bringen. Da waren die Fingerabdrücke sowohl auf dem Hammer als auch auf den Gläsern – meine Fingerabdrücke. Das wäre ja noch erklärbar, denn schließlich hatte ich die Gegenstände angefasst, als ich den Toten davon befreite. Aber das, was mich belastete, war, dass es außer den meinen fast keine anderen mehr gab. Lediglich auf dem einen Glas fand sich noch ein Abdruck Küsters.«

»Was, wenn der Täter sie abgewischt hat?«

»Das machte ich auch geltend, führte an, dass ich doch wohl kaum so dämlich gewesen wäre, meine eigenen Fingerabdrücke am Tatort zu hinterlassen.« Kramer machte eine resignierende Handbewegung. »Dieser Einwand wurde abgetan. Man konstruierte, ich sei in Panik geraten, vielleicht sogar in einen pathologischen Rauschzustand durch den Mord. Beim Inszenesetzen der Leiche hätte ich dann, von Hass- und Rachegefühlen überwältigt, jede Vorsicht außer Acht gelassen. Aber die Fingerabdrücke waren ja noch nicht alles, was gegen mich sprach.«

»Ja, was denn noch?«, wunderte sich Franziska.

»Es war die Art des Mordes, die Vorgehensweise und das Arrangement des Ermordeten, die aus der Sicht der Kripo und ihres Psychologen eindeutig auf mich als Täter hinwiesen.«

»Sie meinen die Pharaonenpose des Toten? Reichlich überspannt, würde ich sagen. So etwas gibt es normalerweise nur in Romanen.«

»Richtig, Frau Gerhard, und das genau ist der springende Punkt. Exakt so wie Küster - mit dem Hammer erschlagen und dann in der gleichen schrecklichen Weise ausstaffiert – stirbt eine der Hauptfiguren in meinem gestohlenen Roman.«

»Aber das Buch ist inzwischen über eine Viertelmillion mal verkauft. Jeder der Leser kennt diese Mordszene und konnte sie nachahmen.«

Kramer seufzte: »Die polizeiliche Seelenabteilung jedenfalls ist davon überzeugt, dass ein solches Arrangement nur einem durch Verbitterung und Enttäuschung überspannten Gehirn entspringen kann. Durch die Nachstellung der im Roman geschilderten Szene habe der Täter – also ich – seinen Anspruch auf das Buch demonstrieren wollen. Aller Welt sollte so gezeigt werden, wer der eigentliche Urheber des Verkaufserfolges ist. – So eine Idiotie! Wie oft habe ich darauf gepocht, dass ich der Verfasser des Buches, also auch dieser Szene bin. Mit einer solchen Mordinszenierung hätte ich mich doch von vornherein selbst entlarvt, hätte genauso gut meine Visitenkarte neben die Leiche legen können. Aber das machen Sie mal einem Psychologen verständlich, der den verschlungenen Wegen eines Mörderhirns nachspürt.«

Kramer fuhr sich mit der Hand durch das dichte, wirre Haar. »Übrigens wurde das Opfer vor dem tödlichen Hammerschlag mit einem Schlafmittel betäubt – eine Erkenntnis, die erst seit gestern bekannt ist. Das Polizeilabor hat Rohypnol in hoher Konzentration im Blut des Toten gefunden.«

»Das würde ja heißen«, folgerte Gerhard, »dass Küster vor seiner Ermordung noch mit dem Täter zusammengesessen, getrunken oder gegessen haben muss. Wahrscheinlich ist ihm dabei das Hypnotikum verabreicht worden.«

»Oder er hat es selbst eingenommen, wofür aber nichts spricht.« Kramer stand auf und trat an das vergitterte Fenster. Eine Weile schwieg er und sah hinaus in den späten Oktobernachmittag. Dann drehte er sich um.

»Nun, durch den Einsatz des Betäubungsmittels erweitert sich der Kreis möglicher Täter.«

»Wie meinen Sie das?«

»Einen kräftigen, wachen Mann mit dem Hammer zu erschlagen, erfordert physische Kraft und Entschlossenheit, zumal wenn der Schlag von der Seite erfolgt, das Opfer also die Annäherung des Mörders bemerken kann. Das ist eine Tat, wie sie typisch für einen männlichen Täter ist. Jetzt aber, nachdem wir wissen, dass das Opfer vorher mit einem Schlafmittel außer Gefecht gesetzt worden war, kann genauso gut eine Frau den Mord verübt haben.«

Franziska sah irritiert auf: »Sie glauben, eine Frau könnte so etwas tun – einen Hammer heben und zuschlagen?«

»Sie glauben gar nicht, was Frauen heutzutage alles zu tun in der Lage sind. Sie haben gegenüber den Männern gewaltig aufgeholt, in jeder Beziehung.«

Ein Justizvollzugsbeamter betrat den Raum. Sein Blick auf die Uhr machte deutlich, dass die Besuchszeit zu Ende war.

Kramer kam zum Tisch zurück. Mit einer Zartheit, als ergreife er ein zerbrechliches Glas, fasste er seinen Sohn unter den Achseln, hob ihn hoch und drückte ihn an sich.

»Benjamin, mein Junge, es tut mir leid, dass du dir all das Schreckliche anhören musstest. Aber ich wollte, dass du aus meinem Mund erfährst, wie es wirklich war. Die nächsten Tage werden für dich nicht leicht. Dir wird einiges zugetragen werden, was ganz anders klingt als das, was ich dir erzählt habe. Ich würde mir wünschen, dass du dich dann immer daran erinnerst, was du soeben von mir gehört hast. – So, und jetzt geh, es wird Zeit, zurück nach Hausen zu fahren. Vergiss nicht, Herrn und Frau Schmoll ganz herzlich von mir zu grüßen – und natürlich auch Tim, deinen neuen Freund.«

Noch einmal zog er seinen Sohn an die Brust und küsste ihn auf die Stirn. »Komm bald wieder«, flüsterte er ihm ins Ohr, bevor er ihn vor Franziska auf den Boden stellte. Voller Dankbarkeit verabschiedete er sich von dem Ehepaar Gerhard. »Es war schön, dass sie Benjamin hierher begleitet haben. Ich hoffe, ich kann Ihnen und der Familie Ihrer Nichte irgendwann einmal vergelten, was Sie für meinen Sohn tun.«

Auf dem Weg zur Tür drehte sich Franziska noch einmal um. »Nehmen Sie Schlafmittel, Herr Kramer?«

Das kurze, bittere Auflachen nahm die Antwort vorweg. »Ja, gelegentlich.«

»Rohypnol?«

»Sie haben's erraten.«

Auf dem Nachhauseweg hielten sie an einem Wäldchen, weil der Junge mal musste. Als Benjamin in den Büschen verschwunden war, fragte Gerhard seine Frau: »Was glaubst du, war es richtig, dass Kramer seinem Sohn die Tat in allen

Einzelheiten erzählt hat? Er hat ja nichts ausgelassen. War das nicht ein bisschen viel für ein Kind?«

»Nein«, Franziska war sich sicher, »bei der allgegenwärtigen medialen Präsenz heutzutage sind Kinder mit Ereignissen dieser Art, auch mit Grausamkeiten vertraut. Ich meine, es war gut, dass der Junge jetzt vorbereitet ist auf all die Fragen, die ihm in den nächsten Tagen gestellt werden. Überschriften wie ‚Der Hammermörder' oder auch ‚Hinrichtung des Pharao' gibt es ganz bestimmt schon morgen in den Zeitungen zu lesen. Es ist wichtig, dass er den Sachverhalt kennt, um darauf reagieren zu können.«

Benjamin kam zurück, noch im Gehen knöpfte er sich die Hose zu. »Können wir jetzt fahren. Tim wartet bestimmt schon auf mich«, drängte er und stieg eilig ins Auto.

»Gib Gas, Heinrich«, lachte Franziska, »schalt Blaulicht und Sirene ein – wir haben einen Notfall.«

7

Die Weinlese war zu Ende. Wundervolle, arbeitsreiche Tage mit neuen Erfahrungen lagen hinter ihnen. Sie hatten liebe Menschen kennengelernt, Freundschaften geschlossen und die Gastlichkeit eines liebenswerten Landes genossen.

Doch auch anderes hatten sie erlebt, waren mit den Untaten des »Spritzers« und der Brutalität eines Mörders konfrontiert worden, hatten erfahren müssen, wie nahe Schönes und Schreckliches nebeneinander liegen können.

Wie zu erwarten hatte sich die Presse auf den spektakulären Mord in Schwäbisch Hall gestürzt, hatte das Besondere dieses Falls, das grausige Zurschaustellen der Leiche in den Vordergrund der Berichterstattung gestellt. Vor allem, als man herausgefunden hatte, dass der von Küster veröffentliche Bestseller genau jene pharaonenhafte Anordnung auf seinem Buchumschlag zeigte, in der man den ermordeten Autor gefunden hatte.

Gerhard war das Bild am Morgen nach ihrem Besuch bei Andreas Kramer auf der Titelseite des »Heilbronner Anzeigers« sofort aufgefallen. »Hier, schau dir das an.« Er hatte das Blatt Franziska hingeschoben. »Genau so wie hier auf dem Cover des Buches war Küsters Leiche zurechtgemacht.«

Gemeinsam hatten sie das Foto betrachtet, das ihnen in seiner großformatigen, farbigen Aufmachung förmlich ins Auge sprang. Der Titel des Romans war in roten Großbuchstaben quer über das gelbe Gewand einer mit gekreuzten Armen am Boden liegenden Gestalt gedruckt und hatte gelautet: »Der gerechte Tod«. Rechts oben über dem Kopf des offensichtlich toten Mannes, dessen Augen zwei Trinkgläser bedeckten und aus dessen Mund ein Hammer ragte, war der Name des Autors aufgeführt: Stefan Küster. »Bestseller« hatte in der linken unteren Ecke gestanden.

»Damit ist bewiesen, Buch und Mord gehören zusammen.«

»Ja«, hatte Franziska bestätigt, »das ist augenscheinlich. Was die Situation für Kramer nur noch schwieriger macht.«

»Wenn wir wieder zu Hause sind, werde ich mir das Buch kaufen und in einer ruhigen Stunde lesen.«

Nun also waren sie auf dem Heimweg. Die Autobahn lag hinter ihnen, auf der Bundesstraße fuhren sie entlang der Fulda, später durch das Tal der Sontra und der Wehre in Richtung Eschwege. Auf dem Rücksitz kabbelten sich

Tim und Benjamin freundschaftlich miteinander, kicherten und lachten und zeigten offen ihre Freude, die Herbstferien bei Heiner und Franziska in Oberhone verbringen zu dürfen. Alle, sowohl das Jugendamt als auch der Vater und Schmolls, hatten es für das Beste gehalten, Benjamin erst einmal gegen das zu erwartende Gerede und die Fragen der kommenden Tage abzuschirmen. Erfreut hatten sie den Vorschlag der Gerhards angenommen, Benjamin für die schulfreie Zeit dem Blickfeld der öffentlichen Aufmerksamkeit zu entziehen und ihn mit nach Nordhessen zu nehmen. Natürlich wollte Tim seinen Freund begleiten, um so mehr, als er von den herrlichen Spiel- und Abenteuermöglichkeiten auf dem ehemaligen Bauernhof in Oberhone hörte.

Lennarts Gezeter war groß, er wollte sich unbedingt dem Bruder und Benjamin anschließen. Schließlich hatte sein Kindergarten auch Ferien. Um ihn zu besänftigen, war man übereingekommen, mit dem Rest der Familie Schmoll am folgenden Freitag ebenfalls nach Oberhone zu fahren und dort das Wochenende zu verbringen.

Gerhard hatte Bernhard vor der Abfahrt mit der Frage überrascht, ob er nicht daran interessiert sei, seinen hervorragenden Wein bei dieser Gelegenheit den Nordhessen vorzustellen. Er hatte den Vorschlag sogar dahingehend konkretisiert, dass er sich anbot, eine Weinstanderlaubnis zu besorgen für das Oktoberfest, das anlässlich des 700-jährigen Jubiläums an diesem Wochenende in dem Nachbardorf Niederdünzebach gefeiert wurde.

»Wein auf einem Oktoberfest?«, hatte der Winzer zu bedenken gegeben und auf die traditionelle Bierdominanz bei solchen Festen hingewiesen.

»Das ist ja gerade der Clou, Gerstensaft und Rebensaft nebeneinander. Besondere Anlässe erfordern eben unerwartete und außergewöhnliche Maßnahmen. Ich werde mit dem Ortsvorsteher sprechen«, hatte sich Gerhard bereiterklärt, »der ist bekannt für seine Aufgeschlossenheit gegenüber Neuerungen. Ich bin sicher, es wird klappen.«

Schon, als sie auf den gepflasterten Hof des Oberhöner Anwesens fuhren, waren die beiden Jungen ganz aus dem Häuschen. Sie hatten es eilig, das Fahrzeug zu verlassen. Schnell rannten sie zwischen den Kirschbäumen hindurch zu der Weide, die unmittelbar an das Grundstück angrenzte. Mit großen Augen bestaunten sie die vielköpfige Kuhherde, die dort graste. Ihre Begeisterung steigerte sich noch, als sie die Pferde in der Koppel dahinter bemerkten und auf die laut schnatternden Gänse, Puten und Enten aufmerksam wurden, die der benachbarte Bauer gerade fütterte.

Gerhard, auf die geöffnete Autotür gestützt, sah lächelnd den Kindern hinterher. »Die werden sich wohlfühlen hier bei uns«, prophezeite er.

»Daran habe ich keinen Zweifel«, bestätigte Franziska und begann, den Wagen auszuräumen.

Die nächsten Tage waren ein einziges, großes Erlebnis, für Tim gleichermaßen wie für Benjamin, aber auch für Heinrich Gerhard, den Pensionär, der zusammen mit den Jungen Aktivitäten entwickelte, die bei Franziska das eine oder andere lächelnde Kopfschütteln hervorriefen. So waren sie an einem Morgen noch vor der Dämmerung zu einer Wanderung aufgebrochen, um im ersten Tageslicht die Tiere des Waldes beobachten zu können. Onkel Heiner, wie die Kinder Gerhard liebevoll nannten, hatte ihnen Großwild zu zeigen versprochen. Und tatsächlich, ihre optische Jagdausbeute war mit fünf Hirschen, einer Rotte Wildschweinen und diversen Rehen beträchtlich gewesen.

An einem anderen Tag hatte Gerhard die alte, hinter dem

Haus gelagerte Jolle wieder aktiviert und war, unter den erstaunten Blicken der Flussanrainer, mit den Kindern die Werra hinunter bis Bad Sooden-Allendorf gesegelt. Dort in der Eisdiele hatten sie sich von Franziska abholen lassen.

»Dir fehlt ein Enkel«, hörte Gerhard seine Frau feststellen, als er an einem der Abende erschöpft, aber glücklich am Kamin saß und den Tag Revue passieren ließ, »oder besser zwei, drei Enkel, auf die du deine Energie verteilen kannst.«

»Ach ja«, seufzte er, »du hast Recht. Aber die Jugend heute lässt sich so viel Zeit mit dem Kinderkriegen. Dabei beweise ich doch gerade, welche Großvaterqualitäten in mir schlummern.«

»Sei froh, dass unsere Kinder vor der Familiengründung erst ihre Ausbildung abschließen. Wenn ich daran denke, wie oft in früheren Zeiten – Zeiten, die gar nicht mal so lange zurückliegen – Lebenswege und Karrieren durch allzu frühen Kinderzuwachs beendet und zerstört wurden. – Nun, unser Ältester ist mit seiner Ausbildung fertig, seine Freundin ebenfalls«, gab sich Franziska zuversichtlich. »Vielleicht werden wir schneller Opa und Oma, als wir denken.«

In der Wochenmitte rief Kerstin an und erkundigte sich nach den Kindern. Sie äußerte, fast entschuldigend, die Vermutung, dass ihr Onkel von den beiden Buben möglicherweise ganz schön auf Trab gehalten werde. »Eher umgekehrt«, beruhigte sie Franziska und teilte ihr mit, dass der Weinausschank in Niederdünzebach genehmigt sei, eine Verkaufsbude von der Gemeinde zur Verfügung gestellt würde. »Richte Bernhard aus, er soll sich ausreichend mit Flaschen eindecken. Wenn die Nordhessen erst einmal auf den Geschmack gekommen sind...«

Auch Kramer meldete sich. Ihm war von der Anstaltsleitung die Erlaubnis für ein Telefonat mit seinem Sohn erteilt worden. Gerhard hatte sich am Schluss des Gesprächs den Hörer geben lassen und kurz mit dem Künstler gesprochen, hatte erfahren, dass die Inhaftierung im Untersuchungsgefängnis voraussichtlich bis zum Ende des Prozesses und der Urteilsverkündung andauern werde. Das könne sich noch Wochen oder Monate hinziehen, habe ihm sein Verteidiger erklärt.

Die Ankunft der Eltern beziehungsweise Pflegeeltern am Freitag wurde von den beiden Jungen mit gemischten Gefühlen aufgenommen. Auf der einen Seite freuten sie sich, Vater Bernhard, Mutter Kerstin und Lennart wiederzusehen, auf der anderen Seite wurde ihnen bewusst, dass mit deren Ankunft die letzten Tage ihres Ferienaufenthaltes angebrochen waren.

Während Benjamin und Tim dem kleinen Bruder die aufregenden Örtlichkeiten der Umgebung zeigten – den vollautomatisierten Kuhstall vom Bauern Thiele, Ortwin Ludwigs riesige Viereinhalbzentnerschweine oder auch Ecken-Günthers langmähnige Ponyherde -, und die Frauen beim Kaffee Neuigkeiten austauschten, Altes aufwärmten und den Informationsstand über die Verwandtschaft aktualisierten, fuhr Gerhard mit Bernhard nach Niederdünzebach. Sie wollten die Weinverkaufsbude in Augenschein nehmen und sie für die morgige Jubiläumsveranstaltung vorbereiten.

Der unveränderten Skepsis des Winzers hinsichtlich der Verkaufschancen seiner Ware in dieser nördlichen Bierregion begegnete Gerhard mit überzeugtem Optimismus. »Ich kenne doch meine Nordhessen. Was gut ist, wird auch angenommen und getrunken. Und deine Lemberger-, Trollinger-

und Schwarzrieslingweine sind gut, sehr gut sogar. Warten wir also ab, wie's morgen läuft.«

Das kleine Dorf Niederdünzebach, am Dunzebach zwischen Werra und den Hügelketten des Schlierbachwaldes gelegen, wurde vor 700 Jahren erstmals urkundlich erwähnt. Dieser wahrscheinlich mönchischen Tat verdankten die Besucher und ihre angereisten Gäste die Aktivitäten dieses Wochenendes, die heute mit einer feierlichen Würdigung im Rahmen des Oktoberfestes ihren Höhepunkt fanden.

Niederdünzebach war eine ruhige, abseits großer Verkehrswege gelegene Ortschaft. Längst hatte das Dorf seine frühere Selbstständigkeit nach der Eingemeindung in die nahe Kreisstadt Eschwege verloren. Die alte Schule war zu einer besonders im Sommer von Radlern frequentierten Kneipe umfunktioniert, die neue Schule nach deren Schließung zu einem schmucken Dorfgemeinschaftshaus umgebaut worden. Das Festzelt, in dem am Abend die offizielle Jubiläumsveranstaltung über die Bühne gehen sollte, hatte man auf dem ehemaligen Schulhof aufgestellt.

Blauweiße Wimpel verzierten die Frontseite, zwei Flaggen der gleichen freistaatlichen Couleur hingen schlaff an seitlich aufgerichteten Fahnenstangen. Um den Eingangsbereich gruppierten sich einige Holzbuden, in denen das übliche Oktoberfestsortiment angeboten wurde: Brezeln und Laugenstangen, Kindersüßigkeiten, Bratwürste, Weißwürste und Leberkäse. Bernhards Weinstand hob sich aus soviel Vertrautem und Erwartetem wohltuend heraus und war schon am späten Nachmittag dicht umlagert. Es war eingetroffen, was Gerhard vorausgesagt hatte: Der Wein schmeckte und die Dünzebacher waren alles andere als Kostverächter.

Franziska und Heinrich hatten sich mit den beiden Jungen zu einer Entdeckungstour durch das Dorf aufgemacht. Es war schon dämmrig, als sie schließlich zwei Stunden später zurückkehrten. Aufgeregt erzählte Tim seinen Eltern vom »Affen-Herzog«, der im Garten seines Gasthofs die exotischen Tiere hielt. Benjamin zeigte stolz seine nassen Hosenbeine, die er sich beim Herumtollen im Kneippbecken des Freizeitzentrums geholt hatte. Es war offensichtlich, die Kinder genossen den Trubel und das pulsierende Leben, das das verschlafene Dorf an diesem Tag erfüllte.

»Kommst du mit zum Festakt?«, fragte Franziska ihre Nichte und deutete auf das Zelt, in das die für ein Oktoberfest ungewöhnlich feierlich gekleideten Menschen strömten.

»Nein, das geht nicht«, antwortete Kerstin, »der Andrang am Weinstand ist zu groß. Bernhard packt das nicht allein, ich muss helfen.«

»Und die Kinder?«

»Lass sie doch herumtollen. Die beschäftigen sich schon selbst. Was sollen sie hier in diesem unschuldigen Dorf schon anstellen?«

Das Festzelt hatte sich bis auf den letzten Platz gefüllt. Honoratioren, geladene Gäste, Dorfbewohner und Besucher aus der Umgebung drängten sich dicht an dicht auf den schmalen Holzbänken und warteten auf die Eröffnung des Festkommers. Die hohe Bretterbühne, auf der später die Blaskapelle zum Tanz aufspielen würde, war mit in Kübel gepflanzten Büschen festlich geschmückt, ein Stehpult mit einem Mikrofon und einer schon eingeschalteten Leselampe erwartete den Begrüßungsredner. Der Geräuschpegel sank, die Gespräche verstummten, als die Leuchten über den Tischen gedämpft wurden und Scheinwerfer die Bühne in helles Licht tauchten.

»Jetzt geht‘s los«, flüsterte Gerhard Franziska zu und zeigte zu der Aufgangstreppe, über die ein Mann mit gelichteten Haaren das Podest erklomm. »Das ist der Ortsvorsteher. Ich nehme an, er wird die Gäste begrüßen.«

Mit gewichtiger Miene schritt Berthold Konar auf das Rednerpult zu. Er war ein allgemein bekannter, ungemein beliebter Mann, dessen stets freundlichem Gesicht man nicht ansah, wieviel Hintertürchen und Seitenwege er kannte und auch gelegentlich anwendete, wenn es darum ging, etwas zum Wohle seiner Gemeinde zu erreichen. Er hatte den Ruf, unkonventionell und unbeirrt einer Sache nachzugehen, wenn er nur von ihrer Richtigkeit und Notwendigkeit überzeugt war.

Der Ortsvorsteher hatte jetzt seinen Rednerplatz erreicht. Selbstbewusst ließ er, die Hände auf die Pultumrandung gestützt, die Augen über die erwartungsfrohe Zuhörerschaft gleiten. Wenig nur konnte Konar aus der Ruhe bringen. Auch die aus Politik und Wirtschaft angereiste Prominenz an den vorderen Tischen würde ihn, da war sich Gerhard sicher, nicht verunsichern können.

Um so erstaunter registrierte er den plötzlichen Wandel im Auftreten des Ortsvorstehers, dessen Blick sich mit einem Anflug von Entsetzen auf die schräge Pultauflage fixierte. »Das gibt’s doch nicht!«, konnte man, geflüstert zwar, aber deutlich, über das eingeschaltete Mikrofon aus den Lautsprechern hören. Ratlos beugte sich Konar zu den Seiten und suchte mit den Augen die Pultumgebung ab. Schließlich ging er sogar, in einer Geste verzweifelter Ungläubigkeit, in die Hocke und tastete mit den Fingern über den Boden.

Als er sich wieder aufgerichtet hatte, vergingen drei, vier schweigende Sekunden – eine Seltenheit im Leben des

Berthold Konar -, bis er, aufgeweckt durch die einsetzende Unruhe im Zelt, den Kopf hob und zu sprechen begann: »Liebe Festgemeinde, liebe Gäste und Besucher. Voller Stolz und Freude feiern wir heute das 700-jährige Jubiläum der erstmaligen Erwähnung Niederdünzebachs. Es erfüllt mich mit Glück, dass ich zu diesem feierlichen Anlass eine solch große Anzahl von Persönlichkeiten des Kreises, des Bezirkes und, das freut mich besonders, des Landes Hessen hier bei uns willkommen heißen darf. Ich begrüße im Einzelnen...«

Hier stockte Konar. Im Schwung seiner nach den gelungenen Anfangssätzen gerade eben wiedererlangten Selbstsicherheit hatte er sich hinreißen lassen, in der gewohnten Routine früher gehaltener Begrüßungsreden fortzufahren. Dabei war ihm zu spät aufgegangen, in welch peinliche Lage er sich dadurch manövriert hatte. Denn jedem der Zuhörer war inzwischen klar, was ihrem Ortsvorsteher widerfahren war. Nach dem vergeblichen Herumsuchen auf und um das Stehpult herum gab es nun keinen mehr, der nicht begriffen hatte: Berthold Konar war sein Redekonzept abhanden gekommen – und mit ihm auch das Namensverzeichnis der Ehrengäste.

Gerhard konnte sich die Gedanken, die dem Ortsvorsteher in diesem Moment durch den Kopf gingen, lebhaft vorstellen. Zwar kannte Konar seine Parteifreunde, den Landrat, den Bürgermeister und die anderen regionalen Politikgrößen mit Namen, aber wer alles aus der Landeshauptstadt hier herauf in den hessischen Norden zum Gratulieren gekommen war, dessen konnte er sich beim besten Willen nicht erinnern. Allenfalls der Namen des Ministers war ihm noch geläufig, aber wie zum Teufel hießen der mitgereiste Staatssekretär, wie der Regierungsdirektor?

Berthold Konar, bekannt für seine Schlitzohrigkeit, aber auch seine Geistesgegenwart, zögerte nur kurz, um dann in eleganter Manier eine Probe dieser ihm nachgesagten Eigenschaften abzugeben. Mit feierlichem Pathos begann er, die Arme zur Decke gestreckt, zu reden:

»700 Jahre schauen auf uns herab, 700 Jahre wechselvolle Geschichte, in denen wir durch Überwindung von Stammesegoismen und Kleinstaatlichkeit zu dem geworden sind, was uns gerade an einem Tag wie dem heutigen und einem Ort wie diesem sichtbar vor Augen geführt wird: Zu einem einig Volk von Brüdern.«

Er machte eine kurze Pause, um seine eidgenössische Anleihe wirken zu lassen. Dann fuhr er, die Augen auf einen imaginären Punkt an der gegenüberliegenden Zeltwand gerichtet, in völliger Ignorierung der bundesdeutschen Wirklichkeit fort. »In unserem Volk zählt der Privilegierte nicht mehr als der einfache Mann, werden Herrschende wie Dienende gleichermaßen behandelt und respektiert. Deshalb sollten wir auf einer solch geschichtsträchtigen Jubiläumsfeier unsere Verbundenheit mit dieser gesellschaftlichen Errungenschaft demonstrieren und auf Einzelvorstellungen gänzlich verzichten. In diesem Geist begrüße ich Sie alle hier im Zelt noch einmal ganz herzlich und bitte nun den Herrn Minister um sein Grußwort.« Lebhafter Beifall, vor allem von den hinteren Tischen, begleitete Berthold Konar auf dem Weg zu seinem Sitzplatz.

Nach dieser bravourösen Improvisation des Ortsvorstehers kamen der Minister und auch alle Folgeredner nicht umhin, gute Miene zu dem gerade erlebten Spiel zu machen und unvorgestellt ihre Glückwünsche und Grußadressen zu übermitteln. Dabei konnten, wie zu erwarten, einige Politiker der Versuchung nicht widerstehen, sich selbst während ihres Vortrages mit Namen und vor allem Titel zu präsentieren.

Es dauerte noch eine gute halbe Stunde, bis auch der letzte Redner dem Dorf Niederdünzebach seine Gratulation überbracht hatte und der offizielle Teil der Jubiläumsfeier zu Ende war. Schnell wurden Büsche und Rednerpult vom Podium gehoben, Stühle für die Blaskapelle hinaufgereicht. Als die in Lederhosen gekleideten Musiker schließlich die Bühne betraten und von der Alm, von Madeln, Buam und der Liebe zu singen begannen, war das Oktoberfest endlich richtig in Schwung gekommen.

»Komm, lass uns zum Weinstand gehen«, schlug Gerhard vor, »mal sehen, was die Kinder machen.« Er nahm Franziska an der Hand und bugsierte sie durch die sich zwischen Tanzfläche und Würstchenbude hin und her schiebende Menschenmenge. Dabei passierten sie eine Ansammlung von Dorfbewohnern, in deren Mitte Berthold Konar gerade seinem Zorn freien Lauf ließ: »Wenn ich den erwische, der mir mein Redemanuskript weggenommen hat...«

Der Weinstand war noch immer gut frequentiert, in Zweierreihen standen die Gäste an dem breiten Thekenbrett und hielten kleine Gläser in den Händen.

»Wo sind die Buben?«, fragte Franziska und sah sich um. Bernhard, die Hemdsärmel längst aufgekrempelt, wischte sich mit der Schürze die schweißnasse Stirn. Er deutete in die hintere Ecke der Bretterbude. »Dort sitzen sie. Benjamin bringt Tim das Malen bei.«

»Hallo, ihr zwei.« Gerhard beugte sich zu den Knaben hinunter und versuchte zu erkennen, was Benjamin gerade auf ein weißes DIN A-4-Blatt zeichnete. Erstaunt registrierte er die in seinen Proportionen absolut stimmige Darstellung eines springenden Pferdes, das über einen Bach hinwegsetzte.

»Mein Gott, das ist ja großartig«, entfuhr es ihm. Er winkte seine Frau heran und zeigte auf die am Boden liegenden schon bemalten Blätter. Auf ihnen hatte Benjamin in gleicher Könnerschaft weitere Tiere, aber auch Bäume und Blumen zur Abbildung gebracht.

»Der Junge hat Talent«, flüsterte Franziska und hob eine der Zeichnungen auf. »Sieh nur, diese sichere Strichführung. – Da gibt es kein überflüssiges Gekritzel, die Linie stimmt einfach.« Sie hielt Heinrich das Blatt entgegen und registrierte verwundert, dass dieser nicht das Bild betrachtete, sondern entgeistert auf die computergeschriebene Rückseite starrte.

»Wo habt ihr das Papier her?«, sprach Gerhard barsch die beiden Jungen an, die erschreckt aufsahen, als sie den ungewohnten Tonfall in Onkel Heiners Stimme wahrnahmen. »Wo, um Himmels willen, habt ihr die Blätter gefunden?«

Tims Antwort war schlicht und voller Unschuld: »Sie lagen auf dem Holzkasten, da oben im Zelt.«

»Und da habt ihr sie so einfach genommen?«

»Warum denn nicht? Man kann doch so gut darauf malen.« In großer Eile sammelte Gerhard die Blätter ein, faltete sie und steckte sie heimlich in die Jackentasche. »Ich hebe die Zeichnungen für dich auf, Benjamin.« Mit einem Seufzen strich er dem Jungen über den Kopf. »Du wirst bestimmt mal ein großer Maler. Mach nur weiter so.«

Franziska zog ihren Mann zur Seite. »War das das abhanden gekommene...?«

»Ja, das war Berthold Konars verschwundenes Redekonzept.«

»Oh Gott, wie konnte das nur passieren?«

Gerhard zuckte die Schultern. »Im Umfeld von Kindern kann so manches passieren, da muss man immer mit Überraschungen rechnen.«

Franziskas belustigtes Kichern ließ ihn aufmerken.

»Du, Heinrich, wieviel Blätter waren es denn, auf die Benjamin gezeichnet hat?«

»Na, mindestens sechs. Eines war noch unbemalt.«

»Also sieben DIN A-4-Seiten. Weißt du, was das heißt? – Die Kinder müssten eigentlich einen Orden bekommen.«

»Wieso das?«

»Stell dir doch nur einmal vor, wie viele Worte auf sieben Seiten passen. Und jetzt rechne dir aus, was für eine Rede das geworden wäre.«

»Oh weh!« Jetzt lachte auch Heinrich. »So gesehen hätten die Kinder wirklich einen Orden verdient.«

Vom Festzelt klang fröhlicher Bläserklang herüber. Gerhard stieß seine Frau an und zeigte auf Kerstin, deren Hüften und Füße sich im Rhythmus der alpenländischen Musik bewegten. »Schau nur, wie's den jungen Leuten in den Beinen juckt. Weißt du was, Franziska, wir übernehmen für ein Stündchen den Stand. Dann können die beiden sich mal richtig austanzen.«

»Nehmt ihr die Kinder mit ins Zelt?«, fragte Gerhard, als ihm Bernhard kurz darauf die Winzerschürze umband und den Weinausschank übertrug.

»Nein, kommt nicht in Frage«, wehrte Kerstin resolut ab, »sie haben dort schon für genügend Verwirrung gesorgt. In einer Stunde spätestens sind wir wieder zurück. Dann wird es sowieso Zeit, dass die Jungs nach Hause ins Bett kommen. – Bis dahin lasst sie doch draußen spielen. Da können sie wenigstens nicht noch mehr anrichten.«

Hier irrte die junge Mutter, die ihren Mann jetzt unternehmungslustig unterhakte und mit einem »Komm, Bernhard, auf zum Tanzen« ins Festzelt entführte.

Gerhard und Franziska hatten alle Hände voll zu tun,

dem Ansturm der nordhessischen Weinfreunde nachzukommen. Mit steigender Gläser- und Promillezahl war auch die Konsumgeschwindigkeit gestiegen. Aus anfänglichen Weingenießern waren nun Weintrinker geworden, die nicht mehr nur an ihren Gläschen nippten, sondern sie in einem Zug austranken und sofort nachfüllen ließen.

Erstaunt blickte Gerhard auf, als plötzlich wieder Kerstin vor ihm stand und ihn am Ärmel zog. Hinter ihr gewahrte er Bernhard, der Benjamin und Tim in festem Griff an den Schultern gepackt hatte. Ganz offensichtlich hielt er sich mit Bedacht im rückwärtigen Dunkel der Weinbude.

»Was ist los? Wieso seid ihr schon hier?« Gerhard schaute auf die Uhr. »Es ist noch nicht einmal eine halbe Stunde vergangen.«

»Im Zelt ist es unerträglich«, stieß Kerstin mit einem Anflug von Panik hervor.

»Der Lärm?«

»Nein, der Gestank.« Hastig band sie ihrem Onkel die Schürze los und flehte: »Fahrt um Gottes willen die Kinder nach Hause. Ich erkläre euch morgen alles.«

Bernhard hatte inzwischen Franziska herangewinkt und sie flüsternd über das Vorgefallene informiert. Mit schnellem Schritt folgte Gerhard seiner Frau, die mit Tim und Benjamin an den Händen dem Parkplatz zustrebte.

»Was ist passiert? Wieso diese Hektik?«, rief er den Vorauseilenden hinterher.

Unter einer Straßenlaterne drehte sich Franziska um und wartete, bis er herankam. »Guck dir die beiden an und riech mal an ihnen, dann weißt du Bescheid.«

Der Blick auf die Jungen bestätigte Gerhard, was seine Nase ihm schon bei der Annäherung signalisiert hatte: Breite Fließspuren und Spritzer überzogen die Gesichter und Hände, graubraune Flecken bedeckten Kleidung und Schuhe. Dazu verströmten beide eine Ausdünstung, die Gerhard nur all zu gut aus den Stallungen der Bauernhöfe seines Dorfes kannte.

»Mein Gott«, entfuhr es ihm, »habt ihr euch in der Gülle gewälzt?«

Mit hängenden Köpfen und niedergeschlagenen Augen standen Tim und Benjamin, dessen Blondhaar unter der klebenden Fäkalienschicht kaum noch erkennbar war, vor Onkel Heiner und waren keiner Antwort fähig.

»Viel schlimmer«, informierte ihn Franziska, während sie sich, die Kinder im Schlepptau, wieder in Bewegung setzte. »Die beiden haben mit Gülle regelrecht geduscht.«

Auf dem Weg zum Wagen erzählte sie ihrem Mann das Wenige, das ihr Bernhard mitgeteilt hatte: Kerstins mütterlichem Instinkt war es zu verdanken, dass sie am Tatort war, noch bevor das Unheil den Übrigen so richtig klar geworden war. Schon als die ersten Duftwolken das Zelt durchschwebten, hatte sie, nach allen Seiten witternd, den Tanz unterbrochen und ahnungsvoll hervorgestoßen: »Mein Gott, die Kinder!« Einer inneren Stimme gehorchend war sie aus dem Zelt gestürmt und, dem Gestank nachspürend, losgerannt. Nur mit Mühe hatte ihr Bernhard folgen können. Am Ort des Geschehens hatten beide sofort erfasst, was passiert war: Aus dem geöffneten Auslaufstutzen eines Güllewagens, den ein Landwirt auf einem angrenzenden Grundstück abgestellt hatte, sahen sie eine trübe, stinkende Brühe verflüssigten Stalldungs auf den Grasboden fließen und von dort in einer selbstgeschaffenen Rinne den kleinen Hang zum Festplatz hinunterlaufen. Mit dem Blick hatten sie den ekelerregenden Strom bis zu der Stelle verfolgt, an der er die seitliche Zeltbahn erreichte und schließlich im Zeltinneren verschwand.

Nun war es Bernhard gewesen, der als erster der entsetzten Eltern aus der Erstarrung erwacht und die Initiative ergriffen hatte. Mit einem beherzten Schritt war er auf die seitlich des Güllewagens wie versteinert stehenden Kinder zugegangen, hatte sie ergriffen und mit den Worten »nichts wie fort von hier« die Böschung hinab einer möglichen Entdeckung entzogen.

Sie hätten nur spielen wollen, hatten die Jungen beteuert, hätten den abgestellten Wagen lediglich auskundschaften wollen. In ihrem Entdeckungseifer hatten sie dann an allen möglichen Hebeln und Ketten gezogen, an Knöpfen und Schrauben gedreht, bis sich plötzlich, gerade als sie unter dem Fassauslauf standen, der Verschlussdeckel gelöst und der Wageninhalt über sie ergossen hatte.

Gerhard war froh, dass er die Plastikplane, mit der er vor einigen Tagen den Kofferraum ausgelegt hatte, zu entfernen vergessen hatte. Jetzt war sie genau das, was er brauchte, um die Rücksitzpolster vor den verdreckten, übelriechenden Passagieren zu schützen.

»Dreh die Heizung auf, Heinrich, den Kindern muss doch kalt sein.«

Von hinten kam Tims Protest: »Nein, wir frieren überhaupt nicht, das Zeug war ja noch ganz warm.«

Am nächsten Morgen erzählte Kerstin von den Auswirkungen des kindlichen Missgeschicks auf den Verlauf des Abends. Nach den vergeblichen, von Berthold Konar tatkräftig in die Wege geleiteten Versuchen, die ins Zelt geflossene Gülle durch Überdeckung mit Sägespänen geruchlich zu neutralisieren, war ein Großteil der Ehrengäste unter Angabe der unterschiedlichsten Gründe vorzeitig abgereist. Das hatte aber der Stimmung im Zelt nicht den geringsten Abbruch getan – im Gegenteil. Es sei, so hätten ihr Dorfbewohner versichert, eine der fröhlichsten Feiern seit langem geworden. Der Geruch, von dem die einen vertrieben worden waren, hatte die anderen geeint in der Erinnerung an die guten, alten Zeiten, in denen Ausdünstungen dieser Art ständig über dem Dorf gelegen und von Arbeit, Schweiß und Brot gekündet hatten.

Lennart, der Fünfjährige, der am Vorabend unter der Aufsicht eines Nachbarmädchens in Oberhone hatte bleiben müssen, war der Erzählung seiner Mutter mit offenem Mund gefolgt. Jetzt sprang er vom Frühstückstisch auf, stellte sich vor Tim und Benjamin und schüttelte sich in gespieltem Ekel. »Igitt! Igitt! – Kuhscheiße!«, um mit leuchtenden Augen fortzufahren: »Schade, dass ich nicht mit dabei war.«

8

Der November hatte begonnen und sein Anfang entsprach so ganz und gar dem gängigen Bild des grauen Trauermonats. Es nieselte ununterbrochen, spärlich nur sickerte trübes Licht durch die Dunstschicht, die bis dicht auf den Boden reichte. Unter den heftigen Winden der letzten Tage hatten die Bäume bereits den größten Teil ihrer Blätter verloren, hoch lag das angewehte Laub an Mauern und Hecken.

Es war die Zeit, in der in den Häusern auch tagsüber die Beleuchtung eingeschaltet und erste Kerzen angezündet wurden. Schokoladennikoläuse und Lebkuchenmännchen bevölkerten zunehmend die Regale der Kaufhäuser und in den Bäckereien verkündeten Christstollen in allen Variationen, dass das Weihnachtsfest auch in diesem Jahr wieder in unaufhaltsamer Unabänderlichkeit näherrückte.

Für Gerhard war der November ein Monat des Rückzugs, des Ausruhens von den vielfältigen außerhäuslichen Verlockungen der hellen Jahreszeit. Die Unaufgeregtheit dieser späten Herbsttage, das Atemanhalten vor der Geschäftigkeit der Adventszeit fanden in seinem Lebensrhythmus ihren Widerhall. So wie die Natur sich in dieser Jahresperiode abkapselte und zur Ruhe kam, wurde auch er von einem Gleichklang erfüllt, der ihn empfänglich machte für das Leise und Empfindsame in ihm und um ihn herum.

Das Leben auf dem Landsitz, wie die Gerhards ihr Anwesen in Oberhone nannten, floss in diesen Tagen in ruhigem, stetem Lauf. Franziska hatte sich im Haupthaus ein Büro eingerichtet. Von hier lenkte sie mit souveräner Hand ihr Reiseunternehmen. Heinrich verbrachte einen Großteil seiner Zeit im Nebengebäude, dem einstigen Stall des Bauernhauses, den er sich zu seinem Künstlerrefugium umgebaut hatte. Dort, inspiriert von vorüberziehenden windgepeitschten Wetterfronten, malte er düstere Landschaften unter wolkenverhangenem Himmel, spielte Brahms und nahm sich die Muse, endlich all das zu lesen, was er sich im Sommer vorgenommen, aber nicht geschafft hatte. Beide, Franziska ebenso wie Heinrich, liebten diese stillen Novembertage, an deren Abenden sie sich oft am Kaminfeuer gegenüber saßen, jeder ein Buch oder eine Zeitschrift in der Hand, und schweigend die Nähe des anderen genossen.

Schon Ende des Monats würde die friedvolle Zeit für einige Tage unterbrochen werden, das hatte Gerhard gestern erfahren. Verwundert hatte er dabei registriert, dass er der ins Haus stehenden Unruhe durchaus mit Wohlgefallen entgegensah. Er freute sich auf den erneuten Besuch der Familie Schmoll, die noch einmal nach Nordhessen reisen würde, um dem Wunsch der Stadt Eschwege nachzukommen, auf dem diesjährigen Weihnachtsmarkt einen Stand zu errichten. Der Erfolg in Niederdünzebach, so hatte ihn der Stadtmanager in einem Telefonat informiert, habe die Organisatoren bewogen, den Weinverkauf in das Marktprogramm aufzunehmen. Ob denn der Winzer daran interessiert sei, zumindest an dem Wochenende der Markteröffnung dem Eschweger Publikum seine Weine anzubieten? Vielleicht könne er dabei auch einen original schwäbischen Glühwein offerieren...?

Bernhard hatte zugestimmt, als er von Gerhard über die Bitte des Stadtmanagers unterrichtet worden war. Auch für den Glühwein würde er sich etwas einfallen lassen. Schließlich sei das Geschäft in Niederdünzebach außerordentlich lukrativ gewesen – und Spaß habe es nebenbei auch gemacht. Auf Bernhards Frage, ob sich seine Familie denn nach den Eskapaden der Kinder während der 700-Jahrfeier überhaupt noch im Eschweger Raum sehen lassen könne, hatte Gerhard ihn beruhigt: »Kein Mensch weiß, dass Tim und Benjamin die Urheber der Streiche waren. Ihr könnt also ohne Bedenken kommen.«

Im Mordfall Küster wusste Bernhard nichts Neues zu berichten. Kramer saß noch immer im Gefängnis und wartete auf seinen Prozess. Unverändert bestand dringender Tatverdacht, die Polizei hatte bisher nichts zu seiner Entlastung ermitteln können. Benjamins Mutter blieb nach wie vor verschwunden, Verwandte hatten sich noch nicht gemeldet. Der Junge würde also bis auf weiteres in Hausen wohnen bleiben. »Wir sind froh um jeden Tag, den wir ihn bei uns haben. Er versteht sich so gut mit Tim. Und überhaupt – Benjamin muss man einfach gern haben.« Innere Bewegtheit und gleichzeitig Verlegenheit waren aus Bernhards abschließenden Worten herauszuspüren gewesen.

»Benjamin ist wie ein stilles Licht, das man anschauen muss, ob man will oder nicht. Stets bleibt ein Schein von ihm in einem zurück.«

Der heutige Tag war noch grauer als die grauen Vortage. Aus dem Nieselregen war prasselnder Dauerregen geworden. Wenigstens hatte der Wind nachgelassen, als Gerhard mit übergezogener Anorakkapuze den Eschweger Schulberg hinaufeilte.

Heute war die Regenvariante eines Stadtbummels angesagt, das Springen von Gebäude zu Gebäude, deren trockene Räume Schutz vor den unaufhörlich niederstürzenden Wassermassen boten. Er, Heinrich, wollte vornehmlich Kultur schnuppern, soweit das am hellichten Nachmittag in Eschwege möglich war. Franziska dagegen, da hatte er keinen Zweifel, würde sich ausschließlich durch die Niederungen des materiellen Konsums, durch Kaufhäuser und Modegeschäfte treiben lassen. Nur dort, würde sie später begründen, habe sie vor dem Wetter Unterschlupf finden können. Danach hatten sie sich in der »Traube« zu einem Kaffee verabredet.

Die Visite der ersten kulturellen Einrichtung der Stadt lag bereits hinter ihm. Fast eine Stunde hatte er in der Bibliothek die Regale durchstöbert, in den Bildbänden mit den Werken der großen Maler geblättert und sich so auf das vor ihm liegende Ereignis eingestimmt.

Jetzt stand der Besuch des Hochzeitshauses auf dem Programm. Gerhard betrat den Lichthof des repräsentativen Renaissancebaus und schaute verwundert auf die vielen Menschen, die sich an diesem trüben Nachmittag zur Eröffnung einer Gemäldeausstellung hier versammelt hatten. Es war schwer zu entscheiden, ob sie die Kunst in das glasüberdachte Geviert gelockt oder aber der Regen hier hinein getrieben hatte. Schnell angelte er sich ein Lachsbrötchen von einem der auf einem seitlichen Tisch platzierten Tabletts und ergriff das angebotene Sektglas. Mit den unerlässlichen kulinarischen Attributen einer Vernissage in den Händen nahm er, für alle sichtbar zur Teilnahme legitimiert, zwischen den gleichermaßen ausgestatteten Kunstliebhabern Platz.

Gerhard sah sich um. Graue, sorgfältig frisierte Haare verrieten ihm, dass er in die Ausstellung einer älteren Dame geraten war, die augenscheinlich ihre Malerkolleginnen, vielleicht auch die Freundinnen des Kaffeekränzchens, in großer Zahl mitgebracht hatte. Er versuchte, Technik und Motive der rings an den Wänden aufgehängten Bilder zu erkennen. Aber bei der blassen Farbgebung und schwachen Konturierung der kleinformatigen Objekte vermochte er nur wenig Detailliertes zu unterscheiden. Er seufzte, befürchtete, dass es die üblichen, von mutloser weiblicher Hand gemalten Landschaftsaquarelle sein könnten, vielleicht auch Blumen und Blüten in duftigen Pastelltönen. Nicht unbedingt sein Geschmack, aber was machte das. Er saß im Trockenen, genoss Brötchen und Sekt und ließ sich von dem musealen Kunstflair einhüllen.

Ein beleibter Mann, der als Galerist einer benachbarten thüringischen Kleinstadt vorgestellt wurde, hielt die Laudatio. Neben das Rednerpult hatte man die Künstlerin gesetzt, eine schlanke, schon weißhaarige Frau, die während des Vortrags mit einem Ausdruck höchster Glückseligkeit vor sich auf den Boden schaute. Gerhard bezweifelte, dass es alleine die oftmals schwer verständlichen Lobeshymnen auf ihre Kunstwerke waren, die die alte Dame beseelten. Deutlich war aus dem faltigen Gesicht abzulesen, dass sie es genauso genoss, noch einmal im Mittelpunkt einer Gesellschaft zu stehen.

Das Klatschen des Regens auf das Glasdach des Lichthofes vermischte sich mit der monotonen Eloge des Redners. Für einen Augenblick schloss Gerhard die Augen.

Er dachte an Andreas Kramer. Auch dieser hatte, vertraute man seinen Angaben, ein Kunstwerk geschaffen, hatte tage-, vielleicht auch nächtelang gerungen mit der adäquaten Formulierung, hatte gekürzt, erweitert und an der Vollendung des Ausdrucks geschliffen. Aber ihm war, anders als der Künstlerin heute, nicht das Glück vergönnt, sein Werk der Öffentlichkeit vorzustellen. Gerhard wusste aus eigener Anschauung, wie wichtig es für den künstlerisch Schaffenden war, sein unter so viel innerer Anteilnahme gefertigtes Produkt der beurteilenden Meinung anderer zu unterwerfen. Er selbst hatte oft, kaum dass der letzte Pinselstrich gesetzt war, sein noch farbnasses Bild Franziska vorgelegt, hatte nicht abwarten können, ihre Wertung zu hören.

Es musste entsetzlich sein, ein Werk, von dessen Wert, vielleicht sogar Einmaligkeit man überzeugt war, nicht mit dem Stolz eigener Autorenschaft präsentieren zu können. Aber reichte das als Motiv für einen Mord? Gerhard war sich in diesem Moment nicht sicher, wie er die Frage beantworten sollte.

Lebhaftes Klatschen schreckte ihn aus seinen Gedanken auf. Der Laudator hatte geendet, die Ausstellung war eröffnet. Nun konnten die Kunstwerke betrachtet und die restlichen Lachsbrötchen verzehrt werden. Gerhard verband beides. Kauend ging er von Bild zu Bild. Dabei kam er nicht umhin, sein Urteil oder besser sein Vorurteil zu revidieren. Zunächst verwundert, später bewundernd, musste er die Meisterschaft der alten Dame anerkennen, die mit leichtem, treffendem Pinselstrich nicht Blumen und Landschaften, sondern menschliche Körper in unterschiedlichen Posen und Bekleidungszuständen dargestellt hatte.

Seine letzte kulturelle Station an diesem Tag war die Buchhandlung in der Fußgängerzone. Er war dort häufig zu Gast, kam meist ohne feste Kaufabsichten, verließ aber selten das Geschäft ohne ein Buch in den Händen. Regelmäßig erlag er dem faszinierenden Anblick der aufgereihten oder ausgelegten Bände. Umhüllt von dem unverwechselbaren Geruch nach Papier und Druckerschwärze erweckten sie in ihm den unwiderstehlichen Wunsch, an ihrem Wissen zu partizipieren und dieses mit nach Hause zu nehmen.

Die Buchhandlung war gut besucht. Das lag nicht nur an dem draußen herrschenden schlechten Wetter, sondern vor allem daran, dass stets am Jahresende, rechtzeitig zum verkaufsträchtigen Weihnachtsgeschäft, die interessantesten Verlagspublikationen auf den Markt kamen. So drängten sich heute die Käufer besonders vor dem Regal mit den neuerschienenen Büchern, durchblätterten und begutachteten interessiert die noch druckfrischen Exemplare.

Angesichts der vielen Menschen warf Gerhard nur einen kurzen Blick auf das Angebot. Flüchtig ließ er das Auge über die bunten Einbände gleiten und wollte schon weitergehen, als er registrierte, dass ihn etwas stutzig gemacht hatte. Noch einmal wandte er sich dem Regal zu und überflog ein zweites Mal die aufgedruckten Titel und Autoren.

Das Buch, das seine unterbewusste Aufmerksamkeit geweckt hatte, lag in der obersten Reihe des Regals. Nur die auf die Augen gesetzten Gläser und das Ende des Hammergriffs waren zu erkennen, dazu der Name Stefan Küsters. Alles Übrige des farbigen Covers wurde von einem darüber liegenden Bildband verdeckt.

Gerhard drängte sich durch die Menge der Lesenden

und griff nach dem Buch. Er konnte sich eines Erschauerns nicht erwehren, als er den »Gerechten Tod« jetzt zum ersten Mal in den Händen hielt und auf das Umschlagsbild starrte. Obwohl er die Abbildung kannte, erschreckte sie ihn aufs Neue. Es war ihm, als höhne die tote Gestalt mit dem Hammer im Mund, den gekreuzten Armen und den blicklosen Augen ihren Betrachter. Schnell ging Gerhard zur Kasse, zahlte und verließ die Buchhandlung.

Auch die »Traube« profitierte von der Regenflut. Halb Eschwege, oder zumindest die Hälfte derer, die sich trotz der unfreundlichen Witterung in die Stadt getraut hatten, schien sich an der langen Theke der Kneipe versammelt zu haben. Es roch nach Kaffee und Glühwein, nach feuchten Jacken und Mänteln.

Franziska saß an dem Tischchen, an das sie sich meist setzten, wenn sie sich in der »Traube« trafen. Eingerahmt von prall gefüllten Einkaufstaschen sah sie ihm lächelnd entgegen.

»Ein gelungener Nachmittag, wie ich sehe.« Heinrich deutete auf die Plastiktüten.

»Ja, stell dir vor, ich habe alles bekommen, was ich wollte.«

»Und noch einiges darüber hinaus, nehme ich an.« Resignierend nahm er ihr gegenüber Platz. »Na, Hauptsache, du bist zufrieden.«

Regentage waren teure Tage, wenn man sie eine Frau in der Stadt verbringen ließ. Man müsste sich dagegen versichern können, ging es Gerhard durch den Kopf, so wie das bei niederschlagsreichen Urlaubstagen möglich war. Aber welche Gesellschaft würde es wagen, eine Versicherung gegen weibliches Kaufverhalten an Regentagen in ihren Leistungskatalog aufzunehmen? Wer ging schon sehenden Auges in den Ruin?

Eva servierte mit der ihr eigenen Herzlichkeit den Kaffee. Auch die drei gewohnten Plätzchen lagen auf der Untertasse. Kurz überlegte Gerhard, ob die »Traube« mit ihrer freundlichen Bedienung es nicht verdiente, in die Reihe der heute von ihm besuchten Eschweger Kulturstätten aufgenommen zu werden. Dann aber entschied er sich, dass der Status einer Kultstätte ihr besser zu Gesicht stand.

Er nippte an seinem Kaffee, biss in einen Zimtstern und schilderte Franziska seinen Nachmittag. Er erzählte von seinem Besuch in der Bücherei, übermittelte Grüße der Bibliothekarin und schwärmte von den Lachsbrötchen und der betagten Künstlerin, die auch nackte Menschen malte.

»Wie, auch Männer?«

»Sind Männer etwa keine Menschen?«

»Das schon, obwohl bisweilen seltsame.«

Gerhard verzichtete auf einen Kommentar. Er stand auf und ging hinüber zur Garderobe. Mit der kleinen Plastiktüte, die er unter seine Jacke gehängt hatte, kehrte er zurück. »Hier, sieh dir an, was ich gefunden habe.«

Mit fragendem Blick ergriff Franziska die Tüte, die ihr Heinrich reichte, und fasste hinein. Als sie das Buch herauszog, änderte sich ihr Gesichtsausdruck. Abscheu zeigte sich in ihren Augen. Mit gestreckten Armen hielt sie den »Gerechten Tod« weit von sich, als könne die Distanz das Schreckliche des Bildes mildern.

Tief durchatmend legte sie das Buch vor sich auf den Tisch. »Wenn ich daran denke, dass Küster genauso starb wie hier auf dem Umschlag seines Romans…«

»Kramers Roman, vergiss das nicht.«

»Meinetwegen. Woher hast du das Buch?«

»Ich habe es gekauft, in der Buchhandlung. Ich bin zufällig darauf gestoßen, während ich dort herumstöberte. Als ich es sah, wurde ich daran erinnert, dass wir uns vorgenommen hatten, es zu lesen.«

Noch einmal griff Franziska nach dem Buch. »Küsters realer Tod und dieser literarische Tod – beide sind nahezu identisch. Welchen Sinn ergibt das?«

»Ja, das ist die Frage.« Gedankenvoll griff Gerhard nach dem Kaffee und steckte sich ein Plätzchen in den Mund. »Welchen Sinn ergibt das?

Eine Weile saß er da, unbeweglich, und stierte vor sich hin. Dann setzte er langsam den Becher ab. Die Arme auf den Tisch gestützt, beugte er sich vor. »Ich muss das Buch lesen, noch heute Abend. Vielleicht sehe ich danach klarer.«

»Und wenn der Buchband nur ein harmloser, fiktiver Roman ist?«

»Das kann er nicht sein. Nicht bei dieser Vorgeschichte, diesem Bild und diesem Mord.«

9

»Ich fahre morgen nach Alsfeld«. Heinrich bückte sich und küsste seine Frau auf die Wange. »Kommst du mit?«

»Nach Alsfeld?« Überrumpelt schaute Franziska auf, registrierte den übernächtigten Ausdruck im Gesicht ihres Mannes, dessen umrandete Augen vor Erregung glänzten. »Nach Alsfeld?«, wiederholte sie, »Das kommt überraschend. Seit wann weißt du, dass du nach Alsfeld willst?«

»Seit heute Nacht, das heißt genau seit heute Morgen vier Uhr.«

Gerhard ging um den Frühstückstisch herum, nahm an der Stirnseite Platz und blickte hinaus in den neuen Novembertag, der sich nur unwesentlich von dem gestrigen unterschied. Normalerweise konnte er von hier unbegrenzt über die Wiesen der Wehreniederung bis hin zu der Hügelkette des Spitzenberges sehen. Heute aber hatte er Mühe, den Bauernhof seines Nachbarn im Regendunst zu erkennen.

Mit erzwungener Bedächtigkeit goss er Kaffee in die Tasse, holte sich ein Brötchen aus dem Korb und begann, es mit Butter und Marmelade zu bestreichen. Franziska sah ihm dabei zu und schwieg. Sie wusste, sie würde gleich erfahren, warum ihr Mann so plötzlich nach Alsfeld wollte.

Heinrich schüttete sich Milch in den Kaffee, genoss den ersten Schluck, schloss dabei sogar kurz die Augen. Dann setzte er die Tasse ab und sah Franziska an. »Ich habe heute Nacht das Buch gelesen.«

»Kramers Buch? Ganz?«

»Ja, ich konnte nicht aufhören. Es ist faszinierend geschrieben.«

»Obwohl es ein Bestseller ist?« Franziska kannte seine Vorurteile gegenüber Büchern, die, Schlagerparaden vergleichbar, in Platzierungstabellen miteinander konkurrierten. Solche Ranglisten würden vorwiegend von Zeitschriften publiziert, die sich mit derartigen Bewertungen ein Mäntelchen der Literaturkennerschaft überhängen wollten. Nach seiner Erfahrung sei das, was sich am besten verkaufte, nur selten künstlerisch wertvoll. Nur bedingt teilte Franziska seine Meinung, schwieg jedoch und fragte: »Von was handelt der Roman?«

Kurz verlor sich Gerhards Blick in den konturlosen

Schleiern draußen vor dem Fenster. Wie im Zeitraffer spulte sich das Gelesene noch einmal in ihm ab, bevor er antwortete. »Er handelt von dem Diebstahl eines Buchmanuskriptes und dem anschließenden Tod des Diebes, ermordet von dem Bestohlenen. Auf die gleiche, schreckliche Weise, wie auch Stefan Küster umgekommen ist.«

»So wie auf dem Einband illustriert.« Franziska schauderte, als ihr das Bild in Erinnerung kam. »Ein Kriminalroman also?«

»Nein!« Gerhards Urteil klang entschieden. »Alles andere als ein Kriminalroman. Obwohl es sich um ein Verbrechen – oder besser um zwei Verbrechen, einen Diebstahl und einen Mord dreht. Beide Taten bilden lediglich den Rahmen des Geschehens, den Ausgangspunkt und Endpunkt, in dem alles schließlich in tragischer Weise kulminiert. Dieses Buch ist eine interessante psychologische Studie. Es handelt von einem Dichter, der über den Diebstahl seines Meisterwerkes nicht hinweg kommt. Den das Wissen zugrunde richtet, seinen einmaligen Schöpfungsakt für immer verloren zu haben. Die Mordtat am Schluss ist dann nur die letzte Konsequenz. Sein moralischer Verfall wird dadurch sichtbar. Er verliert mit dem Verlust des Werkes auch seine Seele.«

»Das hieße ja, dass Kramer der Polizei mit diesem Buch das Mordmotiv regelrecht auf dem Teller präsentiert?«

»Ja, das Ganze ist im Grunde unglaublich. Entweder unglaublich naiv oder unglaublich raffiniert. Ich weiß nicht, was ich davon halten soll.«

»Gut. Ich werde das Buch ebenfalls lesen. Noch heute fange ich damit an. Vielleicht steht mir ja auch eine schlaflose Nacht bevor. – Doch was hat das alles mit Alsfeld zu tun? Oder spielt die Handlung etwa in Oberhessen?«

»Nein, Kramer hat die Geschichte, und das macht die Sache nicht besser, in seinem Heimatort Brackenheim angesiedelt. Alsfeld taucht erst nach dem Ende des Romans, sozusagen außerhalb des Buchgeschehens auf.«

»Jetzt verstehe ich gar nichts mehr.«

»Dann will ich es dir erklären – oder besser noch, ich zeige dir, was ich entdeckt habe.« Gerhard schob Franziska seine leere Tasse hin und stand auf. »Gieß mir noch etwas nach. Ich bin sofort wieder da.«

Eine Minute später kehrte er, den von Küster veröffentlichten Romanband in der Hand, zurück. »Sieh dir das noch einmal genau an. Dann wirst du verstehen, warum ich nach Alsfeld will.« Er legte das Buch vor sie auf den Tisch. »Fällt dir etwas auf?«

Franziska musterte einige Augenblicke den Toten auf der Vorderseite des Einbands. Ihr Räuspern zeigte das Unbehagen, das sie dabei verspürte. Mit sichtbarer Betroffenheit drehte sie den Kopf zur Seite. »Es ist schwer, dieses Bild emotionslos zu betrachten, vor allem, wenn man die Umstände und den Hintergrund kennt. Aber mir fällt nichts Besonderes auf. Ist etwas mit der Abbildung?«

»Nein, die ist es nicht. Es war das Geschriebene, das mir ins Auge fiel.«

Noch einmal ließ Franziska den Blick über das farbige Glanzpapier gleiten. Laut las sie den Aufdruck. »Stefan Küster – Der gerechte Tod – Roman – VGV-Verlag.« Sie schüttelte den Kopf. »Beim besten Willen, ich kann nichts Auffälliges erkennen.«

»VGV. Der Verlag sagt dir nichts?«

»VGV. Was soll das sein?«

»Dreh den Band um. Vielleicht verstehst du dann. Mir ging erst bei Betrachten der Rückseite ein Licht auf.«

Zögernd, als befürchte sie, ein weiteres Horrorszenarium zu sehen, wendete Franziska das Buch. Ihr Auge fiel auf die auf wenige Sätze komprimierte Zusammenfassung der Romanhandlung. Darunter war ein Pressezitat angeführt. Darin wurden Autor und Buch von einer OZ überschwänglich gelobt. Eine Saite des Erinnerns klang, unterbewusst noch, in Franziska auf. Und dann, als sie weiterlas, begriff sie, was Heinrichs Aufmerksamkeit erregt hatte. »Rolli!« Mit einem ungläubigen Lachen stieß sie den Namen hervor. »Das gibt's doch nicht.«

»Offensichtlich doch. Dein Kartenspezie Roland Hendrich, Chefredakteur der ‚Oberhessischen Zeitung', die von der Verlagsgesellschaft Vogelsberg, der VGV, herausgegeben wird, ist unter die Buchdrucker gegangen.«

»Deshalb also willst du nach Alsfeld. – Wusste gar nicht, dass bei Ehrenklau jetzt wieder Bücher gedruckt werden.«

»Ja, das verwundert mich auch. Früher in unserer Alsfelder Zeit«, – Gerhard rechnete schnell nach, über 25 Jahre lag das schon zurück, dass sie in der kleinen Stadt am Rande des Vogelsbergs gewohnt hatten - »früher wurden, da erinnere ich mich genau, neben der Zeitung auch Bücher gedruckt. Denk nur an die heimatlichen Publikationen von Brodhäcker oder den Bildband über die Schwalm. Später dann ist das Buchgeschäft wegen mangelnder Rentabilität eingestellt worden.« Gerhard kratzte sich am Kopf. »Jetzt also drucken sie wieder Bücher – und diesmal Belletristik. Ein riskantes Unterfangen für einen so kleinen Verlag.«

»Nun, das Risiko hat sich offensichtlich gelohnt. »Der gerechte Tod« verkauft sich gut.«

»Ja, aber was ist, wenn Kramer nachweisen kann, dass er und nicht Küster Autor des Romans ist? Dann könnten auf alle, die mit seinem Werk verdient haben, gewaltige Regressansprüche zukommen.« Gerhard stand auf und hob das mobile Telefon vom Ladegerät. »Ich möchte nach Alsfeld, weil ich mit Rolli genau darüber sprechen will. Sein Verlag muss doch Kenntnis von der umstrittenen Urheberschaft des Buches haben. – Warum druckt er es trotzdem?« Er blätterte im Adressbuch. »Kommst du mit? Gleich morgen früh will ich mich mit Rolli im Verlagshaus der OZ verabreden. Er würde sich bestimmt freuen, dich wiederzusehen. Schließlich verdankt er dir so manche frühere Demütigung, wenn deine weibliche Intuition mal wieder seine männliche Logik besiegt hatte.«

Seinerzeit hatte sich Franziska einmal wöchentlich mit Rolli und zwei weiteren Freunden in der Gaststätte »Zur Gemütlichkeit« zum Doppelkopfspielen getroffen. Noch gut erinnerte sich Gerhard an die langen Gesichter der Mitspieler, die, ohne es jemals zugegeben zu haben, doch reichlich in ihrer männlichen Eitelkeit verletzt waren, wenn Franziska ihnen ein weiteres Mal, natürlich nur bildlich gesprochen, die Hosen ausgezogen hatte.

»Ist doch klar, dass ich mitkomme.« Die Freude über den Ausflug in die alte Heimat war Franziska deutlich anzusehen. »Alsfeld ist immer eine Reise wert – nicht zuletzt wegen des guten Salzekuchens.«

Gerhard wählte und kündigte Rolli ihr Erscheinen für den nächsten Morgen an.

10

Es war Heinrichs Wunsch gewesen, nicht den kürzesten

Weg über die Autobahn zu nehmen, sondern auf Nebenstraßen Alsfeld von Norden her zu erreichen. Sie waren deshalb früh am Morgen aufgebrochen, wollten ohne Eile und Zeitdruck ihrem Ziel entgegenbummeln. Auf kurvenreichen Waldstraßen hatten sie das Knüllgebirge durchfahren, waren von dort hinuntergerollt in die Ebene der Schwalm, deren stille, friedvolle Landschaft sie, schweigend meist, auf sich wirken ließen.

Erst mit der Annäherung an ihr Ziel, als sie Schrecksbach passiert und bei Eudorf die ersten Konturen der Stadt erkennen konnten, war mit dem Auftauchen von Erinnerungen ihre Unterhaltung lebhafter geworden. Ein um das andere Mal hatten sie sich ein »Weißt du noch?« zugerufen, wenn sie vertraute Objekte erblickten oder an Stellen vorbeifuhren, an denen sie Gemeinsames erlebt hatten.

Für sechs schöne Jahre war Alsfeld einmal der Lebensmittelpunkt ihrer Familie gewesen. Hier hatte Gerhard zusammen mit Franziska in seiner Praxis gearbeitet, hier waren die Kinder geboren und aufgewachsen. Viele unauslöschliche Spuren hatte diese oberhessische Kleinstadt in ihr Gedächtnis eingegraben, Spuren, denen sie wie stets, wenn sie Alsfeld besuchten, gerne folgten. So bogen sie jetzt in stummem Einvernehmen zum Rodenberg ab, fuhren am früheren Tennisplatz vorbei, auf dem sie einmal trainiert und gespielt hatten. Kurz nur warfen sie einen Blick auf ihr ehemaliges Wohnhaus, ehe sie schließlich am Schwalbenthal parkten. Von dort waren es nur wenige Schritte in die Altstadt und zu den Redaktionsräumen der »Oberhessischen Zeitung«.

Roland Hendrich erwartete sie an der Treppe, die vom Empfangs- und Verkaufsraum hinauf zu den Räumlichkeiten der Redakteure führte. Er begrüßte sie herzlich. Es war augenscheinlich, dass er sich freute, alte Freunde wiederzusehen. In enger Umarmung drückte er Franziska an sich und bestätigte damit Gerhards Erfahrung, dass die Deutschen nichts weniger nachhaltig entzweite und nichts länger dauerhaft vereinte als der Fußball und das Kartenspiel.

»Kommt rein, wir gehen ins Sitzungszimmer. Dort sind wir ungestört.« Der Chefredakteur ging voran in den hellen Raum. Durch eine Glasdecke fiel soviel Tageslicht herein, dass ein Einschalten der Beleuchtung nicht erforderlich war. An einem großen, ovalen Tisch in der Mitte des Zimmers, das mit seinem vielblättrigen Pflanzendekor eher einem Wintergarten als einem Konferenzraum glich, nahmen sie Platz.

Rolli und Franziska bestritten zunächst alleine das Gespräch. Sie tauschten Erinnerungen aus, wärmten Anekdoten um gemeinsam Erlebtes auf und wussten sogar noch einige Doppelkopfpartien zu rekapitulieren. Als Franziska endlich alles über ihre ehemaligen Mitspieler in Erfahrung gebracht hatte, wusste, wo sie wohnten, lebten und liebten, und sie auch Rolli über das Wesentliche ihres vergangenen und gegenwärtigen Lebens unterrichtet hatte, gelang es Gerhard, den eigentlichen Grund ihres Hierseins zur Sprache zu bringen.

»Seit wann, Rolli, druckt ihr denn wieder Bücher?«, nutzte er in einer Gesprächspause die Gelegenheit, den erinnerungsseligen Dialog zu unterbrechen.

Erstaunt blickte der Chefredakteur auf. »Bücher? Wir drucken nur ein Buch.«

»Ja. ‚Der gerechte Tod'. Belletristik in eurem Haus. Das gab's noch nie.«

»Und wird es auch so bald nicht wieder geben.« Roland Hendrich wischte mit der Hand durch die Luft, als sei das Thema ein für allemal für ihn erledigt.

»Aber ‚Der Gerechte Tod‘ ist doch ein Erfolg, ein regelrechter Bestseller«, verwunderte sich Franziska. »Der Verlag muss nicht schlecht an diesem Buch verdienen.«

»Ja«. Rolli seufzte und lehnte sich zurück, »es ist richtig, wir verdienen an dem Buch einiges – allerdings weit weniger, als es sonst bei diesen Verkaufszahlen üblich ist.«

»Bei Bestsellern macht's halt die Masse«, warf Gerhard ein, »wenn erst die nächste Auflage herauskommt...«

»Es wird keine weitere Auflage geben, zumindest nicht in unserem Verlag.«

»Wie, ihr wollt die Herausgabe des Buches einstellen? Bei dem Erfolg?«

»Wir würden gerne weiterdrucken, aber man lässt uns nicht.«

Verständnislos sah ihn Franziska an. »Wer lässt euch nicht?«

Sichtlich bewegt stand Roland Hendrich auf. Mit auf dem Rücken verschränkten Armen ging er eine Weile im Zimmer auf und ab. Schließlich kehrte er, die Hände erhoben, so als wollte er weitere Einwürfe abwehren, zum Tisch zurück. »Ehe ich darauf antworte, erlaubt mir die Frage: Warum interessiert euch das alles? Seid ihr nur begeisterte Leser des Romans oder gibt es einen anderen Grund für eure Anteilnahme?« Ohne die Angesprochenen aus den Augen zu lassen, setzte er sich wieder an den Tisch und sah erwartungsvoll einer Antwort entgegen.

Ein kurzer Blick genügte Gerhard, sich mit Franziska zu verständigen. Beifälliges Nicken signalisierte ihm ihre Zustimmung. Und so begann er ohne Auslassung von dem Geschehen um die Romanautoren, von der Ermordung des einen und der Verhaftung des anderen zu berichten. Er schilderte seine und Franziskas Verwicklung in die

Ereignisse, erzählte von Benjamin und dem gemeinsamen Besuch bei dem Vater im Gefängnis. »Kramer ist ein Mensch, der so ganz und gar nicht in die Vorstellung eines Mörders passt. Seine vollkommene Aufrichtigkeit, sein inniges Verhältnis zu seinem Sohn hat uns beide fest von seiner Unschuld überzeugt. Darüber hinaus glauben wir seiner Versicherung, dass er der wahre Autor des Romans und Küster nur der Plagiator ist. Wir sind persönlich, vor allem gefühlsmäßig, so in den Fall involviert, dass uns alles, was damit zusammenhängt, interessiert. Als uns vorgestern das Buch in die Hände fiel und wir entdeckten, dass es in deinem Verlag gedruckt und vertrieben wird, haben wir uns sofort entschlossen, dich aufzusuchen. Wir wollten die Umstände der Veröffentlichung erfahren – besonders vor dem Hintergrund der umstrittenen Autorenschaft. Deshalb also sind wir hier.« Mit einer Geste, die gleichzeitig um Nachsicht und um Auskunft bat, spreizte Gerhard die Arme und sah dabei Rolli an.

Einige nachdenkliche Sekunden des Schweigens vergingen. Das Erzählte lastete im Raum, die Betroffenheit aller war spürbar.

Endlich begann Roland Hendrich zu reden: »Natürlich weiß ich von dem Mord an Küster – es stand ja in allen Zeitungen. Auch von dem Plagiatvorwurf habe ich gehört, habe ihm allerdings keinerlei Bedeutung zugemessen. Schließlich war er nicht mehr als eine Behauptung, die jeder rechtlichen Grundlage entbehrte. Jetzt erfahre ich von euch zum ersten Mal Einzelheiten – Dinge, von denen ich vorher keine Ahnung hatte.«

Er schüttelte den Kopf. Mit einer müden Bewegung, so als koste sie ihn Mühe, richtete er sich auf. »Ich will euch die Geschichte erzählen. Ihr sollt wissen, wie es dazu gekommen ist, dass ein Zeitungsverlag wie wir plötzlich einen Roman druckt.«

Wieder stand Hendrich auf, erneut begann er, im Raum umherzugehen. »Vor gut einem Jahr suchte mich Jutta Kramer hier in diesen Räumen auf. Sie bot mir ein Romanmanuskript zum Druck an. Als ich sie fragte, warum sie nicht zu einem renommierten Buchverlag gehe, verwies sie darauf, wie schwer es für einen Erstlingsautor ist, dort unterzukommen. Sie wollte sich und dem Verfasser die Tortur ersparen, als Bittsteller den Verlagslektoren zu Kreuze kriechen zu müssen. Sie habe das nicht nötig, sie wisse um die Qualität des Romans, glaube an seinen Erfolg.«

Hier blieb Rolli stehen und hob den Blick, den er während des Sprechens auf den Boden gerichtet hatte. »Um zu verstehen, warum sie ausgerechnet zu mir kam, muss ich etwas ausholen. Jutta und ich kennen uns seit langem, haben einige Jahre gemeinsam in Marburg studiert, sie Literaturwissenschaften, ich Politik. Eine Zeitlang waren wir eng miteinander liiert, wohnten sogar in einer eigenen Wohnung zusammen. Nach Beendigung unserer Studien haben wir uns dann weitgehend aus den Augen verloren, haben aber immerhin soviel Kontakt miteinander gehalten, dass wir wussten, wo der andere steckte und was er machte. So fand mich Jutta ohne Schwierigkeiten hier in Alsfeld. Von mir, ihrem ehemaligen Intimfreund, versprach sie sich Hilfe und Unterstützung bei der Herausgabe des Buches – Hilfe, die ich ihr dann auch gewährte.« Rolli machte eine unbeholfene Gebärde der Wehrlosigkeit. »Es ist schwer, Jutta etwas abzuschlagen. Sie braucht nur eine Forderung zu stellen, um zu erreichen, dass man sie erfüllt. Sie ist so eine Frau, der man die Wünsche von den Augen abliest.« Er schaute durch das Glasdach hinauf in den wolkenverhangenen Himmel, als erblickte er dort die einstmals geliebte Erscheinung. Für einen Augenblick schien er die Anwesenheit der anderen vergessen zu haben.

Mit einem Räuspern holte ihn Gerhard in die Wirklichkeit zurück. »Und da bist du auch diesmal ihrer Unwiderstehlichkeit erlegen, hast ihr zugesagt, den Roman in deinem Verlag zu drucken? Nur, um ihr einen Gefallen zu tun?«

»Nun, ganz so war es nicht«, protestierte Rolli, »es war vor allen Dingen das Manuskript, das mich überzeugt hat.« Unter dem zweifelnden Blick, den Heinrich und Franziska miteinander tauschten, fügte er schnell hinzu: »Ein großartiges Buch, dieser ‚Gerechte Tod' – die Seelenstudie eines verzweifelten Künstlers. – Utopisch auf der einen Seite – aber auch von einer solchen Realität...« Ihm fiel ein, was er gerade über Küsters Tod gehört hatte. Er seufzte und senkte den Blick auf einen der am Boden stehenden Gummibaumtöpfe. »Einer zur Tat gewordenen Realität, wie wir jetzt wissen.

»Wir haben das Buch auch gelesen und sind beide ganz deiner Meinung: Es ist ein wunderbares Buch«, schwärmte Franziska. »Heinrich hat sich damit die vorhergehende Nacht um die Ohren geschlagen, ich habe bis heute Morgen darin geschmökert.«

»Nicht wahr, ein selten schönes, gelungenes Werk. Dass es erfolgreich sein würde, war mir von Anfang an klar. Vor allem, nachdem Jutta mir ihre Unterstützung bei der Vermarktung und Rezension zugesagt hatte.«

»Hat sie denn darauf Einfluss?«

»Jutta ist Kunstagentin – oder zumindest bezeichnet sie sich so. – Wusstet ihr das nicht?«

Franziska schüttelte den Kopf. »Wir wissen nahezu gar

nichts von ihr – außer, dass sie nach zehn Ehejahren ihren Mann und ihr Kind verlassen hat, eine Zeitlang Küsters Geliebte war und diesen wenige Wochen vor seinem gewaltsamen Tod ebenfalls sitzengelassen hat. Jetzt ist sie irgendwo untergetaucht. Kein Mensch weiß, wo.«

»Untergetaucht?« Rolli horchte auf. Nachdenklich führte er die Hand an die Schläfe, ehe er leise wie zu sich selbst sprach: »So also ist das... - jetzt wird ein Sinn daraus.«

»Was, um Himmels willen, ist eine Kunstagentin?«, wollte Gerhard wissen, »Kannst du uns das erklären?«

»Eine Kunstagentin ist die Mittlerin zwischen dem Künstler und dem Kunstliebhaber; oder, profaner gesagt, zwischen dem, der die Kunst schafft und dem, der sie bezahlt. Um Kunst an den Mann bringen zu können, braucht der Agent in erster Linie Gespür für die Qualität des Werkes und außerdem einen siebten Sinn für seine Akzeptanz bei den Käufern. Jutta hat beides, besitzt die Gabe zu erkennen, was schön und gut ist und, vor allem, was den Leuten gefällt. Ich erinnere mich da an ein Wochenende, das wir gemeinsam in Paris verbrachten. Eigentlich waren wir dorthin gefahren, um die Sehenswürdigkeiten der Stadt, die Museen und Theater zu besuchen. Ihr Hauptvergnügen aber bestand darin, die unzähligen Flohmärkte und Antiquitätengeschäfte zu durchstöbern und nach künstlerischen Kostbarkeiten Ausschau zu halten. Sie hat, wie gesagt, ein Auge dafür, was wertvoll ist, ohne viel zu kosten. Als wir dann nach Deutschland zurückkehrten, verkaufte sie die in Paris erworbenen Gegenstände zu guten Preisen und machte dabei einen ordentlichen Gewinn. Das ist ihre Art, mit Kunst umzugehen: Sie ersteht die Werke nicht, um sich an ihnen zu erfreuen oder sie gar zu sammeln – für sie zählt in erster Linie der Profit, den man damit machen kann.«

Roland Hendrich trat an eines der Fenster des Raums. Mit leerem Blick schaute er hinunter auf den düsteren Hinterhof des Nachbarhauses. »Erwerben und abstoßen – das ist noch heute die Richtlinie ihres Handelns. – Mit den Männern ist sie im Übrigen nicht anders verfahren.«

»Immerhin ist sie seit zehn Jahren mit Kramer verheiratet«, hielt ihm Franziska entgegen.

»Es sollte mich wundern, wenn sie ihn in dieser Zeit nicht nach Strich und Faden betrogen hat. Jutta ändert sich nie.«

Der Tonfall schmerzlicher Erinnerung veranlasste Gerhard, Rollis bittere Stimmung mit einer Frage zu durchbrechen. »Du sprachst vorhin davon, dass ihr gerne eine weitere Auflage des Romans in eurem Verlag drucken würdet, wenn man euch nur ließe. Wer oder was also hindert euch daran?«

Unmut zeigte sich in Roland Hendrichs Gesicht, als er sich vom Fenster wegdrehte und einen Schritt ins Zimmer machte. Wie um seine Fesselung zu demonstrieren, kreuzte er die Unterarme und hielt sie Gerhard entgegen. »Dieser schwachsinnige Vertrag hindert mich. Diese idiotische Beschränkung der Auflagenzahl, auf die ich mich eingelassen habe.« Zornig ließ Rolli sich wieder am Tisch nieder. Mit der flachen Hand schlug er ein um das andere Mal auf die Holzplatte, während er gestenreich den Sachverhalt erklärte.

»Jutta bestand darauf, den Druck- und Vertriebsauftrag an unseren Verlag vertraglich auf maximal 250.000 Exemplare zu limitieren. Wir hatten vereinbart, das Buch zunächst in Zehntausenderchargen zu drucken, solange, bis absehbar war, wie es die Leser aufnehmen würden. Wir wollten auf jeden Fall vermeiden, Büchermengen anzuhäufen, die vielleicht später nicht zu verkaufen gewesen wären. Dann aber brachen die Dämme, die Nachfrage nach dem ‚Gerechten Tod' war riesig. Unsere Viertelmillion-Auflage ist jetzt schon fast vergriffen, in den nächsten Tagen dürften auch die restlichen Exemplare verkauft sein.«

»Wie schafft es so ein kleines Unternehmen wie ihr, gleich mit dem ersten Roman einen Bestseller auf den Markt zu bringen?«

»Das ist überwiegend Juttas Verdienst. Sie ist bekannt im Buchgeschäft, kennt eine Menge einflussreicher Männer – wobei ich Männer durchaus im geschlechtlichen Sinn meine. Sie weiß um ihre weibliche Ausstrahlung, weiß, wie sie sie für die eigene Sache einsetzen kann. Ein befreundeter Rezensent schrieb eine enthusiastische Kritik des Buches. Kaufhäuser und Großhändler nahmen es in ihr Sortiment auf, nachdem sie dort vorgesprochen hatte. Sogar im Kulturmagazin eines Fernsehsenders hat sie den Roman platzieren können.«

»Und nun bist du enttäuscht, dass du nicht weiterdrucken darfst – jetzt, wo der Erfolg da ist.« Franziska legte die Hand auf den Arm ihres ehemaligen Doppelkopfpartners. »Immerhin hast du doch schon ein schönes Stück Geld mit dem Buch verdient«, versuchte sie ihn zu trösten.

»Das ist nichts im Vergleich zu dem, was ich verdienen könnte, wenn ich auch die kommenden Auflagen drucken dürfte.« Mit einem Faustschlag auf den Tisch machte er seiner Verärgerung Luft. Durch die Glaswand, die das Sitzungszimmer von den Redaktionsräumen trennte, sah Gerhard die Redakteure erstaunt die Köpfe wenden. »Es ist nämlich durchgesickert, dass das Buch in der Belletristikrangliste des nächsten ‚Spiegel' auf einem der vorderen

Plätze erscheinen wird. Ihr könnt euch vorstellen, dass danach die Druckmaschinen heißlaufen werden.«

»Wessen Druckmaschinen?« Franziska nahm die Hand vom Arm des Freundes und lehnte sich erwartungsvoll zurück.

Rolli zuckte mit den Schultern. »Leider nicht die unsrigen. Nun, Genaues weiß man nicht.«

»Und Gerüchte?«

»Die gibt es natürlich.«

»Also!«

Der Chefredakteur druckste herum. Nervös beugte er sich vor und strich mit der Hand über den abgeschliffenen Rand eines Kristallaschenbechers. »Wenn man eine Pleite erlebt, so wie ich sie jetzt erlebe, einem der große Batzen vor der Nase weggeschnappt wird, gibt es immer Informanten, die zu wissen glauben, wohin die goldene Gans geflogen ist.« Er zögerte, zog den Aschenbecher ganz zu sich heran und drehte ihn zwischen den Fingern. »Man spricht davon, dass das Verlagshaus Lanus in Schneverdingen die Druckrechte für die nächsten Auflagen erworben hat.«

»In Schneverdingen? Dem kleinen Städtchen in der Heide?«

Rolli nickte betrübt. Er schien noch immer dem Gedanken an das entgangene Geschäft nachzuhängen.

»Warum ausgerechnet ein Haus in Schneverdingen?«

»Das mag damit zusammenhängen, dass Jutta Bollmann, so hieß sie vor ihrer Heirat, aus dieser Gegend stammt. Wahrscheinlich war es ähnlich wie bei mir. Sie kannte den Betrieb, seine Eigner, vielleicht den Verleger, versprach sich durch die persönliche Beziehung günstige Vertragsbedingungen – und erhielt sie wahrscheinlich auch.«

Zweifelnd wiegte Franziska den Kopf. »Ist denn Jutta

Kramer überhaupt berechtigt, Verträge im Zusammenhang mit dem Buch abzuschließen? Ist das nicht Sache des Autors?«

»Küster hat ihr alle Rechte an dem Roman überlassen. Dafür erhält er einen bestimmten Festbetrag pro verkauftem Buch. Er wird dabei nicht schlecht gefahren sein, denn schließlich ist Jutta vom Fach und gewieft im Verhandeln. – Außerdem war sie seine Geliebte. Er vertraute ihr.«

»Dass sie gewieft ist, erkennt man an dem Vertrag, den sie mit dir abgeschlossen hat.« Eine Mischung aus Empörung und Bewunderung klang aus Franziskas Worten. »Sie hat offensichtlich den Erfolg des Romans vorausgeahnt, muss die Goldgrube gewittert haben, die sich vor ihr auftat. Dein Verlag, Rolli, diente ihr nur als Einstieg in das große Geschäft. Absahnen wird sie nun mit anderen.«

»Ihr vergesst bei dem ganzen Verlags- und Vertragsgerede völlig, dass ein Mord geschehen ist«, mischte sich Gerhard ein. »Immerhin wurde der Verfasser des Erfolgsbuches umgebracht. Laut Polizei von dem, der darauf besteht, der wahre Autor des Romans zu sein. Zudem steht noch immer die Behauptung im Raum, Jutta Kramer habe ihrem Mann das Manuskript gestohlen und es Küster zugespielt. – Was passiert, wenn herauskommt, dass Andreas Kramer das Buch wirklich geschrieben hat? Wenn sich erweist, dass seine Frau tatsächlich die Diebin ist?«

Gerhard sah Roland Hendrich an und war erstaunt, wie gelassen dieser seinen Einwand abtat. »Das ist Sache unserer Juristen. Die können sich damit befassen, sollte die Konstellation, die du gerade heraufbeschworen hast, wirklich eintreten. Bisher ist alles nur Gerücht und Gerede. Warten wir es also ab.«

Rolli stand auf. Bedauernd hob er die Hände. »Ich

muss euch leider jetzt verlassen. Ich habe einen wichtigen Gesprächstermin, den ich nicht versäumen darf. Wenn ihr wollt, können wir heute Nachmittag weiter...«

»Nein«, wehrte Franziska ab, »bei Dunkelheit wollen wir längst zu Hause sein. Du hast uns schon genügend Zeit geopfert. Außerdem haben wir im Großen und Ganzen erfahren, was wir wissen wollten.«

»Vielleicht noch ein Letztes, Rolli.« Gerhard hielt den Freund, der schon die Hand auf den Türgriff gelegt hatte, zurück. »Hast du eine Ahnung, wo Jutta Kramer jetzt stecken könnte? Oder wie wir mit ihr in Kontakt treten könnten? Es wäre wichtig für uns, auch im Interesse des Kindes.«

Roland Hendrich ließ die Klinke, die er gerade gedrückt hatte, langsam wieder los. Unschlüssig fuhr er sich mit den Fingern durch das Haar. »Eigentlich weiß ich nicht, wo sich Jutta aufhält. Die letzte Adresse, die ich von ihr hatte, war die Anschrift in Brackenheim.«

»Und was heißt ‚eigentlich'?«, fragte Gerhard nach, dem die einschränkende Formulierung sofort aufgefallen war.

»Nun, es war Zufall, dass ich auf etwas gestoßen bin, das euch bei der Suche nach ihr vielleicht weiterhelfen kann.« In dem Bemühen, sich zu konzentrieren, legte Rolli die Stirn in Falten. Mit der flachen Hand strich er sich über den Kopf. »Hoffentlich bekomme ich's noch zusammen. Es ist schon eine Zeitlang her. Und außerdem habe ich damals nur einen flüchtigen Blick darauf geworfen.«

»Auf was hast du einen Blick geworfen?« Gerhards Stimme war die Ungeduld anzuhören. Würde er doch noch einen Hinweis auf den Verbleib von Benjamins Mutter erhalten?

»Auf einen Mietvertrag. Jutta hatte ein kleines Haus

gemietet.« Hendrich schaute zum Fenster. Sein Blick war ziellos, er versuchte, sich das Schriftstück ins Gedächtnis zu rufen. »Ich weiß noch, es war ein vorgedrucktes Schreiben, irgendetwas Offizielles. – Ja, jetzt erinnere ich mich – das große DB im Kopf des Formulars...«

»DB?«

»Das Emblem der ‚Deutschen Bahn'. Jutta hatte ein Bahnhäuschen gemietet.«

»Ein Bahnhäuschen? Hat sie dir den Mietvertrag gezeigt?«

»Nein, das hat sie nicht, zumindest nicht absichtlich. Ich habe ihn zufällig in der Mappe entdeckt, die sie mir zum Unterschreiben unserer Verlagsvereinbarungen dagelassen hatte. Offensichtlich war er versehentlich unter die Papiere geraten. Ich habe das Blatt damals nur kurz überflogen. Als ich merkte, dass der Schrieb nichts mit unserem Buchgeschäft zu tun hatte, habe ich ihn gleich wieder zurückgelegt. Ich weiß nur, dass ich dachte: Typisch.«

»Typisch? Für was typisch?«

»Jutta hat sich, solange ich sie kenne, stets Fluchtpunkte dieser Art eingerichtet. Sie brauchte solche Rückzugsgebiete, um, wie sie sagte, der Welt eine Zeitlang abhanden zu kommen und zu sich selbst zu finden. So sehr sie es nämlich liebte, Druck auszuüben, so empfindlich war sie, wenn sie selbst unter Druck geriet. Dann zog sie sich für einige Tage, manchmal auch Monate zurück in ihre geheimen Refugien. Das konnte ein Zimmer in einer Stadt sein, eine Pension, oder auch ein Hausboot. Einmal, das war schon nach unserer Zeit, hat sie Wochen auf einem Campingplatz gelebt. Ein Bahnhäuschen passt da genau in dieses Muster. Vielleicht ist sie ja dort untergekrochen.«

»Das kann gut sein«, räumte Franziska die Möglichkeit

ein, »zumal die Belastung, der sie im Moment ausgesetzt ist, ausgesprochen hoch ist. Da sind die Verhandlungen mit den Verlagen, dann das familiäre Chaos...«

Rolli öffnete die Tür. »Seid mir nicht böse. Ich muss jetzt dringend los. Ich drücke jedenfalls die Daumen, dass es euch gelingt, Jutta aufzustöbern.«

Er nahm Franziska in die Arme, dann reichte er Gerhard die Hand. »Schön, euch mal wieder getroffen zu haben. Sagt mir Bescheid, wenn es etwas Neues in dieser Angelegenheit geben sollte.«

Gerhard stand schon auf der Treppe, als ihm einfiel, dass sie das Wichtigste zu fragen vergessen hatten. »He, Rolli«, rief er dem Chefredakteur hinterher, der gerade in einem der Büroräume verschwinden wollte, »du hast vergessen, uns zu sagen, wo wir dieses Bahnhäuschen finden können.«

Roland Hendrich wendete sich nicht um. Er hatte es jetzt eilig. »Es liegt in Juttas alter Heimat, irgendwo bei Soltau. Ich glaube, der Ort hieß Neuenkirchen. An mehr kann ich mich nicht erinnern«, rief er über die Schulter zurück.

Das Winken seiner Hand und seine Worte »Viel Glück bei der Suche« waren das Letzte, was sie von ihm sahen und hörten, bevor er im Zimmer verschwand.

11

Enge Durchgänge führten zwischen Reihen schiefer Häuser von der Untergasse, in der das Verlagsgebäude der »Oberhessischen Zeitung« lag, hinauf zum Kirchplatz. Franziska hatte sich bei Heinrich untergehakt, mit beiden Händen hielt sie seinen Arm. Er spürte das schwache Zittern, das ihren

Körper durchlief, wusste, dass es nicht alleine die Kühle des nassen Tages war, die sie erschauern ließ.

Im Eingangsportal der Stadtkirche blieben sie stehen und betrachteten mit dem gleichen ehrfürchtigen Staunen wie stets den anmutigen Bau des jahrhundertealten Rathauses, auf dessen Hinterfront sie von hier aus blicken konnten.

»Welch eine Frau«, unterbrach Franziska nach einer Weile das Schweigen. Mit dem Ärmel wischte sie sich die Regenrinnsale aus dem Gesicht. »Es gibt sie also doch noch, die klassische femme fatale, die unwiderstehliche Schöne, von der sich die Männer wie Marionetten bewegen lassen.«

»Du meinst Jutta Kramer?«

»Wen sonst? Hast du Rolli beobachtet, wenn er von ihr sprach? Hast du das Glänzen in seinen Augen gesehen? Er kennt sie genau, weiß von ihrem ichbezogenen, nur auf den eigenen Vorteil gerichteten Wesen, verurteilt es sogar. Dennoch würde er nicht einen Moment zögern, ihr augenblicklich einen geforderten Gefallen zu erfüllen.«

»Ja, schon erstaunlich, welche Macht manche Frauen über Männer haben«, sinnierte Gerhard, »es gibt genügend Beispiele dafür in der Geschichte. Obgleich ich glaube, dass nicht alle Männer gleichermaßen empfänglich sind. Ich zum Beispiel...«

»Du? Du wärst der Letzte, für den ich meine Hand ins Feuer legen würde.«

»Nun, ich werde dich bald eines Besseren belehren. Du wirst mir Abbitte tun, wenn du von meiner Standhaftigkeit erfährst.«

»Heißt das, dass du dich auf die Suche nach Jutta Kramer machen willst?«

»Du kennst mich doch. Jetzt, da ich weiß, wo sie sich eventuell aufhalten könnte, hält mich nichts davon zurück, ihrer Spur zu folgen. Jutta Kramer ist nach dem Gespräch mit Rolli nun kein Phantom mehr, sie nimmt Konturen an. Ich werde alles daransetzen, sie in ihrem Unterschlupf aufzustöbern. Schon Benjamin zuliebe.«

Entschlossen trat Gerhard aus der schützenden Torwölbung hinaus auf den Platz. Er drehte das Gesicht in den Wind. »Es hat aufgehört zu regnen. Lass uns noch ein bisschen in der Stadt bummeln, ehe wir uns auf den Heimweg machen.«

Während sie zum Marktplatz hinübergingen, fragte Franziska: »So wie immer?« Sie deutete zu der nahen Fußgängerzone.

»Ja, so wie immer. Du kontrollierst, ob in den Geschäften die Weihnachtskollektionen eingetroffen sind. Ich überzeuge mich derweil bei einem Rundgang durch die Stadt, dass noch alles an seinem Platz steht, so wie wir es damals verlassen haben. In einer Stunde treffen wir uns dann im Marktcafé.«

»Zu Salzekuchen?«

»Ja, zu Salzekuchen«, lachte Gerhard und küsste seine Frau. Er sah ihr nach, bis sie in der Einkaufspassage verschwand, dann drehte er sich um und begann mit seinem Rundgang.

Im Stadtbild von Alsfeld hatte sich – baulich gesehen – wenig verändert, denn ein Großteil der Gebäude war als historisch und schützenswert eingestuft worden. Gerhard war froh darüber. Die Geborgenheit früherer Jahrhunderte, in der die Menschen, gleich ihren Häusern, dicht aneinandergedrängt in enger Gemeinschaft zusammengelebt hatten, übertrug sich auf ihn, als er die stillen Gassen durchschlenderte.

Am Storchennest, der alten Turmruine, bog er ein in

den Weg, der zwischen Gärten und Stadtmauer am ehemaligen Kloster vorbei aus der Altstadt heraus in die neueren Wohnbezirke führte. Manches, was er sah und durchschritt, schwor in ihm Bilder herauf, weckte Erinnerungen: Hier war er mit den Kindern gegangen auf dem Weg hinunter zum Spielplatz. In dieser Villa hatte der Diabetiker gewohnt, der partout zu keiner Diät zu bewegen war. Dort auf der Bank am Erlenteich hatten er und Franziska gesessen. Damals waren sie jung verheiratet und voller Illusionen gewesen, hatten Pläne für die Zukunft geschmiedet.

Klar, dass nicht alles in Erfüllung gegangen war, was sie sich ausgemalt und erträumt hatten. Drei Kinder im Schlepptau hatten den Planungen Grenzen gesetzt. Aber im Großen und Ganzen war es ihnen gut gegangen in ihrem bisherigen Leben – und dafür waren sie dankbar.

Er nahm den Weg am Krebsbach entlang hinunter zur Schwalm. Nach dem ergiebigen Novemberregen führte der Fluss jetzt beträchtliches Hochwasser. In gurgelnden Strudeln drängten die trüben Fluten gegen die Uferböschungen. Äste und anderes Schwemmgut trieben in schneller Fahrt flussabwärts.

Auf der Fußgängerbrücke, die die Parkanlagen zu beiden Seiten des Gewässers verband, sah Gerhard eine alte Frau stehen. Mit knochigen Fingern hielt sie sich am Geländer fest und schaute hinunter in das wirbelnde Wasser. Ein Regencape umhüllte den schmächtigen Körper bis zu den Knöcheln. Unter der durchsichtigen Kopfhaube schimmerte schlohweißes Haar.

Das Knirschen, das Gerhard bei seiner Annäherung auf dem kiesigen Untergrund verursachte, ließ die Alte aufhorchen. Wie ein witternder Vogel hob sie den Kopf und blickte zu ihm hinunter. Sie schien ihn zu mustern. Dann, offensichtlich als Ergebnis ihrer Begutachtung, machte sie einen energischen Schritt zur Brückenmitte hin, breitete die Arme aus und rief ihm aufgeregt entgegen: »Junger Mann, Sie müssen mir helfen.«

Gerhard, sonst immer davon angetan, noch als jung bezeichnet zu werden, registrierte diesmal die schmeichelhafte Anrede kaum. Er begriff, dass etwas geschehen sein musste. Mit zwei, drei schnellen Schritten war er bei der Frau, fasste sie an einem der ausgestreckten Arme und schüttelte sie vorsichtig. »Was, um Gottes willen, ist passiert?«

»Mein Peterle«, schluchzte die Alte, »mein Peterle ist verschwunden.«

»Verschwunden?« Gerhard stürzte zum Brückengeländer. Entsetzt deutete er auf das dahinfließende Wasser. »Hier in den Fluss? Ist er hier hineingefallen?«

Das Schluchzen verstummte augenblicklich. Mit gehobenen Brauen und gespitztem Mund blickte die Seniorin ihn tadelnd an, um ihn gleich darauf in schulmeisterlicher Strenge zu belehren. »Wo denken Sie hin. Mein Peterle ist äußerst wasserscheu.«

Gerhard war verwirrt. »Wie alt ist denn das Kind?«, fragte er, »und wo kann es stecken?« Er ließ den Blick flussauf, flussab über die Uferpartien gleiten.

»Von welchem Kind sprechen Sie?«

»Na, von ihrem...«, begann Gerhard, stockte jedoch unvermittelt, als er die Leine bemerkte, die die alte Frau unter ihrem Regenumhang hervorzog. Auf einem breiten, zur Schlinge geformten Lederring, den sie ihm mit zittriger Hand entgegenstreckte, konnte er den in Großbuchstaben aufgedruckten Namen des Verschwundenen lesen.

»Hier, aus diesem Halsband hat er sich befreit«, zeterte sie und fuchtelte ihm mit der Schnur vor der Nase herum.

»Und jetzt hat er sich hier irgendwo versteckt, der ungezogene Junge.«

»Peterle?«

»Ja, mein Kater. Ich habe ihn nach meinem verstorbenen Mann benannt. Und ich muss sagen, die beiden werden sich immer ähnlicher. Auch auf ihn war kein Verlass.« Ihre Schultern begannen sich in erneutem Schluchzen zu bewegen, ihre Spinnenfinger griffen nach Gerhards Regenjacke. »Sie müssen ihn finden«, flehte sie ihn an und zerrte an ihm. »Wenn Sie nur gründlich genug suchen, entdecken Sie ihn bestimmt.« Und dann, als Gerhard noch immer unentschlossen dastand, zog sie ihn mit der wenigen Kraft, die ihr zur Verfügung stand, zur Treppe. »Schauen Sie unter der Brücke nach«, forderte sie ihn auf. »Vielleicht hat er sich dort verkrochen.«

Gerhard brauchte nicht lange, um zu überprüfen, dass Peterle sich dort nicht versteckt hielt. Im schlammigen Ufermorast war er herumgewatet, hatte Sockel, Balken und Bretterverschalung genauestens untersucht, ohne die geringste Spur von dem Kater entdeckt zu haben.

»Hier ist er nicht«, brüllte er durch den Lärm der dahinschießenden Wasserfluten nach oben. Dabei beugte er sich so weit unter dem Brückenkörper hervor, dass er die alte Frau ins Blickfeld bekam.

»Dann muss er dort sein«, schrie sie zurück und deutete zu dem nahen Kinderspielplatz. Wie ein Verkehrspolizist stand sie da und wies ihm mit dem Arm die Richtung.

Das Holz der zum Baumhäuschen des Spielplatzes führenden Leiter war nass und glatt, die lehmverdreckten Schuhe rutschig. Mehrfach glitt Gerhard aus und schlug sich die Schienbeine auf. Er lag auf dem Bauch, um unter die Drehplatte des Karussells blicken zu können, kniete hinter der

Schaukel und kroch durch die Büsche des Labyrinths. Aber auch hier blieb Peterle unauffindbar.

Als er die Erfolglosigkeit seiner Suche zur Brücke signalisierte, gewahrte er, dass der Arm der Alten eine Schwenkung machte. Er zeigte jetzt auf einen Holzstoß, der, schon zum Teil vom Wasser umspült, nahe am Ufer lagerte. »In Gottes Namen«, seufzte Gerhard und wendete sich in die angegebene Richtung. Er würde diesen möglichen Unterschlupf auch noch untersuchen. Wenn aber Peterle auch hier nicht zu finden war...

Er ging um den Holzstapel herum und schaute in die Spalten zwischen den Scheiten. Zwei-, dreimal rief er den Namen des Tieres, aber nichts rührte sich. Er versuchte, auf den Stoß hinaufzuklettern. Vielleicht lag der Kater dort oben, hatte sich einen windgeschützten Platz zwischen dem aufgeschichteten Holz gesucht.

Vorsichtig setzte Gerhard Fuß vor Fuß, stützte sich mit den Händen auf dem glatten Untergrund ab. Fast hatte er die Höhe erreicht, hatte das Bein schon zum letzten Schritt gehoben, als er unter sich plötzlich ein rumpelndes Grollen wahrnahm, das in Sekundenschnelle anschwoll. In Ahnung des Unglücks, das auf ihn zukam, legte er sich flach auf den Stapel, bemüht, das labile Holzgefüge, das unter dem Gewicht seines Körpers in Bewegung geraten war, mit den Händen und dem Druck seiner Schenkel zu stabilisieren.

Aber die Stämmchen, meist rund und vom Regen glatt geworden, rollten in unerbittlicher Unaufhaltsamkeit eines nach dem anderen dem reißenden Fluss entgegen. Verzweifelt versuchte Gerhard, das Gleichgewicht zu bewahren. Wild ruderten die ausgestreckten Arme in der Luft, vergeblich suchten die Beine nach Halt. Aber so sehr er sich dagegen wehrte – er rutschte, die Füße voran, wie an unsichtbaren Fäden gezogen den losgetretenen Hölzern, die längst im wirbelnden Wasser davon schaukelten, hinterher.

Er musste handeln, wollte er nicht das gleiche Schicksal erleiden. Instinktiv warf er sich herum, packte den Eisenpflock, der den Holzstoß gesichert hatte, und hielt sich daran fest. Nur mit Mühe gelang es ihm, den Ruck abzufangen, als die reißende Flut die Beine erfasste. Seine Finger umklammerten das Metall, um dem Zerren standzuhalten. Dann, unter Aufbietung aller Kräfte, begann er, sich langsam auf die Uferböschung hinaufzuziehen.

Schweratmend setzte er sich auf und schaute sich um. Nur noch drei, vier Stämmchen lagen an ihrer ursprünglichen Stelle, der Rest des stattlichen Stapels war im Fluss verschwunden. Er blickte zur Brücke hinüber. Die Alte, weit über das Geländer gebeugt, gestikulierte lautstark zu ihm hin. Offensichtlich hatte sie sein Unglück mitverfolgt, gab nun ihrer Bestürzung über das Vorgefallene Ausdruck. Aber erst beim zweiten Hinhören begriff er, dass ihre Anteilnahme nicht ihm und seinem Missgeschick, sondern einzig und allein dem verflixten Kater galt, den zu suchen er fatalerweise übernommen hatte.

Von ihrer erhöhten Position schrie sie zu ihm hinunter. Ihre Stimme, bestrebt, das Brausen des Flusses zu übertönen, überschlug sich fast. »Wo ist Peterle? Wo ist mein armes Tier?«

Einen kurzen Augenblick war Gerhard versucht, ihr mit aller Gehässigkeit, die er aufbieten konnte, ein »Abgesoffen« zuzurufen. Dann aber beherrschte er sich, unterdrückte die Boshaftigkeit und begann, mit quatschenden Schuhen und tropfender Hose auf die Brücke zuzugehen.

Von der anderen Seite kam ein Jogger durch den Park herangelaufen. Die gelbe Regenjacke klebte an seinem schweißnassen Körper, ein rotes Tuch um die Stirn hielt die Haare zusammen. Sein hüpfender Laufstil erinnerte Gerhard an einen Zitronenfalter, der im Wind auf- und abschwebte.

Fast gleichzeitig erreichten sie die Brücke. Der Sportler stoppte ab, als er die alte Dame erblickte, die noch immer, die Katzenleine zwischen den Fingern, am Geländer stand. Mit einem mitfühlenden Kopfschütteln trat er zu ihr hin, legte ihr seufzend die Hand auf den Arm und fragte: »Frau Kilian, ist er schon wieder ausgebüxt?« Er sprach wie ein Pfarrer, der schon vor der Beichte weiß, dass es ihm leicht fallen wird, die Sünde zu vergeben.

»Ja, er ist wieder weg«, jammerte die Alte und hielt die Leine hoch. »Ich hatte das Halsband fest zugeschnürt, aber es gelingt ihm immer wieder, sich zu befreien.«

Gerhard war inzwischen herangekommen. Sein Zorn war bereits verraucht, war einem Gefühl des Mitleids gewichen. Möglicherweise war der Kater der einzige Freund der weißhaarigen Dame, der letzte Begleiter auf dem kurzen, noch vor ihr liegenden Lebensweg.

»Es tut mir leid, aber ich habe Peterle nicht finden können«, bedauerte er. »Sie haben ja selbst gesehen, wo ich überall gesucht habe.« Er zeigte zum Spielplatz und hinüber zu der Stelle, an der vor kurzem noch der Holzstoß gelegen hatte. »Nicht das geringste Anzeichen, dass Ihr Kater sich hier versteckt halten könnte.«

»Was soll das?«, fuhr der Jogger dazwischen und wendete sich Gerhard zu. Mit Strenge in der Stimme belehrte er ihn: »Peterle ist längst zu Hause.« Dann drehte er sich zu der alten Frau, fasste sie unter und schob sie sanft zum Brückenende hin. »Sie wissen doch, Frau Kilian, wenn Peterle ausreißt, rennt er immer sofort nach Hause. Glauben Sie mir, er wartet dort auf Sie.«

»Sind sie sicher, Herr Berger, dass er zurückgelaufen ist?«

»Ganz sicher, Frau Kilian, Sie können sich beruhigt auf den Heimweg machen.« Kurz sah er der alten Frau hinterher, die es jetzt eilig hatte, zu ihrer Wohnung und dem wartenden Peterle zurückzukehren. Dann wandte er sich an Gerhard. »Warum haben Sie ihr nicht gesagt, dass der Kater zu Hause ist. Lassen die arme Frau hier in der Kälte herumstehen...«

»Aber Peterle...«, wollte Gerhard einwenden, wurde aber brüsk unterbrochen.

»Sie haben doch nicht etwa die Geschichte von dem entlaufenen Kater ernst genommen?« Der Jogger seufzte angesichts dieser Leichtgläubigkeit. »Den Peterle - den hat die Alte erfunden. Das Vieh existiert nur in ihrer Fantasie.« Er klopfte mit dem Zeigefinger zwei-, dreimal gegen die Stirn. »Da oben – da stimmt's bei ihr nicht mehr. Das weiß doch jeder hier.«

Mit einem kopfschüttelnden Schnauben rückte er das Kopftuch zurecht, drückte auf den Pulsmesser an seinem linken Handgelenk und verschwand, hüpfend wie er gekommen war, wieder im Park.

Gerhard schüttelte sich. Er wusste nicht, wie ihm geschehen war. Sollte er sich ärgern? Sich empören? Das hatte er nun von seiner Hilfsbereitschaft. Das nächste Mal würde er Kater Kater sein lassen...

Er malte sich aus, was Franziska sagen würde, wenn er ihr von seinem Abenteuer erzählte. Sie würde sich, da war er sich sicher, köstlich amüsieren über das, was ihm widerfahren war. Wahrscheinlich würde sie ihm klarmachen, dass er sich nichts vergeben hatte, als er auf das Spiel der alten Frau, wenn auch unwissentlich, eingegangen war. Sie würde ihm verdeutlichen, dass das bisschen verletzter Stolz, auf ein Hirngespinst hereingefallen zu sein, nichts zählte gegen die Gefühle der Dankbarkeit, die seine Hilfsbereitschaft bei Frau Kilian ausgelöst haben mochte.

Gerhard zog die Schuhe aus und kippte das Wasser in den Fluss zurück. Verdammt, Franziska würde, wie so oft, Recht haben. Was war schon geschehen, das seine gekränkte Eitelkeit rechtfertigte. Nichts, gar nichts. Er schämte sich seiner zornigen Reaktion. Reuig nahm er sich selbst das Versprechen ab, auch beim nächsten Mal der alten Dame, sollte er ihr noch einmal begegnen, ihr Peterle zu suchen.

Gerhard fror. Mit zitternden Händen streifte er die nasse Hose herunter und wringte sie über dem Geländer aus. Er lächelte und sah zu den Resten des Holzstapels hinunter. Er freute sich, dass ihn das Leben einmal mehr aus seinem bunten Füllhorn beschenkt hatte.

Den Sturz der jungen Radfahrerin, die beim Erblicken des barfüßigen, in Unterhose dastehenden Mannes eine Vollbremsung vollzogen hatte, bemerkte er im lauten Gurgeln des Wassers ebenso wenig wie ihr fluchtartiges Davonradeln den Weg zurück, den sie gekommen war.

12

Gerhard fuhr alleine in die Heide, ohne Franziska. Geschäftstermine in den nächsten Tagen, Besprechungen und Vorträge machten sie unabkömmlich. Sie hatte es bedauert, nicht mitkommen zu können, hatte aber Heinrich zugestimmt, Rollis Hinweis auf Jutta Kramers möglichen Aufenthaltsort unverzüglich nachzugehen.

Gestern auf der Heimfahrt von Alsfeld hatten sie darüber gesprochen, wie sie weiter vorgehen sollten. Franziska war vehement für ein unmittelbares Nachforschen eingetreten, hatte dies auch gleich begründet: »Jetzt, kurz vor der Zweitauflage des Buches, ist die Wahrscheinlichkeit, Jutta Kramer dort oben in der Heide in ihrem gemieteten Häuschen anzutreffen, am größten. Schon aus fahrtechnischen Gründen muss sie daran interessiert sein, sich in der Nähe des neuen Verlags aufzuhalten. Da sind Verhandlungen zu führen, die Herausgabe des Romans und seine Verteilung auf dem Buchmarkt zu überwachen. Wenn sie das Bahnhäuschen noch gemietet hat, dann wird sie gerade zu dieser Zeit dort anwesend sein. Deshalb solltest du sofort fahren.«

Gerhard war erstaunt gewesen über Franziskas Begeisterung, ihren Eifer, sich jetzt doch in der Angelegenheit Kramer mit eigenen Ermittlungen zu engagieren. Er hatte eher Skepsis erwartet, hatte befürchtet, dass sie ihm erneut raten würde, sich aus allem herauszuhalten.

»Mich interessiert die Frau«, hatte sie seine diesbezügliche Frage beantwortet, »und natürlich das Kind. Benjamin verdient es, dass wir seine Mutter finden, dass wir klären, warum sie nicht bei ihrem Sohn ist.«

»Wie kommt es«, hatte sich Gerhard gewundert, »dass es uns ohne Schwierigkeiten gelungen ist, Jutta Kramers möglichen Aufenthaltsort in Erfahrung zu bringen, die Polizei aber nach wie vor im Dunkeln tappt?«

»Vergiss nicht unseren Vorteil gegenüber offiziellen Ermittlern. Wir sind mit Roland Hendrich befreundet. Ich weiß nicht, ob Rolli der Polizei, wenn sie denn überhaupt auf die Idee gekommen wäre, ihn zu befragen, von seiner persönlichen Beziehung zu Jutta Kramer so ausführlich erzählt hätte wie uns.«

»Ja, du hast Recht, wir sind im Vorteil – und wir sollten ihn ausnutzen. Gleich morgen früh fahre ich los.«

Ihr verabredetes Rendezvous im Alsfelder Marktcafé war gestern nicht zustande gekommen. Gerhard hatte Franziska, die sich wegen seiner über halbstündigen Verspätung schon beunruhigt hatte, über Handy angerufen und sie gebeten, sich mit ihm am Auto zu treffen. Er konnte in seinem verdreckten und nassen Zustand unmöglich ein Café betreten. Im Wagen schließlich auf dem Weg zurück nach Oberhone hatte Heinrich bei voll aufgedrehter Heizung von seinem Abenteuer an der Schwalm erzählt. Franziskas Reaktion war genauso, wie er es vorausgesehen hatte. Bei der Schilderung des unfreiwilligen Bades und seiner Suche nach dem imaginären Kater hatte sie vor Vergnügen geprustet und ihn mit der Zusicherung getröstet, er habe mit seinem naiven Verhalten und den sich daraus ergebenden Folgen doch letztlich allen, einschließlich ihr, eine Freude bereitet.

Es war das erste Mal, dass Gerhard die Lüneburger Heide im November erlebte. Bisher war er immer nur im Sommer hier gewesen, dann, wenn die stille Landschaft voll erblüht und die Moore wieder begrünt waren, wenn der warme Wind im zitternden Laub der Birken spielte und die Saat der Felder längst aufgegangen war. Jetzt aber, kurz vor dem Ende des Jahres, waren die Farben der sommerlichen Vegetation verschwunden. Grau-schwarz lagen die umgepflügten Felder da, die Blätter waren heruntergefallen, das Gras braun und welk geworden.

Gerhard hatte sich die Karte angesehen. Er glaubte, die Bahnlinie entdeckt zu haben, an der Jutta Kramers Häuschen liegen könnte. Um einen ersten Eindruck von der Umgebung des gesuchten Objekts zu erhalten, nahm er den

Weg von Walsrode herauf und näherte sich Neuenkirchen von Süden her. Bei Frielingen überquerte er das einspurige Geleis, dessen mattes Glänzen verriet, dass es noch befahren wurde.

Gerhard hielt an und sah sich um. Links der Straße bemerkte er das Bahnhofsgebäude. Offensichtlich war es nicht mehr in Betrieb, denn angelegte Gartenflächen und Gardinen vor den Fenstern wiesen darauf hin, dass das rote Backsteingebäude nun bewohnt war.

Er ließ den Blick nach beiden Seiten über die Schienen wandern, musterte die Ränder und Baumbegrenzungen des Gleiskörpers. Aber er konnte nichts entdecken, was einem Bahnhäuschen ähnlich war.

An einer Straßenschleife, die dem Linienbus das Wenden ermöglichen sollte, stand ein älterer Mann und studierte den Fahrplan. Gerhard grüßte. »Guten Tag. Entschuldigen Sie die Störung, aber können Sie mir sagen, ob es zwischen hier und Soltau, abgesehen von dem Bahnhof, irgendein aufgegebenes Bahngebäude gibt, zum Beispiel ein verlassenes Schrankenhäuschen – oder ein ehemaliges Stellwerk?«

Die Frage traf den Mann unvorbereitet. Verständnislosigkeit zeigte sich in dem faltigen Gesicht.

Schnell fügte Gerhard hinzu: »Ich habe gehört, dass ein Bahnhäuschen hier in der Nähe gemietet werden kann. Aber bevor ich etwas in die Wege leite, will ich mir das Mietobjekt erst ansehen.«

Jetzt schien der Alte zu begreifen, von was der Fremde sprach. »Sie meinen das ehemalige Bahnwärterhäuschen an der Leitzinger Heide. – Ja, das wird vermietet.«

»Ist es weit bis dahin?«

»Nein, höchstens zwei Kilometer in diese Richtung.« Er zeigte mit dem Arm nach Osten. »Früher war da eine

Schranke. Ein oft benutzter Wirtschaftsweg führte über das Geleis. Jetzt geht eine Unterführung unter dem Bahndamm her. Die Schranken sind schon lange abgebaut.«

Der Bus bog in die Wendeschleife ein. Der alte Mann nahm seine Tasche auf und ging ihm entgegen. Vor dem Einsteigen drehte er sich noch einmal um. »Das Häuschen, nach dem Sie gefragt haben, ist schon seit einiger Zeit bewohnt. Als ich vor einigen Tagen mit dem Traktor daran vorbeigefahren bin, habe ich eine Frau herauskommen sehen. Da werden Sie wohl mit dem Mieten kein Glück haben.« Zum Zeichen des Bedauerns hob er die Hand, dann verschwand er im Innern des Busses.

Gerhard bemerkte, dass sein Puls sich während des Gesprächs beschleunigt hatte. War er schon auf das, was er suchte, gestoßen? War die Frau, die der Alte gesehen hatte, womöglich Jutta Kramer?

Er beschloss, zunächst nach Schneverdingen zu fahren, dort Quartier zu nehmen und dann als erstes dem Lanus-Verlag einen Besuch abzustatten. Später blieb noch genügend Zeit, das Bahnwärterhäuschen in Augenschein zu nehmen.

Schnevern, wie die Bewohner ihren Ort nannten, hatte im November seinen eigenen Reiz. Anders als im Sommer und Herbst, wenn Besucherströme die kleine Stadt überschwemmten auf der Suche nach dem Herz der Heide, dem man hier besonders nah zu sein glaubte, lagen Straßen und Plätze jetzt wie ausgestorben . Die Cafés waren nur schwach besucht, die Eisdielen geschlossen. Es war wieder etwas zurückgekehrt von der Stille und Abgeschiedenheit früherer Tage, so als hätte die ruhende Landschaft ringsum wieder von der Stadt Besitz ergriffen.

Gerhard hatte sich telefonisch in der kleinen Pension in der Freudenthalstraße angemeldet. Hier übernachtete er meist, wenn er Schneverdingen besuchte.

Frau Schröder, die Wirtin, begrüßte ihn wie einen alten Bekannten. Wie stets, wenn er bei Regen ankam, stellte sie ihm eine Wetterbesserung in den nächsten Tagen in Aussicht. Gelegentlich passierte es, dass das, was sie versprach, auch eintraf.

Nur kurz verweilte Gerhard auf seinem Zimmer, machte sich frisch und wechselte das Hemd. Auf dem ausgelegten Stadtplan suchte er das Gewerbegebiet, in dem das Verlagshaus Lanus lag, sah, dass es nicht weit war bis dorthin, und machte sich zu Fuß auf den Weg.

An einer eigens zur Ansiedlung von Industrie- und Handwerksbetrieben im Nordostteil der Stadt angelegten Ringstraße stieß Gerhard auf die Gebäude der Druckerei. Sowohl die hohe Halle als auch die angrenzenden flacheren Häuser waren, wie viele Bauten dieser Region, aus verklinkerten Backsteinen errichtet und machten einen soliden, funktionalen Eindruck.

Gerhard betrat durch eine große, zweiflügelige Glastür das Verlagsgebäude. Verwundert sah er sich einem offenen Büro gegenüber, das augenscheinlich gleichzeitig als Empfangsraum für Besucher fungierte. Vier, fünf Sekretärinnen waren, jede an einem eigenen Schreibtisch, in das Studium ihrer Bildschirme vertieft.

Die junge Frau, die dem Eingangsbereich am nächsten saß, hob den Kopf. »Was kann ich für Sie tun?«, sprach sie den allen Empfangsdamen gemeinsamen obligaten Satz und sah ihn an.

Gerhard zögerte. So ganz schlüssig war er sich selbst nicht, mit wem er eigentlich reden wollte und vor allem, welche Fragen er stellten sollte. Endlich entschied er sich: »Kann ich den Verlagsleiter sprechen?«, fragte er und gab seiner Stimme soviel Bedeutsamkeit, dass er hoffte, auch ohne vorherige Anmeldung vorgelassen zu werden.

»Tut mir leid«, bedauerte die Sekretärin, »Dr. Heger ist heute nicht im Haus. – Um was geht es denn?«

»Ich brauche einige Auskünfte.«

»Vielleicht kann ich Ihnen helfen?«

»Ich weiß nicht«, wand sich Gerhard, gab aber schließlich ihrem auffordernden Blick nach. »Es geht um den Roman ‚Der gerechte Tod'.« Erstaunt registrierte er das Erschrecken der jungen Frau bei der Erwähnung des Buches. Auch die anderen Damen im Raum lösten ihren Blick von den Monitoren und sahen ihn an.

»Dazu kann ich Ihnen nichts sagen.« Die Stimme der Sekretärin war jetzt reserviert. Sie stand auf und bat ihn, im Besuchersessel Platz zu nehmen. Sie wollte Frau Heger, die Chefin, fragen, ob sie zu einem Gespräch mit ihm bereit sei.

Als Gerhard wenige Minuten später der Frau des Verlagsleiters in ihrem Arbeitszimmer gegenübersaß, fühlte er sich unwohl. Er hätte am liebsten sofort wieder den Raum verlassen, ohne eine Frage gestellt zu haben. Aber Frau Heger hatte ihn mit Handschlag begrüßt, hatte ihm einen Platz auf der gepolsterten Bank zugewiesen und ihm sogar einen Kaffee angeboten. Nun saß er da, rührte in seiner Tasse und sah verstohlen auf die Frau, die ihn mit fiebrigen Augen musterte.

Es war allzu deutlich: Frau Heger litt. Nicht erst seit heute, nein, die Spuren längeren Leidens waren eingegraben in ein Gesicht, das einstmals schön gewesen sein mochte, jetzt aber von Verzicht und Verlust zum vorzeitigen Altern gebracht worden war. Sie mochte vierzig, vielleicht auch fünfzig sein. Aber ihre Stimme war matt wie die einer alten Frau, als sie ihn jetzt fragte: »Sie wollen etwas über ein Buch wissen, das bei uns gedruckt wird?«

»Ja. ‚Der gerechte Tod' von Stefan Küster. Ihr Verlag ist gerade dabei, eine Neuauflage des Erfolgsromans auf den Markt zu bringen.«

»Woher wissen Sie das? Wir haben noch nichts an die Öffentlichkeit gegeben.«

»Nun«, Gerhard hob den Kaffee zum Mund. »Ich habe meine Informanten.« Er nahm einen langen Schluck und lehnte sich zurück. Sogleich aber schämte er sich seiner protzigen Haltung, als er das müde Abwinken der kraftlosen Hand sah.

Frau Heger sprach leise, fast wie zu sich selbst. »Im Grunde ist es jetzt auch egal. Bald werden es sowieso alle wissen.« Für einen Moment schloss sie die Augen. Sie wirkte erschöpft. »Was also interessiert Sie an dem Buch? Oder an unserem Verlag? Bitte, klären Sie mich auf.«

Es fiel ihr nicht leicht, ihren Besucher anzuschauen. Auch der Versuch, ihrer Stimme die sachliche Souveränität zu geben, die man von einer Firmenchefin erwartete, bereitete ihr Mühe. Das unruhige Glänzen der Augen ließ Gerhard vermuten, dass sie trank, vielleicht auch Medikamente oder Drogen nahm.

Wie sollte er dieser Frau begegnen? Was konnte er ihr zumuten? Er entschloss sich, bei der Wahrheit zu bleiben. In kurzer Zusammenfassung unter Auslassung aller Details schilderte er seine zufällige Einbindung in das Mord- und Plagiatgeschehen und erklärte ihr, wie er auf den Namen ihres Verlags gestoßen war. »Es scheint in der Printszene ein offenes Geheimnis zu sein, dass Sie als Nachfolger des Alsfelder Verlags die Zweitauflage des Romans drucken.«

»Ist das ein Wunder?« Sie lachte bitter auf. »Wahrscheinlich hat es so etwas vorher noch nie gegeben. Da wechselt ein Autor – oder besser seine Agentin – nach Druck der Erstauflage den Verleger. – Aber nicht etwa, weil die Vermarktung und der Verkauf schlecht waren. Nein, das Buch ist ein Bestseller.«

»Was für Ihr Haus doch nur gut sein kann. Vor allem, weil zu erwarten ist, dass sich der Erfolg fortsetzen wird. Der Roman soll im nächsten ‚Spiegel'-Ranking ganz vorne erscheinen.«

»Auch das haben Sie erfahren.« Sie wendete den Kopf zur Seite. Gerhard konnte nicht erkennen, ob sie abermals die Augen geschlossen hatte. Als sie sich ihm wieder zudrehte, lag ein Ausdruck mutloser Furchtsamkeit in ihrem Blick, fast als habe sie Angst vor dem, was er noch fragen könnte. Dennoch forderte sie ihn auf: »Sagen Sie, was Sie von mir wissen wollen.«

Gerhard zögerte nicht länger. Er ahnte, dass er nicht mehr viel Zeit erhalten würde, um Fragen zu stellen. »Wieso hat Ihr Haus den Zuschlag für den Weiterdruck des Romans bekommen? Es gibt größere und bekanntere Verlage, die das Angebot, einen Besteller zu vertreiben, mit Kusshand angenommen hätten.«

Die Antwort kam schnell. Offensichtlich hatte sie die Frage erwartet. »Unsere Bedingungen waren gut. Besser als die der Anderen.«

»Hat Jutta Kramer die Verhandlungen geführt?«

Das Schweigen war lang, zu lang, um beliebig zu sein. Ihr »Ja« war so leise, dass Gerhard es kaum verstand.

»Sie stammt aus dieser Gegend. Kannten Sie sie von früher?«

»Ja.«

»Hat sie mit Ihnen verhandelt?«

»Nein.«

»Mit Ihrem Mann?«

Die einsilbigen Antworten verstummten jetzt ganz. Mit leblosem Blick starrte Frau Heger vor sich auf die Schreibtischplatte. Die wenige Vitalität, die am Anfang ihres Gesprächs noch in ihr geglimmt hatte, war nun vollständig erloschen.

»Frau Heger, kann ich Ihnen helfen?« Gerhard war aufgestanden. Ratlos sah er auf die bewegungslos dasitzende Frau.

Es dauerte einige Augenblicke, bis sie den Kopf hob und ihn anblickte. Resignierende Traurigkeit lag in ihren Augen.

»Nein, ich brauche keine Hilfe. Ich komme allein zurecht. Entschuldigen Sie bitte meine Schwäche. Im Moment geht es mir nicht so gut.« Mit Mühe richtete sie sich auf. Sie streckte Gerhard den Arm entgegen und bat ihn zu gehen.

Die Hand, die er ergriff, war kraftlos, aber sie war weich und warm wie die eines schlafenden Kindes. Er war versucht, sie zu streicheln.

13

Frau Schröders mutmachende Wetterprognose bewahrheitete sich tatsächlich. Ein breites Band wolkenlosen Himmels zog von Westen heran und schob das dunkle Regenfeld wie ein reinigender Besen zum östlichen Horizont. Gerhard war froh über die gewonnene Helligkeit, die das unverhoffte Auftauchen der Sonne diesem späten Nachmittag schenkte. Gut eineinhalb Stunden Tageslicht würden ihm so noch bleiben, genügend Zeit, sich das ehemalige Schrankenwärterhäuschen anzuschauen.

Der Wirtschaftsweg, von dem der Alte gesprochen hatte, war ohne Schwierigkeiten zu finden. Von Soltau kommend bog er in Leitzingen von der Straße ab und folgte dem Weg einige Hundert Meter nach Norden. Als der Bahndamm vor ihm auftauchte, stellte er das Auto im Sichtschutz eines Gehölzes unter und näherte sich zu Fuß der Unterführung.

Er hatte sich ausstaffiert wie ein Wanderer, oder vielmehr so, wie ein Wanderer seiner Meinung nach aussehen sollte, mit hochschaftigen Schuhen und wadenbedeckenden Strümpfen, in die er in Ermangelung einer Kniebundhose seine khakifarbenen Jeans gesteckt hatte. Ein sportlicher Anorak und ein kleiner Rucksack komplettierten die Ausstattung, von der er glaubte, sie mache ihn unverdächtig bei seinen Nachforschungen in Wald und Feld.

Das Häuschen, das er suchte, lag etwa dreißig Meter vom Schienenstrang entfernt auf einer kleinen, wahrscheinlich künstlich angelegten Erhöhung. Von hier hatte der Schrankenwärter seinerzeit den Bahnübergang gut überblicken und regulieren können. Die freie Sicht von damals war nun eingeschränkt, Baum- und Buschbewuchs bedeckten teilweise die Vorderfront des Gebäudes. Aus dem roten, gemauerten Schornstein, der nur wenig die dunklen Dachpfannen überragte, stieg kaum sichtbar ein dünner Streifen Rauch.

Es gab weitere Anzeichen, dass das Häuschen momentan bewohnt war. So war der Plattenweg, der zur seitlichen Eingangstür führte, sauber gefegt, das Laub zusammengerecht und die Blumenrabatte für den Winter vorbereitet. Unter einem hölzernen, schuppenförmigen Überbau stand ein dunkler Kleinwagen. Die Automarke konnte er vom Weg aus nicht erkennen.

Langsam passierte Gerhard das kleine Bahngebäude. Erst, als er sich nach einer Kurve außer Sichtweite glaubte, hielt er an. Aus dem Rucksack kramte er ein kleines Fernglas. Er musste wissen, ob sich jemand in dem Häuschen aufhielt oder nicht. Beim Vorbeigehen hatte nichts, keine Bewegung, kein Geräusch auf die Anwesenheit eines Menschen hingedeutet. Allerdings hatte er, um keinen Argwohn zu erregen, das Haus nur flüchtig aus den Augenwinkeln betrachtet. Jetzt, mit Hilfe des Fernglases, wollte er es genauer inspizieren und nach Zeichen von Leben Ausschau halten.

Er verließ den Weg und trat in den Wald. Unter Ausnutzung der Deckung, die die Bäume boten, bewegte er sich vorsichtig in die Richtung zurück, aus der er gekommen war. Im Schutz einer doppelstämmigen Eiche hob er das Glas an die Augen und richtete es auf das Häuschen.

Durch die beiden nur zur Hälfte von Gardinen bedeckten Fenster der Rückfront versuchte er, ins Innere zu schauen. Er erkannte einige vage Möbelkonturen und den Umriss einer Deckenlampe, fand aber keinen Hinweis, dass sich jemand im Haus befand. Unwillig senkte er das Fernglas. Was trieb er hier eigentlich? Benahm er sich nicht wie ein zweitklassiger Privatdetektiv, bestenfalls wie ein Pfadfinder, den man zum Ausspähen losgeschickt hatte? Warum diese Geheimnistuerei? Er war gekommen, Jutta Kramer Fragen zu stellen, warum also ging er nicht hin und fragte sie?

Er verstaute das Fernglas im Rucksack, zog die Hosenbeine seiner Jeans aus den Strümpfen und strich sie glatt. Dann kehrte er zum Weg zurück.

J. Bollmann stand auf dem Briefkasten neben der Haustür, der gleiche Namenszug war auf der darunter angebrachten Klingel zu lesen. Offenbar benutzte Jutta Kramer ihren Mädchennamen, aus welchen Gründen auch immer.

Gerhard läutete. Als sich nichts rührte, läutete er ein zweites Mal. Aber auch diesmal blieb es still, niemand schien zu Hause zu sein.

Erst jetzt bemerkte er den Zettel, der auf einem Nagel im Balken neben der Tür aufgespießt war. Zunächst wurde er nicht schlau aus dem, was er darauf erkennen konnte. Es war wohl eine Skizze, die er vor sich hatte. Er las Bezeichnungen wie Birkenmoor, Riens-Heide und sah Striche, die sich verzweigten und vereinigten. Als er den Zettel vom Nagel nahm und ihn glättete, wurde ihm klar, dass es sich um eine Wegbeschreibung handelte. Das Ziel war mit einem Kreuz am Rande eines schraffierten Areals markiert, die gestrichelte Fläche mit »Großes Moor« gekennzeichnet. Ein Satz war in eiliger Schrift unter die Zeichnung gekritzelt: »Bin bis zum Einbruch der Dunkelheit am Kranichtanz.«

Für wen mochte die Nachricht bestimmt sein? Zumindest einen Menschen gab es also außer ihm, der den Aufenthaltsort Jutta Kramers kannte, der von dem abgelegenen Häuschen, in das sie sich zurückgezogen hatte, wusste.

Aus der Innentasche seines Anoraks zog er die Umgebungskarte hervor. Doch er erkannte rasch, dass der Maßstab viel zu groß war, um die auf dem Papier eingetragenen geographischen Objekte zu enthalten. Er suchte einen Stift und zeichnete mit wenigen Strichen die Lageskizze ab. Dann heftete er den Zettel an die ursprüngliche Stelle zurück.

Es war Zeit, sich auf den Weg zu machen zum Kranichtanz, was auch immer das sein mochte. Die Dämmerung würde nicht mehr lange auf sich warten lassen. Er ahnte, dass es nicht ungefährlich sein könnte, bei unzureichendem Licht am Rand eines Moores herumzulaufen.

Neben der durchgezogenen Linie, die wohl den befestigten, vielleicht sogar befahrbaren Weg markieren sollte, hatte Gerhard auf seiner Kopie auch die unterbrochenen Striche eingezeichnet, mit denen wahrscheinlich abkürzende Fußwege gekennzeichnet waren. In Anbetracht der geringen ihm zur Verfügung stehenden Zeit entschloss er sich, diese Wege zum »Großen Moor« zu nehmen.

Der torfige Boden hatte sich unter dem vorausgegangenen Regen vollgesogen wie ein Schwamm. Der Auftritt des Fußes erzeugte jedesmal ein schmatzendes Geräusch, überall standen Wasserlachen und Tümpel. Sogar kleine Seen hatten sich gebildet und erinnerten an die trügerische Stabilität des morastigen Untergrundes.

Der Weg, dem leicht nach der Skizze zu folgen war, führte zunächst durch dichte Nadelholzungen, die sich bald zur nahezu baumlosen Riens-Heide öffneten. Nur wenige verkrüppelte Kiefern standen hier. Das Wasser eines Teichs spiegelte, von den Strahlen der untergehenden Sonne zum Leuchten gebracht, das warme Rostbraun des ausgeblühten Heidekrauts.

Gerhard bedauerte, in dieser friedvollen Landschaft nicht länger verweilen zu können, aber das schwindende Licht gemahnte zur Eile. Es war nun nicht mehr weit bis zum »Großen Moor« und der auf der Skizze angekreuzten Stelle. Ohne große Mühe fand er den Pfad, der auf einem schmalen Damm entlang eines Baches auf das Ziel zuführte. Die dunkle Farbe des Gewässers ließ ihn vermuten, dass es der Ablauf des Moores war, dem er nun schon sehr nahe sein musste. Das Erdreich unter ihm wurde zunehmend nachgiebiger, das Unterholz immer dichter, je weiter er kam. Hohe Heidelbeersträucher bedeckten den sumpfigen Boden.

Der Pfad war bald kaum noch erkennbar. Mühsam bahnte er sich den Weg durch das verfilzte Gesträuch. Dabei musste er sorgsam darauf achten, wohin er im grundlosen Morast seinen Fuß setzte.

Unvermittelt tauchte die Wasserfläche des »Großen Moores« vor ihm auf. Gerhard erkannte, dass es nun nicht mehr weiterging. Er war am Ende seines Weges angekommen. Mit äußerster Vorsicht nur hatte er sich bis hierhin vorgetastet, oft nur in letzter Sekunde den Fuß von einer tückischen Grasinsel zurückziehen können, bevor sie unter seinem Tritt versunken war.

Er sah sich um. Es gab längst keinen Damm mehr, auf dem er hätte gehen können. Vor ihm lag Wasser, soweit er blicken konnte. Und in ihm unzählige Inseln, meist von Binsen oder Sumpfgras gebildet, gelegentlich auch mit einigen verkümmerten Büschen darauf. Wie mahnende Finger ragten kronenlose, abgestorbene Baumstämme aus der dunklen Oberfläche heraus. Gerhard wurde an einen Fischerfriedhof erinnert, den er einmal in Afrika gesehen hatte. Dort waren an im Wasser stehenden Stangen Netze aufgehängt, unter denen die Verstorbenen ihre letzte Ruhe gefunden hatten.

Eine unheimliche Stimmung lag über dem Moor, eine Atmosphäre des Todes, ähnlich wie auf jenem Friedhof. Auch ein lautlos darüber streichender weißer Reiher vermochte nicht, das Düstere dieses Ortes aufzuhellen.

Gerhard fröstelte, als er daran dachte, dass Jutta Kramer hier irgendwo in dieser geheimnisvollen Sumpflandschaft stecken musste, eine Frau, alleine, bei schwindendem Tageslicht. Oder war der Unbekannte, dem die Botschaft neben der Haustür gegolten hatte, bereits bei ihr? Gerhard bezweifelte das. Der Adressat der Nachricht hätte den Zettel, das war das Wahrscheinliche, nach dem Lesen entfernt, ihn zerknüllt und eingesteckt.

Wieso ging er eigentlich davon aus, dass es ein Mann war, den Jutta Kramer treffen wollte? Genauso gut konnte sie mit einer Freundin ein gemeinsames Naturerleben verabredet haben. Nein – Gerhard schüttelte den Kopf. Nach dem, was er über sie gehört hatte, stand es für ihn außer Frage, dass es nur ein Mann sein konnte, den sie hier draußen im Moor erwartete, und über den Grund ihres heimlichen Treffens gab es für ihn keinen Zweifel.

Die Dämmerung hatte begonnen, zwischen die Bäume und Büsche des Waldes zu dringen. Lediglich über der freien Fläche des Moores lag noch das Licht des zu Ende gehenden Tages. Gerhard blickte sich suchend um, unschlüssig, was er nun tun sollte. Wenn er nicht bald den Rückzug antrat, würde die Dunkelheit ihm den Heimweg mehr als schwer machen.

»Was machen Sie hier?« Eine Stimme seitlich von ihm ließ ihn herumfahren. Zunächst konnte er nicht ausmachen, von wo er angesprochen worden war. Erst als die Stimme ein »Zum Teufel, was suchen Sie hier?« hinterherschickte, begriff er, dass jemand von der kleinen, buschbestandenen Insel vor ihm herübergerufen haben musste. Er versuchte zu erkennen, wen er vor sich hatte, glaubte, einen dort am Boden kauernden Menschen ausmachen zu können. Aber das Halblicht erlaubte ihm keine nähere Bestimmung.

»Frau Kramer?«

Es folgten einige Sekunden der Stille auf seinen fragenden Zuruf, einige Augenblicke, in denen Gerhard den Atem anhielt, bis sich hinter den Büschen eine dunkle Gestalt langsam erhob – ein gespenstisch bewegter Schemen in der leblosen Moorlandschaft – und mit abwehrend vorgestreckter Hand zurückrief: »Bleiben Sie, wo Sie sind – ich komme hinüber.«

In ihrer farblosen Kleidung, dem knielangen Parka und den grünen Gummistiefeln, unterschied sich die Frau kaum von ihrer Umgebung. Um den Hals baumelte ein starker Feldstecher, der hin- und herschwang, als sie aus der Deckung des Buschwerks hervorkam und zum Rand der Insel trat. Vorsichtig zwar, aber mit sicherem Auftreten durchschritt sie das Wasser, das die Insel von Gerhards Standpunkt trennte. Es war deutlich, sie kannte die grundlosen Tiefen des Moores – oder, wichtiger noch, wusste, wohin sie den Fuß setzen musste, um nicht einzusinken.

Zwei Meter, bevor sie den festen Landstreifen erreichte, blieb sie stehen und stemmte die Arme in die Seiten. »Was wollen Sie von mir?« Auch wenn sie jetzt mit leiser Stimme sprach, war der Unmut über die Störung deutlich herauszuhören.

»Ich habe Sie gesucht, Frau Kramer«, sagte Gerhard und schaute hinunter auf die schlanke Gestalt, deren Wohlgeformtheit und Anmut auch unter der burschikosen, formlosen Kleidung zu erahnen war. Er streckte die Hand aus und half ihr, aus dem Wasser heraus auf die federnde Landzunge zu steigen. »Ich habe Sie gesucht, habe Sie in Ihrem Bahnhäuschen nicht angetroffen. Die Wegbeschreibung auf dem Zettel hat mich hierher geführt.«

»Sie konnten sich denken, dass die Mitteilung nicht für Sie bestimmt war.« Verärgert trat sie zur Seite. Während sie auf den Moorsee hinausschaute und versuchte, ihrer Erregung Herr zu werden, betrachtete Gerhard sie mit der Neugier eines Menschen – oder vielmehr eines Mannes -, der nach allem, was er an Schwärmerischem gehört hatte, nun die Gelegenheit bekommt, sich durch eigenen Augenschein ein Urteil zu bilden.

Auch wenn das Tageslicht inzwischen schwach geworden war, er ihr Profil nur im Halbdunkel sehen konnte – es war unverkennbar – Jutta Kramer war eine schöne Frau. Er verstand Rolli, der von ihrer Anziehungskraft gesprochen hatte, von ihrer Unwiderstehlichkeit. Selbst hier im Dämmern des endenden Tages war zu erkennen, warum diese Frau so manchen Mann in ihren Bann zu ziehen vermocht hatte.

Jutta Kramer schien Gerhards Blick zu spüren. Mit einem spöttischen Lächeln drehte sie sich um und machte einen schnellen Schritt auf ihn zu. Dabei breitete sie die Arme aus und stellte sich in Positur. »Nun, jetzt haben Sie mich gefunden. Warum also sind Sie hier? Was wollen Sie?« Herausfordernd sah sie ihn an.

Nur kurz hielt Gerhard dem Blick stand. Er begriff, dass es vor allem ihre Augen waren, die dem Gesicht das Besondere, das Leuchten verliehen, das es heraushob aus der Vielzahl schöner Frauengesichter.

»Ich will mit Ihnen sprechen«, beeilte er sich, den Zauber zu durchbrechen.

»Und über was wollen Sie mit mir sprechen?«

»Über Andreas Kramer, Ihren Mann, zum Beispiel. – Oder über Benjamin.« Gerhard wartete auf eine Reaktion der Ehefrau und Mutter. Doch das Einzige, was geschah, war, dass sie den Kopf langsam zum Abendhimmel hob, so als müsse sie sich erst an die Personen erinnern, von denen er gerade gesprochen hatte. Keine Spur von Bewegung in ihrem Gesicht, nicht einmal Interesse.

Mit sachlicher Stimme informierte sie ihn. »Ich habe mit beiden schon lange nichts mehr zu tun – und gedenke auch nicht, daran etwas zu ändern.« Als sie Gerhards ungläubiges Erstaunen sah, fügte sie hinzu: »Ich lebe jetzt mein eigenes Leben. Da ist kein Platz für familiäre Sentimentalitäten.«

»Aber Sie wissen doch, in welch schrecklicher Lage sich Ihr Mann befindet. – Auch für Benjamin ist das alles nicht leicht. Er braucht in dieser Situation seine Mutter.«

»Sind Sie von irgendeiner Behörde? Vom Jugendamt vielleicht?«

»Nein, ich gehöre im weiteren Sinn zu der Familie, bei der Benjamin untergekommen ist. Außerdem habe ich das Geschehen aus nächster Nähe miterlebt, die Verhaftung Ihres Mannes, die Mordanklage. – Später habe ich ihn im Gefängnis besucht. Über all das will ich mit Ihnen reden. – Und auch über den Roman, den angeblich nicht Stefan Küster, sondern Ihr Mann geschrieben haben soll.«

Bei seinen letzten Worten hatte Jutta Kramer aufgehorcht. Ein wachsamer Blick streifte Gerhard. Sie stellte sich nah an den Rand der Landzunge und sah hinüber zu ihrer Insel. Es war ihr anzusehen, dass sie abwog, ob sie mit ihm reden sollte oder nicht. Gerhard begriff, dass er mit der Erwähnung des Buches einen Köder ausgeworfen hatte, der ihre Aufmerksamkeit und die Begehrlichkeit, zu hören, was er darüber wusste, geweckt hatte – offensichtlich wesentlich mehr als den Wunsch, etwas über das Schicksal ihrer Familie zu erfahren.

»Gut«, Jutta Kramer stieg wieder ins Wasser, »reden wir, aber nicht jetzt. Ich bin hierher gekommen, um Kraniche zu beobachten. In der Dämmerung ist die Wahrscheinlichkeit am größten, sie zu Gesicht zu bekommen.«

»Kraniche? Hier?«

»Ja, einige Paare überwintern und brüten im Moor. Ob ich allerdings nach Ihrem Auftauchen noch etwas sehen werde, ist fraglich.« Sie begann, zu der Insel zurückzuwaten. »Kommen Sie morgen früh – sagen wir um zehn Uhr – in mein Haus an der Bahn. Dort können wir uns unterhalten.«

Noch einmal blieb sie stehen. »Wie haben Sie mich eigentlich aufgestöbert? Kein Mensch weiß, dass ich hier oben in der Heide ein Häuschen gemietet habe.«

»Ich bin durch Zufall darauf gestoßen«, antwortete Gerhard ausweichend. Er hatte nicht vor, Rolli als Informanten preiszugeben. Außerdem war es immer gut, einen Schleier von Geheimnis um die Art, wie man zu Kenntnissen kam, zu legen. Das gab den Anschein, viel zu wissen, mehr, als es tatsächlich der Fall war.

Nun galt es, sich zu sputen. Er musste aus dem Wald herausgefunden haben, solange noch ein Rest von Licht ihn den Weg erkennen ließ. Eilig hastete er auf dem Pfad zurück. Er war froh, den breiten Hauptweg zu erreichen und entschloss sich, ihm weiter zu folgen. Es war schon zu dunkel, um die kürzeren Wege durch die Fichtenschonungen zu nehmen. Wenn er sich hier verlief...

Er hörte das Geräusch des Motors, noch bevor er die Lichter sah. Ein Auto kam von der Leitzinger Heide heraufgefahren. Schnell sprang er, ohne eigentlich zu wissen warum, auf eine Baumgruppe am Wegrand zu und verbarg sich dahinter.

Der Wagen näherte sich langsam, die aufgeblendeten Scheinwerfer hüpften mit jedem Schlagloch, das er durchfuhr. Es war ein Geländewagen, soviel konnte Gerhard beim Vorbeifahren des Fahrzeuges sehen. Auch das SFA des hiesigen Landkreises Soltau-Fallingbostel meinte er auf dem verdreckten Nummernschild erkannt zu haben – und, dass hinter dem Steuer ein Mann gesessen hatte.

Nun also kam er, der Unbekannte, auf den Jutta Kramer wartete. Schon am Moor war Gerhard klar gewesen, dass nicht nur die Beobachtung der Kraniche, sondern vor allem das Treffen mit diesem Mann der Grund für ihre fehlende Gesprächsbereitschaft war.

Ein allerletzter Rest von Licht lag über dem freien Feld, als Gerhard aus dem Wald herauskam. Noch einmal betrat er den Plattenweg, der zum Eingang des Bahnhäuschens führte. Der Nagel am Türpfosten war leer, der Zettel verschwunden.

Würde er morgen erfahren, mit wem sich Jutta Kramer dort draußen in der unheimlichen Dunkelheit des schweigenden Moores getroffen hatte?

14

Ein unbändiger Hunger überfiel Gerhard, als er sich Schneverdingen näherte. Ihm kam der Heringstopf in Erinnerung, den er auf seiner Wandertour im Vorjahr hier mit Hochgenuss verspeist hatte. Nicht ein Fischstreifen, nicht der kleinste Tropfen Soße, in die er die köstlichen Bratkartoffeln zerdrückt hatte, waren seinerzeit übriggeblieben. Ihm lief das Wasser im Mund zusammen, als er daran dachte. Was hielt ihn davon ab, sich diesen Genuss heute noch einmal zu leisten? Vom Gedanken zum Entschluss war es nicht weit. Er setzte den Blinker und fuhr in die Stadt hinein.

Wenn man das Gasthaus »Zum Keglertreff« beschreiben will, fallen einem als Erstes die Adjektive bürgerlich und gemütlich ein. Nicht nur der deutscheste aller Vereine, der Kegelclub, hat hier sein Zuhause, auch Skatspieler, Politiker und Taubenzüchter treffen sich in den anheimelnden Räumlichkeiten, die den Geist vergangener Tage und das Mobiliar der guten alten Zeit bewahrt und in die heutzutage dominierende Chrom- und Plastikgastronomie hinübergerettet hatten.

Gerhard betrat die Wirtsstube. Erstaunt und mit einem Gefühl freudigen Erinnerns nahm er das Bild wahr, das sich jetzt seinen Augen darbot. Denn genau wie im Vorjahr saßen auch heute die Würfler an der langen Theke und knobelten die Runden aus. Sogar die Gesichter, die ihm zunickten, schienen vertraut. Von seinem erhöhten Hocker hinter dem Tresen hielt Franz, der kleine Wirt mit den lichten Haaren und dem gutherzigen Lachen, das Gaststättengeschehen im Auge, während seine Frau Annemarie, genau wie damals, geschäftig die Gläsertabletts in den benachbarten Versammlungsraum und auf die Kegelbahn trug.

Das wohlige Empfinden, Vertrautes wiedergefunden zu haben, verstärkte sich noch, als Maren, die Wirtstochter, den Heringstopf und die Bratkartoffeln brachte und ihm einen guten Appetit wünschte.

Nach Minuten schweigsamen Genusses, nach Augenblicken äußerster Hingabe, in denen er das eine oder andere Glückshormon in sich wirken fühlte, schob Gerhard den Teller zur Mitte des Tisches und lehnte sich gesättigt in das Polster der Sitzbank.

Maren, die gerade aus der Küche hervorlugte, kam heran. Als sie sah, dass er aufgegessen hatte, ergriff sie das blankgeputzte Geschirr. »Das hat aber geschmeckt!«, ersetzte sie das übliche Frage– durch ein Ausrufezeichen und kehrte zu ihren Töpfen und Pfannen zurück.

Franz brachte ein zweites Bier. »Sind Sie wieder zum Wandern hier?«, erinnerte er sich an ihre letztjährige Unterhaltung, bei der er Gerhard einige nützliche Tipps zu Wegstrecken und Zielen hatte geben können.

»Nein, diesmal ist das Wandern nur ein Nebenprodukt. Vielleicht schaffe ich es morgen, eine Tour zum Wilseder Berg zu machen. Das hängt ganz davon ab, wie ich mit meinen Nachforschungen vorankomme.«

»Wenn Sie Hilfe brauchen?« Franz sah Gerhard mit listigen Augen an. »Ein Wirt weiß so manches.«

»Da werden Sie mir kaum helfen können. Nein, das, um was es geht, ist zu speziell.«

»Na dann«, bedauerte Franz und griff nach dem leeren Glas.

»Es geht um das Verlegen eines Buches«, fühlte sich Gerhard bemüßigt hinzuzufügen, als er die Enttäuschung aus Franz' Stimme heraushörte. »Nichts also, was Sie wissen können.«

Der Wirt war zu seinem Hocker zurückgekehrt. Langsam ließ er sich darauf nieder. Der Ton, in dem er jetzt sprach, sollte lässig klingen, aber die Freude, widersprechen zu können, war darin unüberhörbar. »Ach, Sie meinen die Geschichte bei Lanus, das neue Buch, das die drucken.«

»Sie haben davon gehört?«, wunderte sich Gerhard. »Ich denke, das Ganze ist noch geheim?«

»Schneverdingen ist klein. Da bleibt nichts lange geheim«, klärte Franz ihn auf und verhehlte nicht seine Genugtuung darüber. »Für einen kleinen Verlag wie Lanus ist das ein großer Fisch, den sie da an Land gezogen haben: Ein Bestseller mit Zukunft und, wie man anfangs hörte, enormen Verkaufsaussichten. Auch wenn sich jetzt herausstellt...«

»Bei dem Hungervertrag, den sich der Chef hat diktieren lassen, bleibt für unser Haus nicht viel hängen«, meldete sich einer der Würfler vom anderen Ende der Theke. »Das Weibsstück hat ihm erst den Kopf verdreht und ihn dann nach allen Regeln der Kunst über den Tisch gezogen, ihm Bedingungen aufgezwungen, die so gut wie keinen Gewinn für den Verlag übrig lassen. – Na, mir kann's gleich sein, ich bekomme mein Festgehalt, egal, ob das Buch was abwirft oder nicht.« Er hob den Becher mit den Würfeln und schüttelte ihn heftig, bevor er ihn wütend auf den Tresen knallte. Offensichtlich war ihm das Wohlergehen des Verlags doch nicht so einerlei, wie er es vorgab.

»Sie müssen verstehen«, beugte sich der Wirt vertraulich zu Gerhard hin, »die Leute sind erbost, vielleicht auch enttäuscht über den Handel, auf den sich der Verlagsleiter eingelassen hat. Da kommt endlich mal ein schwerkalibriger Auftrag, und dann hat der Betrieb kaum einen Nutzen davon.«

»Aber wieso übernimmt er ihn dann?«

»Jutta Bollmann.« In einer wehrlosen Gebärde öffnete er die Arme, als wolle er sagen: Was soll man dagegen machen. »Heute heißt sie anders, Krämer oder so ähnlich. Sie besitzt die Rechte an dem Roman. Sie war es, die mit Dr. Heger den Vertrag ausgehandelt hat.«

»Aber wieso hat sie so günstige Bedingungen für das Buch erreichen können?«

»Wenn Sie Jutta Bollmann einmal begegnet wären, wüssten Sie, warum.« Franz sah zu den Würflern hin, die bedeutungsvoll nickten. Sie hatten ihr Spiel unterbrochen, gebannt verfolgten sie das Gespräch. Auch Annemarie war am Tresen stehen geblieben und hörte zu. »Wir alle hier kennen Jutta, haben sie heranwachsen sehen. Sie kommt nämlich aus Schneverdingen, müssen Sie wissen, ihre Eltern haben lange hier gewohnt. Schon damals als Teenager, später als junge Frau, hat sie mit den Männern gemacht, was sie wollte, und von ihnen bekommen, was sie wollte.«

»Und Sie meinen, das ist auch jetzt geschehen. Sie hat mit Dr. Heger...?«

Franz trat vom Tresen zurück und hob in Unschuldsgeste die Hände. »Ich weiß von nichts. Ich werde mich hüten, mir den Mund zu verbrennen. – Wenn Sie Jutta Bollmann kennen würden, könnten Sie sich selbst die Antwort darauf geben.«

Er drehte sich zum Bierhahn, zog einige Gläser heran und begann zu zapfen. Auch die Würfler wendeten sich wieder ihrem Spiel zu.

Gerhard ließ einige Sekunden verstreichen, bevor er, für alle gut vernehmlich, sprach: »Ich habe Jutta Kramer heute kennen gelernt. Vor gut einer Stunde habe ich mich mit ihr unterhalten.«

Noch einmal fuhren die Köpfe zu ihm herum. Mit einer Mischung aus Erstaunen und Bewunderung starrten ihn die Spieler von der Theke her an. Das Bierglas in den Händen des Wirtes schäumte über im ungebremsten Zapfstrahl. Gerhard kam sich vor, als sei er gerade einem vorsintflutlichen Ungeheuer entkommen, dem zu entfliehen bisher noch keinem gelungen war.

»Und?« Franz schloss den Zapfhahn. Mit angehaltenem Atem sah er seinen Gast an.

»Nun, Sie haben Recht. Jutta Kramer – oder Bollmann, wenn Sie wollen – ist eine Frau, die einen Mann schwach werden lassen kann.«

Beifällige Gestik und zustimmendes Gemurmel bekräftigten Gerhards Aussage und veranlassten die Wirtin, den Blick missbilligend über ihre Gäste gleiten zu lassen. »Pah! Männer!«, stieß sie hervor und machte eine abfällige Handbewegung. Mit einem verächtlichen »Einer wie der andere« verließ sie den Raum.

»Jetzt kennen Sie also die Umstände, wie dieser Buchvertrag zustande gekommen ist.« Franz schenkte Gerhard ein verschwörerisches Lächeln, das ihm kundtat, dass er nun in den Kreis der Wissenden aufgenommen war.

Wie zur feierlichen Bekräftigung des Bundes stellte der Wirt vor jeden Gast ein frischgezapftes Bier. »Ich gebe einen aus«, verkündete er. Dann hob er sein Glas, vergewisserte sich, dass seine Frau auch wirklich das Gastzimmer verlassen hatte und prostete den anderen zu: »Auf alle Evas dieser Welt. Zum Wohl.«

Genüsslich tranken sie das köstlichste aller Biere, das Freibier, und erhöhten den Genuss noch dadurch, dass sie sich eine der Damen, die sie gerade hatten hochleben lassen, bildlich vorstellten. Gerhard nahm an, dass der eine oder andere dabei Jutta Bollmanns Bild vor Augen hatte.

Der alte Gaststättenrhythmus stellte sich wieder ein. Die Würfler würfelten und Franz saß auf seinem Hocker. Gelegentlich zapfte er, wenn Annemarie Bestellungen aus den Nebenräumen mitbrachte.

Gerhard dachte an das, was er soeben gehört hatte. Auch wenn der Wirt nur Andeutungen gemacht hatte, war doch deutlich, wie es Jutta Kramer gelungen war, das günstige Verlagsangebot zu erreichen.

So wie vor einem Jahr in Alsfeld hatte sie auch hier die Gewichte in die Waagschale geworfen, die ihr bei Männern mühelos Tor und Tür öffneten. Wenn er das eben Vernommene richtig deutete, hatte sie sich diesmal sogar auf ein Liebesverhältnis mit dem Verlagsleiter eingelassen. Dabei schienen sie die Opfer, die bei der Realisierung ihrer Lebensverwirklichung auf der Strecke blieben, wenig zu beeindrucken. Er hatte miterlebt, wie zerstörerisch sie in die Ehe der Hegers eingedrungen war, hatte der gebrochenen Ehefrau gegenüber gesessen und ihr Leiden mit ansehen müssen. Gerhard hatte keinen Zweifel daran, dass auch Dr. Heger am Ende zu Jutta Kramers Opfern zählen würde. Solange er für ihre Ziele nützlich war, blieb er im Rennen. Aber sie würde keine Skrupel haben, ihn abzuservieren, wenn er seine Schuldigkeit getan hatte. Wie hatte Rolli gesagt: Erwerben und abstoßen – das genau war ihr Lebensprinzip und nicht anders würde sie auch hier verfahren.

Vorhin im Moor, als ihr Gesicht dem seinen nahe gekommen war, hatte er ihren gefährlichen Zauber an sich selbst spüren können. Dann aber, als sie so unbeteiligt von ihrer Familie gesprochen, sich so endgültig von Mann und Sohn distanziert hatte, war die kurzzeitige Faszination schnell verflogen und einem Entsetzen über die jede Verantwortung ignorierende Gefühlskälte gewichen.

Jutta Kramers Credo hieß Lebensgenuss. Auf ihrem Weg zu Geld und Ansehen würde sie sich durch nichts aufhalten lassen, da war sich Gerhard sicher. Sie würde buchstäblich über Leichen gehen. Er erschauerte, als er an die schöne Hülle dachte, die eine so verhängnisvolle, krankhafte Lebensgier in sich trug.

Er trank aus und hielt dem Wirt sein leeres Glas entgegen. »Die Runde geht auf mich«, verkündete er spendabel und bedeutete den Würfelspielern, ihrerseits die Gläser zu leeren.

Was er dabei nicht bedachte, war, dass er mit seiner Bestellung einen in deutschen Kneipen üblichen, unausweichlichen Automatismus in Gang setzte, der nur durch beleidigende Verweigerung noch zu stoppen gewesen wäre. Denn jeder der von ihm eingeladenen Gäste fühlte sich nun verpflichtet, ebenfalls einen auszugeben.

Es war noch eine knappe Stunde bis Mitternacht, als das Trinkzeremoniell eine kurze Unterbrechung erfuhr. Ein Mann in mittleren Jahren, von stattlicher Gestalt und sicherem Auftreten, betrat die Gastwirtschaft. Er war gekleidet wie ein Jäger, mit olivfarbener Cordhose und waldgrüner Jacke. An seinen hohen Schuhen klebten Laubreste und Fichtennadeln. Er grüßte die Würfler mit Handschlag, und auch Gerhard, der sich inzwischen ebenfalls an die Theke gesetzt hatte, erhielt einen Händedruck.

»Sind die anderen noch drin?«, fragte der Neuankömmling und deutete auf das Versammlungszimmer. Seine kultivierte Stimme verriet trotz der späten Stunde Unternehmungslust. Ihm war die Freude, mit Freunden noch ein Bier trinken zu können, anzusehen.

»Ja, die meisten sind noch da«, antwortete Franz und hielt ein Glas hoch. »Ein Pils, wie immer?«

»Ja.« Bevor er im Nebenzimmer verschwand, nickte der Mann den Gästen im Schankraum noch einmal freundlich zu. »Mach für die Theke auch eine Runde«, rief er dem Wirt über die Schulter zu. Dann schloss er hinter sich die Tür.

»Mein Gott«, stöhnte Gerhard, »noch eine Runde. Dabei kenne ich den Spender nicht einmal.«

»Das ist Dr. Heger«, klärte ihn Franz auf, »der, von dem wir vorhin gesprochen haben.«

Das also war der Chef des Verlagshauses Lanus. Keine schlechte Wahl, die Jutta Kramer diesmal getroffen hatte, ging es Gerhard durch den Kopf. Eine durchaus imposante Erscheinung, dieser Mann. Er wandte sich an den Wirt: »Wer tagt eigentlich nebenan?«

»Der Jagdverein. Die treffen sich einmal im Monat hier. Dr. Heger ist der Vorsitzende.«

Das Bier des Verlagsleiters kam, man trank auf sein

Wohl. Auch die noch ausstehenden Runden der Würfler wurden gezapft und getrunken.

So kam es, dass Gerhard am Ende eines ereignisreichen Tages gezwungen war, sein Auto vor der Gaststätte »Zum Keglertreff« stehen zu lassen und den Heimweg zu Fuß in Angriff zu nehmen. Die Nacht war klar, die Straße um diese Zeit menschenleer und breit genug, seinem bisweilen eigenwillig zur Seite abtriftenden Gang Raum zu geben.

Er hoffte, dass Frau Schröder einen guten und tiefen Schlaf hatte und nicht mitbekam, wie viel Mühe es ihrem Pensionsgast machte, die Haustür aufzusperren und sich die Treppe zu seinem Zimmer hinaufzuquälen.

15

Nach dem gestrigen bierseligen Abend hatte Gerhard Schwierigkeiten, heute früh aus dem Bett zu kommen. Angesichts des vor ihm liegenden Treffens mit Jutta Kramer zwang er sich auf die Beine und stellte sich unter die vielgerühmte kalte Dusche. Obwohl Frau Schröder beim Auftragen des Frühstücks mit keinem Wort seine späte Heimkehr erwähnte, war an dem großzügig bereitgestellten Orangensaft und dem extra starken Kaffee zu erkennen, dass sie ahnte, wie es ihm an diesem Morgen ging, und wusste, was man dagegen tat.

Wie stets brachte sie ihm auch die lokale Tageszeitung.

»Das Neueste aus Schnevern«, verkündete sie und legte das Blatt vor ihn auf den Tisch, »wenn es hier überhaupt Neues gibt. Und falls mal etwas passiert, dann wissen die Schneverdinger das meist schon vor der Presse. In so einem kleinen Städtchen kursieren Nachrichten mit unglaublicher Geschwindigkeit.«

Gerhard nickte, das kannte er aus seinem Heimatdorf. Angeregt durch Frau Schröders Bemerkung fragte er nach: »So haben Sie sicher auch von dem Druck des Bestsellers im Lanusverlag gehört? Kennen vielleicht sogar Jutta Bollmann?«

»Natürlich kennen ich sie. Jeder echte Schneverner kennt diese Frau.« Das leichte Kopfschütteln und das Hochziehen der Mundwinkel verrieten, was sie von Jutta Bollmann hielt. »Und was diese seltsame Buchgeschichte betrifft – die war schließlich in den letzten Wochen eines der Hauptgesprächsthemen im Ort.«

»Wie kommt es, dass Jutta Bollmann, also die heutige Frau Kramer, hier in der Stadt so bekannt ist?«

»Na«, die Wirtin rümpfte die Nase, »wer Mittelpunkt so vieler Affären war wie sie, der rückt automatisch ins Blickfeld.«

»Affären? Sie meinen Männergeschichten?«

»Vordergründig ja. Aber zu diesen Männern gehören ja auch Familien, Ehefrauen mit ihren Kindern. Wie oft bleiben die dabei auf der Strecke. Ich könnte Ihnen einige Namen nennen, die Jutta Bollmann auf dem Gewissen hat.«

»Ja?«, ermunterte sie Gerhard.

Aber zunächst wollte Frau Schröder von ihrem Gast wissen: »Wieso interessiert Sie diese Frau?«

»Ich habe mit dem Buch zu tun, das sie dem Verlag hier zum Druck angeboten hat. Deshalb interessiert mich auch ihre Person – und vor allem die Gerüchte, die man so hört.«

»Ah ja.« Das war etwas, was Frau Schröder verstand. Vom Nebentisch zog sie sich einen Stuhl heran und setzte sich Gerhard gegenüber. Die Arme auf den Tisch gestützt begann sie nach einem Räuspern zu erzählen: »Sie müssen wissen, dass Jutta in so geordneten, ja geradezu behüteten Verhältnissen aufwuchs, dass man ihre spätere Veränderung gar nicht verstehen kann. Ihre Eltern waren beide Lehrer an der hiesigen Grundschule. Sie waren angesehene Bürger und darauf bedacht, ihrem einzigen Kind eine gute Erziehung und Ausbildung zukommen zu lassen. Jutta war musisch begabt, engagierte sich in einer Theatergruppe. Auch sportlich war sie sehr aktiv. Und was das Entscheidende war, sie war ein bildhübsches Mädchen. So war es nur folgerichtig, dass ihr kurz nach ihrem Abitur die größte Ehre zuteil wurde, die es für ein Schneverdinger Mädchen gibt: Sie wurde zur Heidekönigin gekrönt.« Gerhards fragender Blick veranlasste Frau Schröder zu einer Erklärung: »Ich kenne die Familienverhältnisse deshalb so gut, weil wir, mein Mann und ich, damals mit den Bollmanns verkehrten. Wir waren häufig Gast in ihrem Haus oder sie kamen zu uns. So haben wir natürlich Juttas Entwicklung aus der Nähe miterlebt.« Kurz hielt sie inne und senkte den Blick auf die geblümte Tischdecke. Als sie schließlich fortfuhr, hatte ihre Stimme einen harten, anklagenden Tonfall angenommen: »Es stieg Jutta zu Kopf, dass sie überall wegen ihrer schönen Erscheinung hofiert wurde. Dass man sie bewunderte wegen ihres gebildeten Auftretens. Es dauerte nicht lange, da machten Schlagzeilen über Männergeschichten die Runde. Anfangs waren es harmlose Liebeleien, dann die üblichen Bettgeschichten. Bald aber schon folgten die ersten Skandale. Ein Stadtrat musste wegen verschiedenster Begünstigungen ihr gegenüber zurücktreten, einen Geschäftsmann trieb sie in den Bankrott. Nicht zu reden von den vielen, deren Ehen und Beziehungen sie zerstörte.« Frau Schröder schnaubte empört. »Richtig mannstoll war das Weib. Sie sammelte Männer wie andere Trophäen. Es war für die Eltern ein regelrechter Schock, ihre Tochter so abdriften zu sehen. Der Vater, schon vorher herzkrank, verstarb bald. Die Mutter brach sämtliche Verbindungen zu ihrer Tochter ab. Sie verließ, vermutlich aus Scham, Schneverdingen über Nacht mit unbekanntem Ziel.«

»In der Tat, ein mit Opfern gesäumter Weg, den Jutta Bollmann da beschritt. Aber Sie sagten, Sie kennen einige Namen...«, erinnerte Gerhard. »Mich würde schon interessieren, noch etwas Genaueres darüber zu erfahren.«

Frau Schröder stand auf und griff nach der Kanne, um frischen Kaffee zu holen. »Es gibt viele hier in der Stadt, die mit Jutta Bollmann zu tun hatten, die wissen, wie viel Schaden sie angerichtet und wie viel Unglück sie in die Familien gebracht hat.« Ihr Gesicht nahm einen traurigen Ausdruck an. »Die Borstels zum Beispiel in der Eichendorffstraße – die könnten Ihnen einiges erzählen – wenn sie's denn noch können.« Kopfschüttelnd verließ sie den Raum.

Obwohl die Straße nicht weit von der Pension entfernt lag, nahm Gerhard den Wagen. Er wollte gleich nach seinem Besuch weiterfahren zu dem Bahnhäuschen in der Leitzinger Heide. Ihm blieb noch gut eine Stunde bis zu seiner Verabredung dort.

Das Anwesen der Borstels lag am Ende der Eichendorffstraße, die Adresse hatte er aus dem Telefonbuch herausgesucht. Sein Versuch, sich telefonisch anzumelden, war erfolglos geblieben. Niemand hatte abgehoben.

Kurz befielen ihn Zweifel hinsichtlich dessen, was er vorhatte. Was gab ihm das Recht, von fremden Menschen in einer privaten, möglicherweise intimen und mit unangenehmen Erinnerungen verbundenen Familienangelegenheit Auskunft zu erbitten? Aber schnell schob er die Bedenken zur Seite. Schließlich war er hier herauf in die Heide gekommen, um sich ein Bild von Jutta Kramer zu machen. Dazu war es sinnvoll, mit Leuten zu sprechen, die sie von früher her kannten. Jeder Bericht über sie würde ihm weiterhelfen bei dem Versuch, ihre zwiespältige Person zu verstehen.

Über die windschiefe Gartenpforte fiel sein Blick auf ein spitzgiebeliges Einfamilienhaus. Das kleine Gebäude machte einen verwahrlosten Eindruck, an einigen Stellen war der Putz herausgebrochen, die Dachrinnen hingen schief und waren bis oben mit Laub gefüllt. Auch das Grundstück war verwildert, nirgends zeigten sich Spuren gärtnerischer Pflege. Ein grasüberwucherter Plattenweg führte zu einer verwitterten Haustür, an der ein kaum noch entzifferbares Namensschild angebracht war. Seitlich davon hing eine Klingel lose an ihren Drähten.

Gerhard läutete. Während er wartete, sah er hinüber zu dem kleinen Kiefernwäldchen, hinter dem die Osterheide begann, sah auf schmucke Häuser, die von der bevorzugten Wohnlage hier in Waldnähe kündeten. Ein auffälliger Kontrast zu dem heruntergekommenen Anwesen, auf dem er gerade stand.

Das Aufgehen der Tür ließ ihn sich herumdrehen. In der dunklen Öffnung stand eine Frau und sah ihn stumm an. Sie schien erstaunt, dass jemand bei ihr geläutet hatte. Weder mit einem Wort noch mit einer Geste machte sie Anstalten, ihren Besucher willkommen zu heißen.

»Frau Borstel?«, durchbrach Gerhard das Schweigen.

»Ja.« Mit einem zaghaften Schritt trat die Frau aus dem

Dunkel heraus. »Wollen Sie zu mir?« Unsicher streckte sie ihm die Hand entgegen.

Gerhard erschrak, als er auf die kleine, magere Person blickte, die mit wässrigen Augen scheu zu ihm aufschaute. Ihre schmächtige Gestalt, von einem bis an die Knöchel reichenden grauen Kleid verhüllt, war ohne jede Kontur. Das hohlwangige Gesicht und die dürren Arme verrieten die Ausgezehrtheit ihres Körpers. Es war ihm unmöglich, ihr Alter zu bestimmen, doch er ahnte, dass er einem noch recht jungen Menschen gegenüberstand.

Unsicher, ob er angesichts des augenscheinlich schlechten Gesundheitszustandes der Frau sein Anliegen überhaupt vorbringen sollte, ergriff er die ausgestreckte Hand, vermied es aber, sie zu drücken.

»Frau Schröder hat mir von Ihnen erzählt«, wich er deshalb aus, »ich wohne nämlich für einige Tage in ihrer Pension.«

»Frau Schröder? Wirklich?« Versonnen blickte sie an ihm vorbei auf das welke Pflanzengewirr ihres Gartens. Wie in einem fernen Erinnern wiegte sie dabei sanft den Kopf. Auf Ihren Lippen erschien ein kleines Lächeln. »Das ist schön, dass Frau Schröder noch an mich denkt.« Sie fasste ihn am Arm. »Kommen Sie, es ist kühl hier draußen, gehen wir ins Haus.«

Das Zimmer, in das sie ihn führte, war düster und gleichermaßen vernachlässigt wie all das Übrige. Stickige Luft schlug ihm entgegen, als er den zerschlissenen Teppich betrat und sich im Raum umsah. Es war unverkennbar, er befand sich in einem Wohnzimmer, das früher einmal bessere Tage erlebt hatte. Hohe Sessel und eine ausladende Couch, dazu ein großer Wandschrank mussten seinerzeit bei ihrer Anschaffung einen stolzen Preis gekostet haben. Jetzt aber waren sie verwohnt, voller Flecken, Schrammen und Risse. Überall, auch auf dem Boden, lagen Kleider und Papier. Gebrauchtes Geschirr stapelte sich auf den Fensterbänken.

Durch eine Seitentür kam ein Mann hereingeschlurft. Schleppend bewegte er sich auf einen der Sessel zu und ließ sich schwerfällig darin nieder. Mit glasigen Augen stierte er vor sich auf den Boden, er schien den Gast überhaupt nicht zu bemerken.

»Carsten, wir haben Besuch.« Die Frau trat auf den Mann zu, packte ihn an der Schulter und deutete auf Gerhard. »Der Herr kommt von Frau Schröder.« Aber es war allzu offensichtlich, ihre Information erreichte nicht das Bewusstsein des Angesprochenen. Unverändert starr blieb sein Blick auf den abgetretenen Teppich gerichtet.

»Mein Mann ist krank«, bemühte sich Frau Borstel um eine Erklärung, »schon seit Jahren. Genau seit damals, als er sich umzubringen versucht hat.«

»Wie, er wollte sich umbringen?«, entfuhr es Gerhard.

»Ja, er schloss sich in der Garage ein und ließ den Motor laufen. Ich habe ihn gefunden. Rechtzeitig zwar, dass er überlebte, aber doch nicht rechtzeitig genug. Ein Teil seines Gehirns war bereits abgestorben. Jetzt ist Carsten ein Pflegefall. Ohne mich kommt er nicht mehr zurecht.«

Gerhard, überrumpelt durch die unerwartete Offenheit, fühlte sich unbehaglich. Da war er in etwas hineingeraten, dessen Dimensionen ihn erschreckten. Was veranlasste diese kleine Frau, ihm, dem Fremden, unaufgefordert von der Lebenstragödie ihres Mannes zu berichten?

Dann aber begriff er, dass in dieses düstere Haus möglicherweise selten ein Besucher kam, dem sie ihr Herz ausschütten oder vor dem sie ihre Sorgen ausbreiten konnte. Nun, er würde ihr zuhören.

»Warum, um alles in der Welt, hat er das getan?«, fragte er und sah sie an.

»Warum bringen sich Männer um.« Ihr leises Auflachen war voller Bitterkeit. »Entweder sind sie verschuldet bis hinter die Ohren, oder eine Frau hat sie sitzengelassen. Dieser verdammte männliche Stolz!«

Eine plötzliche Erregung hatte die stille Frau ergriffen. Zitternd hielt sie sich an der Sessellehne fest, bevor sie mit schnellen Schritten auf ein niedriges, unter dem Fenster platziertes Schränkchen zueilte. Fahrig nestelte sie an den Türen, zog schließlich eine Flasche hervor und drehte hastig am Schraubverschluss. Ohne erst nach einem Glas zu suchen, setzte sie die Öffnung an den Mund und trank in gierigen Zügen.

»Das ist meine Art, mit der Geschichte fertig zu werden.« Traurig sah sie Gerhard an. In ihrem Blick lag Resignation. »Seit dem damaligen Ereignis hat mich der Alkohol nicht mehr losgelassen. Mehrfach habe ich versucht, aus dieser Abhängigkeit herauszukommen – bisher allerdings vergebens.« Noch einmal trank sie einen Schluck, dann stellte sie die Flasche in den Schrank zurück. Als sie sich erhob, war die friedvolle Scheu, mit der sie ihn empfangen hatte, wieder zurückgekehrt.

Mit leiser Stimme, fast so, als wolle sie sich entschuldigen oder ihn um Verzeihung bitten, wandte sie sich an ihren Besucher: »Ich werde es wieder versuchen, solange, bis ich es geschafft habe. Ich muss von dem Zeug loskommen. Ihm zuliebe.« Sie deutete auf ihren immer noch teilnahmslos dasitzenden Mann. »Carsten braucht die wenige Kraft, die ich noch besitze. Er hat mich immer gebraucht, vor allem damals, als das geschah.«

Die Genugtuung, mit der sie die letzten Worte sprach,

ermutigte Gerhard, die Frage zu stellen: »Als das mit Jutta Bollmann geschah?«

»Ach«, sie hob den Kopf, »Sie wissen davon?«

»Frau Schröder hat mir – andeutungsweise...«

»Nun, wenn Sie wissen wollen, was damals war – es macht mir nichts aus, Ihnen davon zu berichten. Die ganze Stadt weiß darüber Bescheid, da können Sie es ebensogut erfahren.«

Wieder wurde sie von einer leichten Aufgeregtheit ergriffen. Während des Erzählens ging sie im Zimmer auf und ab, als könne die Bewegung ihre zunehmende Unruhe besänftigen.

Gerhard erfuhr von dem Liebesverhältnis, das Carsten Borstel damals mit Jutta Bollmann eingegangen war. Die Beziehung sei allgemein bekannt gewesen, ihr Mann habe nie versucht, sie vor ihr zu verheimlichen. Er sei dieser Frau hoffnungslos ausgeliefert gewesen, sei von ihr verhext, seines eigenen Willens regelrecht beraubt worden. Teure Geschenke habe sie ihm abgefordert, habe ihn zu Luxusreisen überredet und ihn letztendlich in den finanziellen Ruin getrieben. Aus der florierenden Möbeltischlerei Carsten Borstels war innerhalb weniger Monate ein zahlungsunfähiges Unternehmen geworden. Und als schließlich nichts mehr zu holen gewesen war, da hatte dieses Weib ihrem Mann den Laufpass gegeben – hatte ihn von heute auf morgen verlassen, zurückgelassen mit den Trümmern seiner beruflichen Existenz und dem tiefsitzenden Stachel gekränkten Stolzes. Carsten habe keinen anderen Ausweg gesehen, als seinem Leben ein Ende zu setzen.

»Es war reiner Zufall, dass ich ihn rechtzeitig gefunden habe«, versicherte sie und strich ihrem Mann voller Zärtlichkeit über das Haar. Sie habe ihn in der Folgezeit gepflegt, habe ihn nicht verlassen – trotz des Vorausgegangenen. Denn schließlich sei ihr Mann – so sah sie es – mehr oder weniger schuldlos in die Beziehung hineingezogen worden – von einer perfiden Frau, die nur darauf aus war, ihn sich zunutze zu machen und ihn auszunehmen.

An dieser Stelle des Erzählens blitzten ihre sonst so sanften Augen auf, Hass spiegelte sich in ihnen. Die spinnenfingrigen Hände zu Fäusten geballt beendete sie ihren Bericht: »Damals habe ich, um das Ganze ertragen zu können, mit dem Trinken begonnen. Diese Frau hat nicht nur Carstens Leben, sondern auch meines zerstört.«

»Sie wissen, dass Jutta Bollmann wieder in der Stadt ist?«

»Ja, ich habe davon gehört. Mich wundert, dass sie sich das traut.«

Mit einem Gefühl tiefer Betroffenheit bestieg Gerhard kurz darauf sein Auto. Das gerade Erlebte, die Bilder der beiden kranken Menschen bedrängten ihn. Nicht einmal nach dem Grund seines Kommens war er von der kleinen Frau gefragt worden. Freundlich hatte sie sich für den Besuch bedankt, hatte ihm noch einmal die Hand gereicht. Dann war sie, still wie am Anfang ihrer Begegnung, in das dunkle Haus und zu ihrem Mann zurückgekehrt. Sie gehörte zu den Frauen, die in der dienenden Liebe ihre Erfüllung fanden und deren Zuneigung mit der Größe des Leids, das ihnen der Partner aufschulterte, wuchs.

Der Blick auf die Uhr verriet Gerhard, dass er spät dran war. Er würde es nicht schaffen, pünktlich zum verabredeten Zeitpunkt am Bahnhäuschen zu sein. Obwohl er sich eigentlich beeilen sollte, fuhr er langsam und nachdenklich aus der Stadt heraus. Mit einiger Beklommenheit sah er der bevorstehenden Begegnung entgegen. Er ahnte, wie schwer es ihm fallen würde, Jutta Kramer nach dem soeben Gehörten unvoreingenommen und unbefangen gegenüberzutreten.

Als sich auf sein Klingeln nichts rührte, fürchtete Gerhard schon, seine zwanzigminütige Verspätung habe Jutta Kramer veranlasst, das Haus zu verlassen und nicht auf ihn zu warten.

Er ging zur Rückseite und sah, dass das Auto noch an der gleichen Stelle wie am Vortag stand. Jutta Kramer war also nicht fortgefahren, zumindest nicht mit dem eigenen Wagen. Noch einmal kehrte er zum Eingang zurück, klopfte mit der Faust gegen die Tür und rief ihren Namen. Nicht die kleinste Bewegung verriet, dass jemand im Haus war.

Was, wenn sie sich aus dem Staub gemacht hatte, nachdem er sie gestern hier in ihrem Schlupfwinkel aufgespürt hatte? Aber warum hatte sie dann ihren Wagen stehen gelassen?

Gerhard presste die Stirn an die Scheibe des rückwärtigen Fensters und versuchte, etwas im Innern des Häuschens zu erkennen. Ein ungutes Gefühl hatte ihn befallen, ein Gespür, dass etwas nicht stimmte, ohne dass er sagen konnte, was es war.

Durch die dünnen Gardinen blickte er auf eine moderne Küchenzeile mit Kühlschrank, Elektroherd und Spülmaschine, die einen neuen Eindruck machte, so als sei sie erst kürzlich eingebaut worden. In der Ecke gleich neben dem Fenster erkannte er eine Sitzgarnitur mit einer Bank, einem Tisch und zwei Stühlen. Alles im Raum war sauber und aufgeräumt, nirgends stand Geschirr herum. Es fand sich nicht der geringste Anhalt, dass heute Morgen hier jemand gefrühstückt hatte.

Gerhards Unruhe wuchs, als er im Gefach des Küchenschranks die Handtasche entdeckte. Daneben lag ein Schlüsselbund. Welche Frau würde ohne ihre Handtasche für längere Zeit die Wohnung verlassen? Nein, für Gerhard bestand kein Zweifel, Jutta Kramer war nur vorübergehend und kurzfristig außer Haus. Aber wohin war sie gegangen? Vielleicht ins nahe Dorf? Oder war sie zu ihrem Kranichbeobachtungsplatz zurückgekehrt?

Diesmal nahm er das Auto, um auf dem befestigten Waldweg hinauf zum Großen Moor zu fahren. Er wollte nachsehen, ob sie möglicherweise dort oben steckte. Eher würde er keine Ruhe finden.

Er passierte die Stelle, an der ihm gestern Abend der Geländewagen begegnet war. Wer war der Mann, den er im Innern des Fahrzeugs gesehen hatte? War es tatsächlich Dr. Heger, unterwegs zu einem Treffen mit der Geliebten? Nach dem, was er in der Gaststätte gehört hatte, sprach einiges dafür.

Am Beginn des Waldpfades, dort, wo der Bach unter dem Fahrweg hindurchfloss, stellte Gerhard das Auto ab. Heute im hellen Licht des freundlichen Spätherbsttages hatte der Wald alles Geheimnisvolle des vorhergehenden Abends verloren. Das Grün der Föhren und Heidelbeerbüsche leuchtete im streifigen Sonnenschein, das dunkle Fließwasser neben dem Weg hatte seine Schwärze eingebüßt und einen warmen, torfigen Braunton angenommen.

Noch immer lag die gleiche Stille über dem Moor, als Gerhard das Ende des Pfades und schließlich die Stelle erreichte, an der er gestern mit Jutta Kramer gestanden hatte. Er blickte zu der buschbestandenen Insel, von der sie ihn angesprochen und später zu ihm herübergekommen war. Im Gegenlicht der östlichen Sonne, die die Wasseroberfläche des Moorsees mit gleißender Helligkeit übergoss, waren die Konturen nur undeutlich auszumachen. Nichts verriet die Anwesenheit eines Menschen.

Gerhard rief zu dem Inselchen hinüber. Er erschrak über die eigene Stimme, die in der Lautlosigkeit der umgebenden Natur wie ein ungebetener Eindringling wirkte. Aber es kam keine Antwort. Stumm und leblos lag alles da.

Kurz überlegte er, ob er es wagen sollte, durch das Wasser hinüberzuwaten, sich den Weg zu suchen, den Jutta Kramer am gestrigen Abend gegangen war. Aber er entschied sich, dieses Risiko nicht einzugehen. Er wusste nicht, was passieren konnte, wenn er den unter der Oberfläche verborgenen Steg verfehlen sollte.

Gerhard ging zum Auto zurück. Verflixte Unpünktlichkeit. Auf der anderen Seite: Würde Jutta Kramer, wenn sie wirklich an einem Gespräch interessiert war – und diesen Eindruck hatte sie gestern Abend gemacht – wegen ein paar überfälligen Minuten auf das Treffen mit ihm verzichten? Er startete den Wagen und verließ den Wald auf demselben Weg, den er gekommen war.

Noch einmal hielt er vor dem Schrankenwärterhäuschen an. Vielleicht war sie ja inzwischen zurückgekehrt. Aber sein Läuten und Rufen blieb auch diesmal unbeantwortet.

Gerade, als er sich anschickte, noch einmal einen Blick durch das Hinterfenster in die Küche zu werfen, ließ ihn ein markerschütternder, klagender Laut erstarren. Er schien von der Vorderfront des Hauses gekommen zu sein, von der dem Bahndamm zugewendeten Seite, die hinter dichten Büschen nur schwer einsehbar war. Gerhard hielt den Atem an und lauschte. Wieder ertönte, jammervoller noch als beim ersten Mal, das hohe, schrille Klagen.

Gerhard löste sich aus der Erstarrung. Drei, vier schnelle

Schritte brachten ihn an die Hausecke. Mit den Armen bog er hastig die Äste und Zweige zur Seite und zwängte sich durch das Gesträuch hinaus auf die freie Fläche.

Sein Blick fiel auf eine grauweiße Katze, die auf dem Brett eines der beiden Fenster hockte und verzweifelt mit den Vorderpfoten an der Scheibe kratzte. Dabei stieß sie jenes durchdringende Heulen aus, das er vom Eingang her gehört und das ihn hierher gelockt hatte. Gerhard begriff sofort, dass die Katze nicht deshalb schrie, weil sie um Futter bettelte oder darauf drängte, hereingelassen zu werden. Ihr Schreien war vielmehr der Ausdruck äußerster Not. Etwas Schwerwiegendes musste geschehen sein.Unverwandt stierte sie durch das teilweise zerbrochene Glas des Fensters und drehte nicht einmal den Kopf, als Gerhard herantrat und über das zitternde Tier hinweg ins Hausinnere blickte.

Das Zimmer war deutlich kleiner als die Essküche im rückwärtigen Teil des Häuschens. Gerade mal ein schmaler Schrank und ein an die Wand gerücktes Bett hatten darin Platz.

Erst als er sich vorbeugte und sein Gesicht nahe an die Scheibe brachte, sah er, warum die Katze so verzweifelt leidvoll jammerte. Viel fehlte nicht, dass auch er bei dem Bild, das sich ihm darbot, aufgeschrien hätte. Entsetzt hielt er sich am Fensterrahmen fest und starrte auf die blutüberströmte Leiche. In grotesker Verzerrung, die eine Hand in das Laken gekrallt, die andere zwischen Wand und Schrank eingeklemmt, lag der fast nackte Körper auf dem Teppich vor dem Bett. Das vormals weiße Nachthemd war Jutta Kramer beim Fallen bis zum Kinn hinaufgerutscht. In steifen, knittrigen Falten lag es ihr nun wie eine Krause um den Hals, dunkelrot gefärbt vom geronnenen Blut, das auch das einstmals so schöne, laszive Gesicht bedeckte.

Stöhnend wandte sich Gerhard ab und trat vom Haus zurück. Es kostete ihn Mühe, sein Handy hervorzuholen und die Notrufnummer der Polizei zu wählen.

16

Es war schon später Abend, als Gerhard in die Einfahrt fuhr und das Auto auf dem Hof abstellte. Über den Freisitz kam ihm Franziska entgegen. Stumm schloss sie ihn in die Arme und führte ihn ins Haus. »Komm, setzen wir uns an den Kamin. Ich habe dort den Abendbrottisch gedeckt.«

Während des Essens sprachen sie nur wenig. Gerhard machte ein paar belanglose Bemerkungen über die Fahrt und hörte seiner Frau zu, die von ihren geschäftlichen Aktivitäten in seiner Abwesenheit sprach. Franziska spürte die erschöpfte Spannung, wusste, dass es Heinrich Überwindung kostete, von dem zu erzählen, was er heute Morgen erlebt hatte. Sie ließ ihm Zeit, brachte ihm ein Bier und legte eine Mozart-CD auf.

Über die Vorgänge in der Heide und die Hauptfakten war sie in groben Zügen informiert. Noch am Vormittag hatte Heinrich sie angerufen, ihr von dem grausigen Fund berichtet und seine Rückkehr am Abend angekündigt. Später war es Hauptkommissar Montag von der Eschweger Kriminalpolizei gewesen, der sich telefonisch gemeldet und einige weitere Details geliefert hatte. Jetzt aber wollte sie die Vorkommnisse aus erster Quelle hören, wollte aus dem Mund ihres Mannes in allen Einzelheiten erfahren, was dort oben geschehen war. Auch auf die Ergebnisse seiner Nachforschungen war sie gespannt.

Sie brachte das Gespräch in Gang, indem sie ihm mitteilte, dass Charly Montag um eine baldmögliche Unterredung in der Polizeidirektion gebeten hatte. Sie habe für morgen früh zugesagt. Ob ihm das Recht sei?

»Meinetwegen. Aber was soll das? Ich habe schon ausführlich bei der Kripo in Soltau ausgesagt. Was will also Charly von mir?«

»Er wird wissen wollen, wie du in diese Geschichte hineingeraten bist«, mutmaßte Franziska, »und vor allem, was dich bewogen hat, auf eigene Faust zu ermitteln.«

»Aber meine Recherchen haben doch nichts mit dem Mordfall zu tun«, verteidigte sich Gerhard. »Ich wollte Jutta Kramer kennen lernen, weiter nichts – wollte mit ihr über Benjamin und das Buch sprechen.«

»Das mach mal der Polizei klar.« Franziska legte Holz auf das Feuer und lehnte sich in ihrem Sessel zurück. »So, und nun fang an und erzähle. Am besten vom Beginn deiner Heidereise bis zu ihrem heutigen schrecklichen Ende.«

Schon während des Berichtes spürte Gerhard, wie viel Erleichterung es ihm verschaffte, das Erlebte mit jemandem zu teilen. Franziska kannte die Vorgeschichte. Er brauchte also keine ausladenden Erläuterungen zu geben, konnte sich auf das Wesentliche beschränken.

Nur einmal, als er seine Begegnung mit Jutta Kramer im Moor schilderte, unterbrach sie ihn. »War sie wirklich so unwiderstehlich, wie Rolli behauptete?«

Gerhard zögerte kurz. »Ja, an dieser Frau war etwas – etwas, das man schlecht beschreiben kann.« Nachdenklich sah er ins Feuer. »Ich habe am eigenen Leib erlebt, wie mühelos sie einen Mann in ihren Zauberkreis hineinziehen konnte. In diesem Sinne war sie unwiderstehlich. Das Erstaunliche dabei ist, dass die Männer sich bereitwillig ihr auslieferten – denk an Rolli, Carsten Borstel, Stefan Küster, oder jetzt Dr. Heger. Obwohl alle wissen mussten, dass sie riskierten, von ihr zugrunde gerichtet zu werden. Sie verstand es, in ihnen ein Feuer zu entfachen, von dem sie nun höchstwahrscheinlich selbst vernichtet wurde.«

»Wie meinst du das?«

»Die wenigsten Morde werden aus berechnender Überlegung begangen. Meist ist es gerade dieses überschießende Auflodern der Leidenschaften, von dem ich eben sprach, das die moralische Barriere niederbrennt. Aus unbescholtenen Menschen werden plötzlich Mörder. So wird es auch hier geschehen sein.«

»Heißt das, dass du weißt, wer Jutta Kramer umgebracht hat?«

»Nein, ich habe keine Ahnung, wer sie erschossen hat. Aber augenscheinlich hat ihre betörende Schönheit und Sinnlichkeit Gefühle freigesetzt, die ihr am Ende zum Verhängnis geworden sind.«

»Also nimmst du an, dass sie ein Mann getötet hat? Vielleicht ein enttäuschter Liebhaber?«

»Nicht unbedingt. Auch die Eifersucht ist eine zerstörerische Flamme. Sie hat schon so manche Frau zur Mörderin gemacht .«

An diesem Abend saßen sie nicht mehr lange am Feuer. Gerhard hatte berichtet, jetzt war er müde. Die Spannung, die das fürchterliche Geschehen in ihm aufgebaut hatte, war einer Leere gewichen, die keinen Raum mehr ließ für Gespräche und Überlegungen. Franziska hatte darauf bestanden, ihn morgen auf die Polizeidirektion zu begleiten. Schließlich sei auch sie – zumindest gefühlsmäßig – in diese Angelegenheit verwickelt. Sie habe ein Recht darauf zu erfahren, was die Polizei wusste oder wissen wollte.

Heinrich hatte keine Einwände gemacht. Er wollte jetzt nichts anderes als schlafen. Er verabschiedete sich von Franziska, die noch am Kamin sitzen bleiben und lesen wollte. Auf seinem Zimmer spürte er das ganze Ausmaß der Erschöpfung. Er war froh, als er sich schließlich in seinem Bett ausstrecken konnte. Mit der ungewissen Angst, die entsetzlichen Bilder des Morgens könnten in seinen nächtlichen Träumen wieder auftauchen, zog er sich die Decke bis zum Kinn. Nur wenige Sekunden später war er eingeschlafen.

Der Weg zum Dienstzimmer des Hauptkommissars Karl Montag, den seine Freunde Charly nannten, war Gerhard von früheren Besuchen bekannt. Er war ihn oft gegangen, immer dann, wenn ihn sein kriminalistischer Spürsinn mal wieder auf eine Fährte geführt hatte, die er der Polizei nicht vorenthalten wollte. Gut erinnerte er sich an die Seufzer, die Charly bei seinem Kommen ausgestoßen hatte, war doch sein Erscheinen meist mit Ermittlungen und der Notwendigkeit verbunden, den vorgebrachten Verdachtsäußerungen nachzugehen. Aber im Laufe der Jahre hatte sich Gerhard einen gewissen Respekt erworben, denn allzu oft hatte er mit seinen Vermutungen und Folgerungen Recht behalten und zur Aufdeckung einiger Verbrechen beigetragen.

Der diensthabende Beamte an der Wache kannte Gerhard. Er winkte ihm und Franziska freundlich zu und öffnete ihnen die Glastür, durch die sie zu den Räumlichkeiten der Polizeidirektion gelangten.

Das Zimmer des Hauptkommissars im ersten Stock war noch immer so spartanisch eingerichtet, wie Gerhard es in Erinnerung hatte. Die einzige Neuerung, die er beim Eintreten bemerkte, war ein weiterer Stuhl, der die vorherige

Sitzkapazität nun verdoppelte. Erstaunlicherweise grünten die drei kümmerlichen Topfgewächse unter dem Fenster noch immer, auch das Aktenchaos auf den Ablageflächen schien unverändert.

Charly Montag kam mit freudigem Lächeln hinter seinem Schreibtisch hervor. Er übersah Gerhards Versuch, ihn per Handschlag zu begrüßen, und eilte auf Franziska zu. »Welche Freude, dich in meinem bescheidenen Dienstzimmer willkommen heißen zu dürfen«, strahlte er sie an und schloss sie in die Arme.

Dann erst wandte er sich Gerhard zu. »Und welche Ehre, Superinspektor Heinrich Gerhard bei mir empfangen zu können.« Der ironische Unterton seiner Begrüßung war unüberhörbar.

»Halt, halt«, wehrte der Angesprochene ab, »von wegen Superinspektor. Diesmal habe ich lediglich eine Leiche gefunden, sonst nichts.«

»Immerhin hast du am Vorabend des Mordes noch mit der Toten gesprochen, hast sie als Letzter lebend gesehen.«

»Ich denke, es war der Mörder, der sie als Letzter lebend gesehen hat – oder?«

»Ja, ja«, der Hauptkommissar seufzte, »es war gar nicht so einfach, die Kollegen in Soltau davon zu überzeugen, dass du im Grunde nur ein harmloser Bürger bist, der es liebt, gelegentlich die Nase in Angelegenheiten der Polizei zu stecken. – Aber nehmt doch Platz. Gunter wird gleich hier sein, dann können wir loslegen.«

Wenige Augenblicke später betrat Oberkommissar Gunter Schröder den Raum. In der Hand hielt er den obligaten Stuhl, denn er war es gewohnt, das Sitzutensil in das sparmöblierte Zimmer seines Chefs mitzubringen. Ein verschmitztes Lächeln machte sich auf seinem vollbärtigen, gutmütigen Gesicht breit, als er seine Oberhoner Nachbarn begrüßte. »Ist es mal wieder so weit, Heiner? Wir haben uns schon Sorgen gemacht. Seit Monaten kein Mordfall, in den du verwickelt warst.«

»Nun macht's mal halblang. Franziska kann bezeugen, wie zufällig ich diesmal in diese Sache hineingeraten bin.«

»Nun, das werden wir gleich hören.« Charly Montags Blick fiel auf den Rucksack, der neben dem Schreibtisch abgestellt war. »Hast du die Schuhe dabei?«, fragte er und deutete auf das Gepäckstück.

»Ja«, Gerhard zog den Reißverschluss auf und holte die Wanderstiefel heraus, die ihn Montag in einem nochmaligen Telefonat mitzubringen gebeten hatte. »Diese Treter habe ich im Moor bei meiner Begegnung mit Jutta Kramer getragen.«

»Gut, lass sie uns hier. Gunter bringt sie dir nach Dienstschluss zurück. Wir machen Aufnahmen von den Sohlenprofilen und schicken sie an die Soltauer Kripo.« Als er sah, dass Gerhard protestieren wollte, hob er die Hände. »Die brauchen sie nur, um deine Fußspuren von den Abdrücken des Verdächtigen unterscheiden zu können – des Mannes, der die Tote noch nach dir im ‚Großen Moor' getroffen hat«, beschwichtigte er.

»Schon gut.« Gerhard fasste noch einmal in den Rucksack.

»Das hier habe ich in alter Tradition mitgebracht. Marschverpflegung für die nächsten Minuten – weil ihr doch so schlecht ausseht«, lachte er den alles andere als unterernährt wirkenden Polizisten zu und zog eine prallgefüllte Papiertüte hervor. Die aufgedruckten gekreuzten Ähren und der lachende Kopf mit der Bäckermütze verrieten die Herkunft des Mitgebrachten und das Leuchten in den Gesichtern der Kommissare machte deutlich, wie viel Freude ihnen der Inhalt bereitete.

Gerhard öffnete die Tüte und hielt sie den Beamten hin.

»Mohnschnecken«, flüsterte Charly und schloss die Augen.

»Quarktaschen«, entzückte sich Gunter und wedelte mit der Hand den Duft des frischen Gebäcks in die Nase. Dann aber, plötzlich und resolut, jedoch in sichtbarer Überwindung, streckte Hauptkommissar Montag Gerhard die abgewinkelte Handfläche entgegen – wie ein Verkehrspolizist, der die Fahrtrichtung sperrt oder wie seinerzeit Luther den Teufel zurückgewiesen haben mochte. »Das können wir nicht annehmen, Heiner«, verkündete er mit bemühter Entschiedenheit in der Stimme, »das erfüllt den Tatbestand der Bestechung.«

Verdutzt sah Gerhard Franziska an. »Aber wir haben doch früher immer...«

»Es gibt neue Direktiven«, bedauerte Charly und klopfte auf eine x-beliebige Akte.

»Na, dann packe ich wieder ein.« Gerhard zuckte mit den Schultern und griff nach der Tüte.

Flehend sah Gunter seinen Chef an. Er versuchte zu retten, was zu retten ging. »Wenn ihr allerdings die Gebäckstückchen für euch selbst mitgebracht habt – zum eigenen Verzehr sozusagen – und uns dann von eurem Mundvorrat etwas abgebt – dann ist das doch etwas anderes. Nicht wahr, Chef?«

»Nun ja«, konnte und wollte Karl Montag sich dieser Argumentation nicht verschließen. »Das ist natürlich ein ganz anderer Sachverhalt.« Bedächtig legte er die Fingerspitzen an die Stirn, so als sei er es gewesen, dem diese weise Lösung eingefallen war.

Aber noch einmal, als Gerhard ihm die Tüte von neuem entgegenstreckte, erhob er einen Einwand: »Tut mit leid für deine vergebene Liebesmüh, Heiner, aber wir müssen die Teilchen zurückweisen, denn neuerdings essen wir keine Süßigkeiten mehr.«

»Seit wann denn das?«, fragte Franziska erstaunt. Oft genug hatte sie miterlebt, mit welchem Appetit und unglaublichen Fassungsvermögen sich Gunter und Charly über Gebäckstückchen, besonders über ihre heißgeliebten Mohnschnecken und Quarktaschen hergemacht hatten.

»Seit einigen Monaten schon meiden wir Süßigkeiten«, informierte der Hauptkommissar.

»Seid ihr krank?«, argwöhnte Franziska. Ihr Blick ging zwischen den Beamten hin und her.

»Ich nicht«, konstatierte Charly mit einer gewissen Selbstgefälligkeit. Fragend sah er zu seinem Kollegen, der ihm mit einer Handbewegung bedeutete, dass er nichts dagegen hatte, wenn er Auskunft gab. »Gunter hat nämlich Diabetes.«

»Ja«, ergänzte der Oberkommissar, »vor einem halben Jahr hat man Zucker bei mir festgestellt. Mein ewiger Durst hat sie auf die Spur gebracht. Der Arzt hat mir daraufhin den übermäßigen Verzehr von Süßigkeiten verboten.« Ein gequälter Ausdruck erschien in seinem Gesicht. Mit einer hilflosen Geste des Bedauerns lehnte er sich auf seinem Stuhl zurück.

»Und das haltet ihr aus, so ganz ohne Kaffeestückchen – nicht mal ein klitzekleines Teilchen zwischendurch?«, wunderte sich Gerhard.

»Nun, so schlimm ist es nun auch nicht. Wir wissen uns zu helfen.« Die Züge der Kommissare entspannten sich, als Charly auf den Schrank zuging und geheimnisvoll langsam die Türen aufzog. Mit zeremonieller Feierlichkeit trat er zur Seite und ließ den Blick auf ein Arsenal von Würsten fallen, die in stummer Reihe an der Kleiderstange aufgehängt waren. »Unsere Notverpflegung«, verkündete er stolz. »‚Ahle Wurscht' aus dem Ringgau.« Er schloss die Schatzkammer und kehrte zum Schreibtisch zurück. »Du siehst, wir können auch ohne Kaffeestückchen überleben.«

»Na, dann packe ich die Teilchen also doch wieder ein.« Gerhard bückte sich zum Rucksack hinunter.

»Nein, warte«, Charly griff ihm in den Arm, »so war das nicht gemeint. Ich habe nur eine allgemeine Betrachtung über die Krankheit des Kollegen angestellt. Schließlich habe ich keinen Diabetes«, machte er deutlich und streckte die Hand nach der Tüte aus.

»Und mir hat der Doktor nur übermäßigen Kohlenhydratgenuss untersagt. Ein, zwei Kaffeestückchen, was ist das schon«, setzte sich Gunter leichtfüßig über die ärztlichen Anweisungen hinweg.

Gerhard protestierte. Er wollte nicht Schuld daran sein, dass eine ausgeklügelte Zuckereinstellung eventuell aus den Fugen geriet. »Ich als Mediziner...«, begann er, wurde aber sofort von dem Oberkommissar unterbrochen.

»Heiner, du bist heute nicht als Arzt hier, sondern als Zeuge in einem Mordfall. Also, lass dein ärztliches Gewissen einmal ruhen und genieße mit uns.« Er stand auf und ging zur Tür. »Ich hole nur schnell den Kaffee. Ich bin gleich wieder zurück.«

»Nun würde ich aber doch gerne wissen, Charly«, nutzte Gerhard die Zeit, bis Gunter wiederkam, »warum ihr mich einbestellt habt. Ich habe denen in Soltau doch schon alles gesagt, was ich weiß.«

»Ja, ja«, bestätigte Karl Montag und schwenkte ein

beidseitig beschriebenes Blatt Papier, das vor ihm auf dem Schreibtisch gelegen hatte. »Ich habe hier eine Abschrift des Protokolls deiner Aussage. Erstaunlich, mit was du dich so alles befasst: Weinanbau, Verlagswesen, Buchvertrieb. Nun, das würde uns kaum interessieren, wenn da nicht zwei Morde wären, die das Ganze umrahmen.« Er machte eine gönnerhafte Handbewegung. »Wenn ich nicht wäre, würdest du jetzt noch in der Heide sitzen. Die Kollegen aus Soltau hatten vor, dich heute nochmals eingehend zu befragen, nach dem Motto: Vielleicht ist dem Zeugen ja über Nacht noch etwas eingefallen. Ich habe angeboten, die Vernehmung hier bei uns durchzuführen. Deshalb bist du hier.«

Der Oberkommissar kam mit dem Kaffee zurück. So, wie eine spannungsgeladene, lautlose Ruhe dem Auffrischen des Windes vorauszugehen pflegt, schwiegen alle, während Gunter die Becher füllte. Nur das Knistern der Tüte beim Herausziehen der Kaffeestückchen, das Knarren der Stühle im genussvollen Zurücklehnen und die leisen Stöhnlaute, die die Kommissare während des Kauens nicht zu unterdrücken vermochten, waren in der Stille hörbar.

Gerhard beugte sich vor. Er riss einen Streifen Papier von der Bäckertüte und legte sein angebissenes Gebäckstück darauf ab. »Was also wollt ihr wissen?«, unterbrach er das Schweigen und sah die Polizeibeamten an.

Charly, der sich gerade das Viertel einer Mohnschnecke einverleibt hatte, winkte zu Gunter hin. Der Oberkommissar verstand die Aufforderung seines Chefs. Er drehte sich zu Heinrich und Franziska, die an der anderen Schreibtischseite nebeneinander saßen, und begann mit seiner Erklärung: »Wir sind über die Fakten beider Morde, sowohl über das, was in Schwäbisch Hall geschah als auch über Jutta Kramers Ermordung gut unterrichtet. Nicht nur die Soltauer

Kripo hat uns informiert, sondern auch die Kollegen aus Heilbronn haben uns auf unsere Bitte hin die wichtigsten Unterlagen im Fall Stefan Küster zugefaxt. Zwei Todesfälle im Umfeld der gleichen Familie legen natürlich den Verdacht nahe, dass es eine Verbindung zwischen beiden Verbrechen gibt.«

Gunter machte eine Pause. Er hob die Quarktasche, öffnete den Mund, besann sich aber im letzten Moment, dass er mit seiner Ansprache noch nicht fertig war. »Das, was wir heute wollen, ist ein genauer Bericht über eure persönliche Verstrickung in diese Mordgeschichten. Einiges hast du zwar schon in Soltau erzählt, Heiner, aber wir würden gerne noch einmal von dir hören, wie du zum Beispiel auf die Spur von Jutta Kramer gekommen bist – etwas, was der Polizei trotz großer Anstrengung nicht gelungen ist.«

»Diesmal ist sogar deine eigene Einschätzung erwünscht«, ermunterte ihn Karl Montag während einer Esspause. »Falls du also einen Verdacht hast, wer die Morde begangen haben könnte, oder dir irgendetwas Seltsames in diesem Zusammenhang aufgefallen ist, dann sag es offen.« Er ließ den Rest der Mohnschnecke im Mund verschwinden und brummte in widerwilliger Anerkennung: »Mit deiner Meinung und deinen Vermutungen hast du ja in früheren Fällen oft genug richtiger gelegen als die Polizei.«

Gerhard begann dort, wo für ihn die Angelegenheit Kramer begonnen hatte: In den Weinbergen um Brackenheim. Er erzählte vom Auftauchen Benjamins, von dessen Aufnahme in die Familie seiner Nichte nach der Verhaftung des Vaters. Er überließ es Franziska, das Gespräch im Heilbronner Gefängnis zu schildern, ergänzte den Bericht mit der Wiedergabe des Vorwurfs, Küsters Roman beruhe auf Kramers gestohlenem Manuskript.

Kurz ging er darauf ein, wie er das Buch erworben, es gelesen und schließlich festgestellt hatte, dass es im Verlag eines alten Freundes gedruckt wurde. Wieder übernahm es Franziska, die Unterredung mit Roland Hendrich wiederzugeben. Zwar erwähnte sie seine frühere Beziehung zu Jutta Kramer, ging aber nicht auf persönliche Details ein. Sie gab lediglich an, dass der entscheidende Hinweis, der Heiner zu dem Bahnhäuschen in Neuenkirchen geführt hatte, von Rolli gekommen war.

Dann war es an Gerhard, die Vorkommnisse in der Heide noch einmal aufzurollen. Er gab seine Unterredung mit Frau Heger wieder, schilderte das Zusammentreffen mit Jutta Kramer im Moor und vergaß auch nicht, von dem Geländewagen zu erzählen, der ihm im Wald entgegengekommen war. Auch die Gerüchte um Jutta Kramers Liebesverhältnis mit dem Verlagsleiter erwähnte er, so wie sie ihm in der Gaststätte zugetragen worden waren. Zum Schluss seiner Ausführungen beschrieb er, nicht ohne dabei ein inneres Schauern zu verspüren, wie er am Morgen verspätet zu dem vereinbarten Treffen gekommen, Jutta Kramer nirgends hatte finden können und schließlich auf ihre Leiche gestoßen war. »Genauso wie jetzt euch habe ich es der Polizei in der Heide erzählt, vielleicht nicht ganz so ausführlich, vor allem, was die Vorgeschichte des Mordes an Jutta Kramer betrifft.«

Gerhard sah den Hauptkommissar fragend an. Ihm war aufgefallen, dass dieser seinen und Franziskas Bericht während des Erzählens mit der Aussage bei der Soltauer Kripo verglichen und gelegentlich Anmerkungen an den Rand geschrieben hatte. »Und, Charly? Ist dir etwas aufgefallen, was ich in der gestrigen Vernehmung zu sagen vergessen habe?«

»Nein, das Wesentliche von dem, was ihr eben berichtet habt, steht schon hier im Protokoll. Ein paar ergänzende Details werden wir den Soltauer Kollegen später noch zufaxen.« Er schob das Blatt zur Seite und zeigte damit an, dass der offizielle Teil der Vorladung hiermit erledigt war.

»Diesmal scheint Heiner wirklich nur an der kuriosen Geschichte mit dem Buch interessiert«, meldete sich, inzwischen an seiner zweiten Quarktasche knabbernd, Oberkommissar Schröder zu Wort – »und an der Mutter von diesem Benjamin, die ja nun wirklich ein eigenartiges Verhalten ihrem Sohn gegenüber an den Tag gelegt hat. – Einem Mörder ist er, so wie ich das sehe, jetzt ausnahmsweise mal nicht auf der Spur.«

»Sag ich doch. – Mir hat das mit dem Buch keine Ruhe gelassen, sowohl, was die unklare Autorenschaft als auch die seltsamen Verlagsverträge betrifft. Und dass ich mich nach der Mutter des Kindes umgesehen habe, das in unserer Familie Zuflucht gefunden hat, ist ja wohl mehr als selbstverständlich. Wie konnte ich denn wissen, dass diese Suche mit dem Auffinden ihrer Leiche endet. Das Aufklären der Morde an Küster und Jutta Kramer überlasse ich selbstverständlich der Polizei. Da werde ich meine Hände ganz sicher nicht hineinstecken.«

»Na, darauf würde ich nicht wetten.« Charlys Blick und Stimme waren voller Skepsis. »Aber du wirst dir doch Gedanken gemacht haben über die Ereignisse. Wie ich dich kenne, hast du die eine oder andere Theorie gewälzt, vielleicht sogar einen Verdacht entwickelt, wer den Mord an Jutta Kramer begangen haben könnte? Oder täusche ich mich?« Auffordernd sah ihn der Hauptkommissar an.

Gerhard kratzte sich am Kopf. Heute Morgen am Frühstückstisch hatte er mit Franziska darüber gesprochen. Nach einigen Erwägungen waren sie zu einem Ergebnis gekommen, das sich geradezu aufdrängte, ihn aber überhaupt nicht befriedigte.

»Ich glaube, der Roman ist der rote Faden, der die ganze Geschichte durchzieht – der die Eckpunkte, den Mord an Küster und das Verbrechen in der Heide, miteinander verbindet. Natürlich fallen einem dabei sofort die beiden Protagonisten des Schneverdinger Buchgeschäftes ein: Jutta Kramer, die Ermordete, und Dr. Heger, der Leiter des Verlags. Möglicherweise hatte er ja einen Grund, sie zu ermorden.«

Unsicher blickte er zu Franziska hin, deren kurzes Nicken ihn ermunterte weiterzureden. »Das, was ich jetzt sage, ist allerdings alles Spekulation. Dafür Beweise zu schaffen, ist eure Sache. Tatsache ist, dass das Verlagshaus Lanus in der Person des Verlagsleiters Dr. Heger mit Jutta Kramer einen Vertrag abgeschlossen hat, der trotz eines erfolgversprechenden Druckauftrags für den Betrieb so gut wie keinen Gewinn abwirft. Ein solch unvorteilhafter Vertrag, der nur der einen Seite Nutzen bringt, ist ausgesprochen unüblich, für die Verlagsführung und die Belegschaft geradezu demütigend. – Die Frage ist, unter welchen Bedingungen er zustande kam? Die einfachste Erklärung ist die, die man sich in Schneverdingen hinter vorgehaltener Hand erzählt, nämlich, dass die beiden Verhandlungspartner eine Liebesbeziehung miteinander eingegangen sind. Sie wird als Preis für diese Verbindung von ihm die günstigen Bedingungen gefordert haben.« Gerhard hob die Schultern. »Vielleicht wollte Jutta Kramer nach dem erfolgreichen Vertragsabschluss dieses Verhältnis beenden. Sie teilt es Dr. Heger mit, dieser verzweifelt und erschießt sie. – Aber möglicherweise gibt es noch etwas anderes, das Jutta Kramer als Trumpfkarte in die Verhandlungen eingebracht hat.«

»Du meinst, sie hat ihn erpresst?« Charly beugte sich vor.

»Wäre doch denkbar. Vielleicht kennen sich die beiden von früher. Unter Umständen gibt es eine alte, brisante Geschichte, die jetzt zum Erreichen des Ziels ausgegraben wird? Aber das ließe sich sicherlich überprüfen. Jedenfalls ist Dr. Heger der einzige, der in meinen Augen als Täter in Frage kommt. Obwohl...«

»Ja?«

»Der Mann ist intelligent. Er muss Urteilsvermögen besitzen, sonst wäre er nicht in der führenden Position eines Unternehmens. Jeder in der Stadt, auch die Polizei, wird den gleichen Schluss, den ich gerade gezogen habe, ziehen. Es ist einfach nicht zu verstehen, dass ein gebildeter Mensch wie Dr. Heger ein so dummes Verbrechen begeht. Der Verdacht lenkt sich doch sofort auf ihn.«

»Enttäuschte Liebe, verblendete Leidenschaft.« In einer hollywoodreifen Geste legte sich Gunter die gebäckfreie Hand aufs Herz. »Da bleibt der Verstand außen vor. Glaub es mir, ich weiß das«, versicherte er mit einer solchen Bestimmtheit, als erlebe er solche Gefühle täglich am eigenen Leib.

»Ja, natürlich, das kann schon sein. Aber trotzdem...« Gerhard sah unzufrieden aus.

Das Telefon auf dem Schreibtisch läutete. Charly ergriff den Hörer und hielt ihn ans Ohr. Einige schweigsame Sekunden vergingen, offensichtlich wurde ein Gespräch zu ihm durchgestellt.

»Hier Hauptkommissar Montag«, meldete er sich schließlich und grüßte, als er seinen Gesprächspartner erkannte. »Hallo, Kollege Czerny. – Ja, soweit alles in Ordnung. – Danke für das Protokoll. – Sitzt mir gegenüber, wir haben gerade das Gespräch beendet.« Während er lauschte, hielt er mit der Hand die Sprechmuschel zu und flüsterte den anderen zu: »Die Kripo aus Soltau, Hauptkommissar Czerny.«

Gerhard erinnerte sich an den Beamten, der ihn gestern verhört hatte. Mehr als einmal hatte er dessen amtliche Strenge zu spüren bekommen. Mit Schärfe war er ihm während der Befragung einige Male ins Wort gefallen, hatte ihm klargemacht, dass man ihn, Gerhard, durchaus zu den Mordverdächtigen rechnen müsse. Er hatte nur darauf gewartet, dass er darüber belehrt würde, dass alles, was er von sich gab, vor Gericht gegen ihn verwendet werden könne.

Charlys gespannter Gesichtsausdruck zeigte an, wie sehr ihn das, was er gerade am Telefon erfuhr, interessierte. Schweigend hörte er zu, nickte bisweilen zustimmend oder schüttelte den Kopf, so als könne er das Gehörte nicht begreifen.

»Ja, ich verstehe«, äußerte er sich das eine Mal, um sich gleich darauf zu widersprechen: »Nein, das verstehe ich wirklich nicht.«

Schließlich richtete er sich auf, offensichtlich ging das Gespräch seinem Ende zu. Noch einmal nickte er heftig. »Ja, über diese Lösung haben wir auch gerade diskutiert. Erstaunlich, wie schnell sich die Angelegenheit geklärt hat. Man wundert sich immer wieder über die Naivität der Täter. – Trotzdem, wir schicken Ihnen das Sohlenprofil des Zeugen zu, dann haben Sie alles zusammen. Und auch das, was wir bei der heutigen Anhörung von ihm an zusätzlichen Einzelheiten erfahren haben. Es ist sowieso nicht viel. – Ja, ich danke auch. Auf Wiederhören, Herr Kollege.«

Der Hauptkommissar legte auf. Entspannt und zufrieden beugte er sich vor und angelte sich ein weiteres Kaffeestückchen aus der Tüte.

»Der Mordfall Jutta Kramer ist gelöst«, verkündete er mit Genugtuung in der Stimme. Einige schweigsame Augenblicke lang ließ er die Mitteilung auf seine verblüfften Zuhörer wirken, dann berichtete er, was er soeben aus Soltau erfahren hatte: Noch am gestrigen Abend war Dr. Heger unter dem dringenden Verdacht, Jutta Kramer erschossen zu haben, verhaftet und nach eingehendem Verhör in das Untersuchungsgefängnis nach Celle gebracht worden. Obwohl der Verlagsleiter leugnete, den Mord begangen zu haben, war die Beweislast so erdrückend, dass der Richter ohne Zögern den Haftbefehl ausgestellt hatte. Anfänglich war Dr. Heger nicht bereit gewesen zuzugeben, sich mit Jutta Kramer im Moor getroffen zu haben. Dann aber hatte man das Reifenprofil und die Fußabdrücke, die in der Nähe der von Gerhard benannten Stelle gefunden worden waren, mit den Reifen von Hegers Geländewagen und den Sohlen seiner Stiefel verglichen: Sie stimmten überein. Als dann noch Haare der Toten auf der Rückenlehne des Beifahrersitzes entdeckt wurden, gab Heger das Leugnen auf. Er gestand, mit Jutta Kramer im »Großen Moor« zusammengewesen zu sein. Sie hätten Kraniche beobachtet.

Charly verzog den Mund und hob die Augenbrauen. Er konnte sich einen spöttischen Kommentar nicht verkneifen. »So also nennt man das heute.« Dann fuhr er fort zu berichten. Heger hatte angegeben, Frau Kramer später zu ihrem Bahnhäuschen zurückgefahren zu haben. Dort war er mit ihr noch eine Weile zusammen gewesen und hatte sich dann auf den Heimweg gemacht. »Er beteuerte, dass Jutta Kramer noch lebte und bei bester Gesundheit war, als er sie verließ.«

»Wenn man ihm nichts anderes nachweisen kann, als dass er sich mit ihr getroffen hat«, wandte Franziska ein,

»wie kommt die Polizei dann dazu, ihn des Mordes zu beschuldigen?«

Charly Montag sah sie nacheinander an, bevor er die Hände auf den Schreibtisch stützte und mit bedeutungsvoller Stimme wie ein Quizmaster, der endlich die Auflösung gab, antwortete: »Das Gewehr, mit dem Jutta Kramer erschossen wurde – es war sein Gewehr. Man fand es im Fahrzeug – in einer großen Gerätekiste, in der er seine Jagdutensilien verwahrte. Es war für die Polizeitechniker nicht schwer nachzuweisen, dass erst vor kurzem daraus geschossen worden war und dass das tödliche Projektil aus dieser Waffe stammte. Die Fingerabdrücke auf dem Gewehr waren ausschließlich die Dr. Hegers.«

»Na, das ist ja wohl eindeutig. Da kann er noch so viel abstreiten, aus dieser Geschichte kommt er nicht mehr heraus«, prophezeite der Oberkommissar.

»Trotz allem...«, Gerhard schüttelte nachdenklich den Kopf. »Ich begreife nicht, wie ein vernünftiger Mensch so idiotisch handeln kann. Er erschießt die Frau, mit der er ein Verhältnis hat, von dem alle wissen, und lässt die Tatwaffe im eigenen Auto liegen. Das ist ja fast schon eine Aufforderung an die Polizei, ihn zu überführen. Ich kapier das nicht.«

»Das ist der Affekt, Heiner, da denkt man nicht lange nach«, belehrte Gunter. »Du wirst sehen, der Mann kriegt mildernde Umstände. ‚Im Affekt gehandelt' wird es später in der Urteilsbegründung heißen.«

»Nun, soweit ist es noch lange nicht. Warten wir es also ab.« Mit einem Blick auf Franziska, die gerade im Begriff war, sich zu erheben, stand auch Gerhard auf. »Wir wollen euch nicht länger aufhalten. Jetzt, wo der Fall geklärt ist, braucht ihr uns nicht mehr.«

»Tut mir leid, Heiner, dass diesmal die Polizei schneller war als du«, heuchelte Karl Montag Mitgefühl. Er trat hinter dem Schreibtisch hervor und schüttelte Gerhard in beileidsbekundender Weise die Hand. »Schönen Dank jedenfalls für die köstlichen Gebäckstückchen.«

Die vormals prall gefüllte Tüte hatte sichtbar an Volumen verloren. Aber noch immer zeigte sie einige verheißungsvolle Rundungen, auf die sich nach Charlys Worten das Auge des Oberkommissars sehnsüchtig heftete.

Franziska, die den begehrlichen Blick sah, versuchte es mit einem Appell: »Gunter, sei vernünftig.«

Gerhard hingegen, der den Freund kannte und die Zwecklosigkeit der Mahnung voraussah, handelte pragmatisch. Mit einem schnellen Griff entzog er die zuckerreiche Versuchung dem Zugriff des Diabetikers und verstaute sie im Rucksack. »Genug gesündigt heute«, erschrak er selbst über die Strenge, mit der er seinen Tadel vorbrachte.

»Aber du kannst doch nicht...« Gunter glich einem Kind, das das Auto des Eismannes hinter einer Kurve verschwinden sah.

»Natürlich kann ich. Vergiss nicht, dass es sich um unseren persönlichen Mundvorrat handelt, wie wir vorhin festgestellt haben.« Gerhard ging zur Tür. Noch einmal wandte er sich um. »Und außerdem habt ihr ja noch eure geheime Reserve.«

In einer simultanen Wendung, die jedem Synchron-Schwimmer zur Ehre gereicht hätte, drehten sich die Köpfe der Kommissare zu dem Schrank hin, in dem sie die Ringgauer Würste aufgereiht wussten.

»Du hast Recht. Unsere Notration. Die hätte ich beinahe vergessen.«

Ein sich untereinander verständigender Blick genügte.

In zielgerichteter Einträchtigkeit setzten sich die beiden Polizeibeamten in Bewegung.

Das letzte, was Gerhard sah, war das Öffnen der Schranktüren genau in dem Moment, als er die Tür des Dienstzimmers hinter sich und Franziska schloss.

17

Die Adventszeit kam heran und mit ihr kam, schon zum zweitenmal in diesem Herbst, die Familie Schmoll nach Oberhone. Nach den Erfahrungen in Niederdünzebach, als der nordhessische Durst seine Weinvorräte schon vor dem Festende vollständig aufgebraucht hatte, war Bernhard diesmal mit einem Anhänger gekommen, in dem er seine schwäbischen Weine bis zum Rand gestapelt hatte.

Aber nicht nur Flaschen der unterschiedlichsten Sorten und Jahrgänge, sondern auch zwei große Plastikkanister mit einem von ihm selbst kreierten Traubenverschnitt hatte er geladen. »Das wird auf dem Weihnachtsmarkt der Renner. Daraus mache ich einen Glühwein, wie ihn die Welt noch nicht erlebt hat.« Es sei eine Wundermischung, schwärmte er, ein schwäbisches Geheimrezept, dessen Zusammensetzung er jedoch nicht verriet. »Ich sag's euch, das wird der Renner«, wiederholte er nur.

Pünktlich am Samstag, einen Tag vor der Eröffnung des Eschweger Weihnachtsmarktes, begann es zu schneien. Eine Kapriole des Wetters hatte für einen ungewöhnlich frühen Wintereinbruch gesorgt. Die Tagestemperaturen lagen schon jetzt, Anfang Dezember, um den Gefrierpunkt, der städtische Streuwagen fuhr bereits seine Runden über glatte Straßen.

Die drei Jungs, Benjamin, Tim und Lennart, waren den ganzen Morgen über im Dorf unterwegs, besuchten ihre vierbeinigen Freunde, die inzwischen in den Ställen Zuflucht vor der kalten Witterung gefunden hatten. Am Nachmittag halfen sie Franziska und Kerstin beim Backen der ersten Weihnachtsplätzchen.

Heinrich war mit Bernhard in die Stadt gefahren. Sie hatten sich mit Eschweges Stadtmanager verabredet, dem der diesjährige Weihnachtsmarkt besonderes am Herzen lag. In diesem Jahr nämlich sollte nun zum ersten Mal ein Christmarkt installiert und durchgeführt werden, der sich deutlich von dem früheren weihnachtlichen Treiben unterschied, in dem Verkauf und Kommerz oft im Vordergrund gestanden hatten.

Ausgangspunkt der Idee, den Eschwegern und den Besuchern der Stadt einen kuscheligen, stimmungsvollen Markt zu präsentieren, auf dem es nach Tannenbaum und Lebkuchen duftete, nach Glöckchen und Schellen klang und dessen Lichterglanz zum Verweilen statt zum Durcheilen einlud, war ein altes Gemälde des Eschweger Malers Ernst Metz. Dieser hatte einen Weihnachtsmarkt früherer, längst vergangener Zeiten in detailverliebter Romantisierung abgebildet, der dem Betrachter ein Gefühl anheimelnder Geborgenheit vermittelte. Genau dieses Wohlempfinden sollte nun durch das neue, auf die alte Vorlage zurückgreifende Konzept wiedererweckt werden.

Dicht aneinandergedrängt, nur durch schmale Passierwege getrennt, waren vierzig, fünfzig Bretterhäuschen, eines dem anderen gegenüber stehend, auf dem Marktplatz aufgestellt. In weitgeschwungenem Bogen formten sie einen Kreis um das Rathaus der Stadt. An einigen Stellen der so gebildeten Budengasse waren die tannengeschmückten

Holzhütten um mehrere Meter zurückversetzt, um so den vor allem vor gastronomischen Verkaufsständen erwarteten Menschenansammlungen Platz zu schaffen.

Eine solche kleine Ausbuchtung fand auch Bernhard vor der Bude, die ihm zum Wein- und Glühweinausschank zugewiesen war. Sie lag im Zentrum des Platzes, unmittelbar vor dem Eingang zum Rathaus. Eine dort parallel veranstaltete Skulpturenausstellung sollte für zusätzlichen Anreiz zum Besuch des Weihnachtsmarktes sorgen.

»Sieht gut aus«, lobte Bernhard den stolzen Stadtmanager und zeigte auf das reizvolle Ensemble der Hütten, »passt wunderbar in diese schöne Fachwerkkulisse. Das wird ein Weihnachtsmarkt, wie man ihn sich wünscht, romantisch, festlich, gemütlich. Hoffentlich kommen auch die Leute...«

Und sie kamen am folgenden Tag, kamen schon früh in großen Scharen. Die halbe Einwohnerschaft war auf den Beinen. Aus den umliegenden Ortschaften strömte die Landbevölkerung in die Stadt und den Nummernschildern auf dem überfüllten Parkplatz »Am Werdchen« war zu entnehmen, dass auch Besucher aus dem südlichen Niedersachsen, aus Thüringen und dem Großraum Kassel den Weg nach Eschwege gefunden hatten. Offensichtlich hatten sich die Anstrengungen des Stadtmanagements, einen der weihnachtlichen Stimmung angemessenen, festlichen Markt auf die Beine zu stellen, herumgesprochen.

Obwohl an diesem verkaufsoffenen Adventssonntag die Geschäfte, Cafés und Gaststätten geöffnet hatten, war das Treiben rund um das Rathaus der Hauptanziehungspunkt, der die Besucher in so großer Zahl angelockt hatte.

Es war in der Tat eine prächtige Kulisse, die das Geschehen umrahmte. Nahezu alle Gebäude des Marktplatzes hatten die schlanken Giebel ihrer Häuser mit Lichterketten verziert. An den krummen Balken des alten Fachwerks waren aus Fichtenzweigen geflochtene Girlanden befestigt, die hinüber zum Rathaus liefen und über den Köpfen der Marktbesucher einen mit Sternen, Kerzen und Kugeln weihnachtlich geschmückten Himmel bildeten.

Am Weinstand war das Gedränge groß. Der so begeistert angepriesene Glühwein hatte das, was Bernhard versprochen hatte, gehalten. Der erste Kanister war schon zur Mittagszeit fast geleert. Der »Hohenzollerntraum«, wie der Winzer seine Kreation genannt hatte, war tatsächlich der vorhergesagte Verkaufsrenner geworden.

Das Ehepaar Schmoll hatte alle Hände voll zu tun, den Wünschen der zahlreichen Kundschaft nachzukommen. Es war deshalb froh, als Gerhard anbot, mit den Kindern die in wenigen Minuten beginnende Stadtführung mitzumachen. »Das Ganze dauert fast zwei Stunden. Da habt ihr in dieser Zeit einmal freie Hand und braucht euch nicht um die Jungs zu kümmern. – Außerdem wird es den Dreien Spaß machen, denn die Führung steht unter dem Motto ‚Gruseliges und Gespenstisches in Eschwege‘. Genau das also, was Kinder lieben.«

Ein großer, stattlicher Mann erwartete die an der Führung Interessierten vor der Touristinformation und stellte sich vor. »Mein Name ist Viereck, Horst Viereck – so wie Dreieck, nur mit einer Ecke mehr.« Der Stadtführer lachte über seinen Witz. Kleine Falten um Mund und Augen verrieten, dass er es liebte, zu lachen. Seine Stimme war gleichermaßen kräftig wie herzlich, als er der kleinen Gruppe, in der Tim, Benjamin und Lennart die einzigen Kinder waren, mit verschmitztem Blick versicherte, dass die schauerlichen Mysterien, von denen sie gleich hören sollten, natürlich alle einen wahren und geschichtlichen Hintergrund hatten. Zugleich aber machte er mit einem schelmischen Lächeln darauf aufmerksam, dass nur dem, der fest an den Wahrheitsgehalt glaubte, sich ihre Geheimnisse voll und ganz kundtaten.

So instruiert zogen sie los durch die alte Stadt, vorneweg der stämmige Mann, der so faszinierend fabulieren und erfinden konnte, dass Gerhard ein um das andere Mal seine verflixte Erwachsenenskepsis verfluchte und nur allzu gern mit den Kindern getauscht hätte, die gläubig an den Lippen des Erzählers hingen.

Es waren abwechslungsreiche eineinhalb Stunden, die sie kreuz und quer durch Eschwege zogen. Sie stiegen hinunter in die Kellergewölbe der Klosterkapelle, hörten von dem spukenden Mönch, der sich aus Gram darüber, dass auf dem Gelände des ehemaligen Klosters nun die Brauerei angesiedelt war, fast täglich, oder besser nächtlich, im Bierkeller zu schaffen machte. Nicht selten hatten die Braumeister morgens einen umgestürzten Humpen neben dem geleerten Fass gefunden, und es gab Eschweger, die beschworen, auf ihrem verspäteten Nachhauseweg zwischen Mitternacht und Eins das Grölen des betrunkenen Klosterbruders aus der Kapelle heraufschallen gehört zu haben.

Und dann die Geschichte von der in eine Eule verwandelten Kaiserin Theophanu. In jeder Vollmondnacht – erstaunlicherweise ebenfalls zwischen Zwölf und Eins, der offensichtlichen Hauptverkehrszeit der Geister – soll sie durch eine Luke in eines der Dachzimmer des Dünzebacher Turms schweben, um für eine Stunde wieder Menschengestalt anzunehmen. Denn nur so kann sie das von der Stadt eigens dort deponierte Stroh auf ihrem alten Spinnrad in

Gold umwandeln und damit ihrem geliebten Eschwege auch noch tausend Jahre nach ihrem Tod aus den ärgsten Finanznöten heraushelfen.

Vorbei am Schwanenteich, aus dessen Mitte der Arm der Wassernixe Escheweia den Vorübergehenden ins Verderben zu winken versuchte – was dem uneingeweihten Passanten, der einen abgestorbenen Ast zu sehen glaubte, natürlich entging -, führte sie der Stadtführer zum Schulberg hinauf. Der dortige Hexenkerker bildete den Abschluss der Grusel- und Gespenstertour. Dabei handelte es sich um einen von außen durch ein offenes Türfenster einsehbaren Gewölberaum, in dem die der Hexerei verdächtigten Frauen vor ihrer Verurteilung und Verbrennung eingesperrt waren.

Natürlich hatte Herr Viereck zu diesem traurigen Kapitel der deutschen Vergangenheit eine versöhnliche Geschichte parat – möglicherweise inspiriert durch die Anwesenheit der Kinder. Er erzählte von der kleinen Hexe Esmeralda, die ihrer schönen Augen willen von einem Zauberer vor dem Scheiterhaufen gerettet worden war. Er habe sie zwar vor dem Tod bewahrt, sie aber zur Strafe für ihre Hexerei unsichtbar gemacht – für immer und ewig – und sie dazu verdammt, ungesehen in der Welt herumzuirren. Nur der Kuss eines Prinzen hier in diesem Verlies könne sie erlösen und wieder sichtbar machen. Seitdem komme die kleine Hexe, die natürlich inzwischen der Hexerei abgeschworen hatte, jeden Abend hierher, setze sich auf die Steinbank dort hinten im Dunkel des Gewölbes und warte auf den erlösenden Kuss. Ach, wenn sich doch nur ein Prinz fände...

Die Führung war beendet. Herr Viereck wies Trinkgelder zurück, er mache das gerne und unentgeltlich. Er liebe seine Stadt, gebe nur den Zauber, den sie ihm gab, an andere weiter. Mit den Wünschen für eine schöne Adventszeit gingen alle auseinander und mischten sich wieder unter die Menge, die unverändert den Marktplatz und die umgebende Fußgängerzone bevölkerte.

Es war inzwischen dämmrig geworden. Die großzügige Weihnachtsbeleuchtung in den Straßen und auf den Plätzen entfaltete erst jetzt ihre volle festliche Wirkung. Gerhard bahnte sich und den Jungen einen Weg durch die dichte Menschentraube, die sich vor dem Weinstand gebildet hatte.

Franziska entdeckte sie zuerst. »Da seid ihr ja wieder«, rief sie ihnen entgegen und machte die Eltern auf das Zurückkommen der Kinder aufmerksam.

»Na, wie war's denn?«, fragte Kerstin, während sie eine Flasche entkorkte.

Die beiden großen Buben mit ihren neun und zehn Jahren gaben sich überlegen. »Ein bisschen gruselig war's schon«, gab Tim zu, »aber wir haben uns nicht gefürchtet.«

»Vor was denn auch«, Benjamin stand über den Dingen. »Was ist schon ein Gespenst?«

Nur der kleine Lennart zeigte Wirkung. Er war ergriffen und hatte Tränen in den Augen, als er von »Esmalda« sprach, die da oben am Schulberg herumirrte und auf den Prinzen wartete.

»Irgendwann wird er kommen, der Prinz«, tröstete die Mutter und füllte die Gläser.

Franziska hatte auf die Stadtführung verzichtet, um beim Ausschank des Glühweins zu helfen. Ihr Gesicht glänzte in der Hitze des kleinen Gaskochers unter dem Warmhaltetopf. Nun war auch der zweite Kanister nahezu leer, nur einige wenige Becher würden noch verkauft werden können.

»Was macht ihr, wenn der Glühwein alle ist?«, wollte Gerhard wissen. »Der ganze Abend steht noch bevor.«

»Keine Sorge, Heiner«, beruhigte Bernhard, »ich habe alles dabei, was ich zum Ansetzen einer neuen Mischung brauche. Ich muss dann zwar einige der besseren Weine mitverwenden, aber das tut dem Geschmack keinen Abbruch – im Gegenteil, das Getränk wird dadurch nur noch süffiger.«

»Komm«, Franziska fasste Heinrich am Arm, »im Moment sind alle hier versorgt. Lass uns die Gelegenheit nutzen, einen Blick auf die Skulpturen zu werfen.«

Die Eingangshalle des Rathauses, der Ort der Ausstellung, war menschenleer. Mit der Anziehungskraft der Würstchen- und Glühweinbuden konnte die steinerne Kunst nicht konkurrieren. Dabei waren die gezeigten Frauenakte und Tierdarstellungen ausgesprochen gelungen, von einem Künstler mit einem russisch klingenden Namen angefertigt, der einer am Eingang aufgestellten Tafel zufolge aus Hannover kam.

Die gleiche wunderbare Stille, die sie oft in den Kirchen großer Städte erlebten, umfing sie, als sie jetzt aus dem lebhaften, geräuschvollen Markttreiben in die Lautlosigkeit des Raumes eintauchten. Anders als sie es sonst zu tun pflegten, wenn sie auf getrennten Wegen eine Ausstellung durchstreiften und erst später vor exponierten Objekten wieder zusammentrafen, gingen sie diesmal gemeinsam, Hand in Hand, an der Reihe der stummen Bildhauerarbeiten entlang. Obwohl sie alleine waren, flüsterten sie, wenn sie ausnahmsweise etwas sprachen.

Eine Bewegung in einem Seitenraum, in den sie erst jetzt auf ihrem Weg durch die Halle Einblick hatten, ließ sie aufsehen. Das erste, was Gerhard wahrnahm, war der leuchtende Blondschopf Benjamins hinter einem ausladenden nackten Alabasterkörper. Daneben Tim, der mit flinken Händen in einer Pappkiste kramte.

»Mein Gott«, stieß Franziska erschrocken aus und hielt sich die Hand vor den Mund. Dann aber brach sie in ein lautes Lachen aus, in das auch Heinrich einfiel angesichts des Bildes, das sich ihm bot.

Die Köpfe der Jungen fuhren herum. Augenblicklich hielten sie in ihrer Tätigkeit inne und sahen den Erwachsenen entgegen. Wie erstarrt standen sie zwischen den Skulpturen und wirkten in ihrer Reglosigkeit selbst wie steinerne Statuen.

Gerhard stieß Franziska an. »Die beiden scheinen Sinn für Anstand und Moral zu haben. Jedenfalls sind in diesem Raum die Damen nicht so entblößt wie die von nebenan.« Er deutete auf die Frauenkörper, die zwar nach wie vor unbekleidet waren, deren Kopf aber jetzt alle eine Nikolauszipfelmütze zierte, die offenbar aus der Pappkiste stammte. Gerhard erinnerte sich, dass der Stadtmanager davon gesprochen hatte, diese unerlässlichen, weihnachtlichen Accessoires für alle Standbetreiber zur Verfügung zu stellen.

Eine Figur, eine Mutter mit einem Säugling an der Brust, war sogar zusätzlich mit einem weißen, wallenden Bart verziert – oder verunziert, je nachdem, wie man es betrachtete. Die Bärte in den Händen der Jungen verrieten, dass sie einiges mehr vorgehabt hatten.

»Benjamin, Tim«, Gerhard fiel es schwer, in ernstem Ton zu sprechen, »man kann euch doch keinen Moment aus den Augen lassen. Was habt ihr euch nur dabei gedacht?« Da beide schwiegen, forderte er sie auf: »Heraus mit der Sprache.«

Zaghaft öffnete Tim den Mund: »Es ist doch bald Weihnachten«, begründete er die Schmückaktion. Benjamin schloss sich an: »Alle tragen doch jetzt diese Mützen.«

»Und die Bärte?«, fragte Franziska, »Frauen tragen doch keine Bärte.«

»In der Kunst ist alles möglich, sagt Papa immer, und der muss es schließlich wissen, wo er doch Künstler ist«, belehrte Benjamin.

»Ja, wenn das so ist«, Franziska streckte kapitulierend die Arme zur Decke und stieß die Luft aus. »Was soll man dagegen sagen.«

Das Schnappen der Rathauseingangstür ließ Gerhard zur Tat schreiten. »Los, packt die Mützen und Bärte schnell wieder in die Kiste, bevor es jemand sieht.«

Als er sich anschickte, der ihm am nächsten stehenden Nackten die weihnachtliche Kopfbedeckung zu entreißen, hielt ihn Franziska am Arm fest.

»Halt.« Ihr Flüstern war leise, aber bestimmt. »Warum reagieren wir eigentlich immer so spießig? Wir sollten vielleicht begreifen, dass vieles, was aus der Reihe tanzt, unser Leben bereichert. Ich bin sicher, es werden sich nicht wenige Besucher über diesen ungewohnten Anblick freuen, vielleicht auch darüber lachen so wie wir. Die Ausstellung – vorher eine wie viele – bekommt dadurch eine Sonderstellung. Glaub es mir.« Schnell trat sie zu der stillenden Mutter, entfernte den Bart und nahm auch den Buben die haarigen Masken aus den Händen.

»Die Bärte allerdings sind unpassend«, bestimmte sie und verstaute sie in der Kiste.

Auf Zehenspitzen schlichen sie dem Ausgang zu. Aber die alte Frau vor der Tigerfigur war so in die Betrachtung der Skulptur versunken, dass sie die vier Menschen hinter ihrem Rücken gar nicht bemerkte. Sie verließen das Rathaus. Gerhard sah sich um. »Wo ist eigentlich Lennart?«

Tim, der Bruder, zuckte mit den Schultern. »Keine Ahnung, vorhin war er noch bei uns.«

»Wahrscheinlich ist er bei seinen Eltern«, vermutete Franziska. »Kommt, lasst uns nachsehen.«

Aber so sehr sie sich auch am Weinstand umschauten, die Ecken der Bude durchstöberten und deren nähere Umgebung absuchten, sie fanden von Lennart keine Spur. Kerstin und Bernhard hatten ihren Sohn nicht mehr zu Gesicht bekommen, seit er mit Gerhard und den anderen Buben von der Gruseltour zurückgekommen war.

Trotzdem waren sie nicht sonderlich beunruhigt. »Lennart ist für sein Alter schon sehr selbstständig. Er wird sich hier irgendwo bei den Ständen rumdrücken«, nahm die Mutter an.

»Wir werden sicherheitshalber eine Runde machen und ihn suchen.« Gerhard wandte sich an die Jungen. »Ihr beide kommt mit, da habe ich euch wenigstens unter Kontrolle.«

Es war schlechthin unmöglich, der methodischen Fahndung, die Onkel Heiner bei seinem Suchgang über den Markt entwickelte, zu entgehen. Er, der Große, der alles von oben überblickte, ging in der Mitte der Hüttengasse und spähte nach allen Seiten. Tim war für die rechte Budenreihe, Benjamin für die linke zuständig. Sie hatten die Aufgabe, nicht nur in die Stände hinein, sondern auch in die Passagen zwischen und hinter den Häuschen zu schauen. Sie brauchten einige Zeit, bis sie alles gründlich abgesucht hatten. Aber bei aller Sorgfalt, die sie walten ließen, Lennart war nicht aufzuspüren.

Als sie nach einer halbe Stunde zum Weinstand zurückkehrten, blieb ihre Hoffnung, das Kind könnte inzwischen zu den Eltern zurückgekehrt sein, unerfüllt. Auch hier war Lennart noch nicht wieder aufgetaucht. Unruhe erfüllte nun alle. Das Verschwinden eines Fünfjährigen im Menschengewühl eines Marktes, dazu in einer für ihn fremden Stadt, war Anlass genug, sich ernsthafte Sorgen zu machen. Sie diskutierten, machten sich gegenseitig Vorhaltungen, merkten aber bald, dass alle Vorwürfe, die sie gegen sich selbst oder andere richteten, zu nichts führten und den Jungen nicht zurückbrachten.

Kurz überlegten sie, ob sie die Polizei einschalten sollten, nahmen aber vorläufig davon Abstand. Es war noch zu früh, das Kind war gerade erst verschwunden. Zunächst wollten sie selbst nach ihm suchen. Aber wo?

Es war Gerhard, der die Ratlosigkeit durchbrach: »Ich weiß, wo Lennart steckt.« Er wirkte sicher, als er sich zu Tim und Benjamin drehte. »Kommt, wir gehen zusammen. Sollte mich sehr wundern, wenn ich mich täusche.«

Wie dämmrig es bereits geworden war, merkten sie erst, als sie aus dem Lichterkreis um das Rathaus herauskamen und die Gassen zum Schulberg hinaufstiegen. Das Rufen, Reden und Lachen der Marktbesucher war hier oben nur wie ein entferntes Murmeln zu hören. Der Duft nach Mandeln und Lebkuchen drang nicht bis hier herauf, kalte Abendluft kündete von weiterem Schnee.

Onkel Heiner hatte Benjamin und Tim an den Händen gefasst. Er spürte, wie sie erschauerten, als sie sich dem Hexenkerker näherten.

Wie viel anders sah das, was sie vor kurzem im Hellen gesehen hatten, jetzt in der Dunkelheit aus. Nur undeutlich war die Tür des ehemaligen Verließes zu erkennen. Ein schwarzes Loch markierte das Fensterviereck, durch das man in das Gewölbe hineinsehen konnte.

Gerhard brachte seinen Kopf an die Öffnung und versuchte, etwas im Innern zu erkennen. Aber sein Auge war nicht in der Lage, die Finsternis zu durchdringen. Es würde noch einige Sekunden brauchen, um sich an das Dunkel zu gewöhnen.

Ein dünnes, fragendes Stimmchen klang ihm aus der Schwärze des Kerkers entgegen. »Esmalda, bist du's?«

Grenzenlose Erleichterung durchströmte Gerhard. Er hatte sich also nicht geirrt, der Verlorene war gefunden.

»Hallo, Lennart, ich bin‘s, Onkel Heiner. Tim und Benjamin sind auch hier. Wir haben dich gesucht.« Seine Augen hatten sich inzwischen so weit angepasst, dass er die kleine Gestalt auf der rückwärtigen Steinbank in Umrissen zu erkennen vermochte. »Wie bist du denn hier hereingekommen?«

»Durch das Fenster. Ich habe mir dabei das Knie aufgeschrammt.«

»Und was machst du da in dem dunklen Loch?«, fragte Gerhard, obwohl er die Antwort ahnte.

»Ich warte auf Esmalda.«

»Und was, wenn sie kommt?«

»Dann küsse ich sie – damit sie erlöst wird.«

Der einfältige Erwachsene konnte sich einen Einwand nicht verkneifen: »Aber du bist doch gar kein Prinz. Nur ein Prinz kann die kleine Hexe erlösen. Das hast du doch vorhin gehört.«

»Woher weißt du, dass ich kein Prinz bin?« Das Stimmchen klang jetzt näher. Lennart war aufgestanden und auf die Tür zugegangen. »Vielleicht bin ich ja genauso verzaubert wie Esmalda. – Vielleicht bin ich ein Prinz, der in ein Kind verwandelt wurde.«

Gerhard war beschämt. »Ja, Lennart, das ist gut möglich. Und weißt du was? Du hättest es verdient, Esmeralda zu erlösen.«

»Glaubst du, dass sie heute kommt?«

»Nein, das glaube ich nicht.« Onkel Heiner zögerte und suchte nach Gründen. »Heute ist es Esmeralda viel zu kalt

– und außerdem – an den Adventssonntagen ist sie abends immer in der Kirche und schmückt dort heimlich den Altar – weil doch schon bald Weihnachten ist.«

»Dann gehe ich eben in die Kirche und küsse sie da.«

»Aber Lennart, wir wissen doch nicht, in welcher Kirche sie ist. Es gibt so viele Kirchen in Deutschland.«

»Ach so«, das Stimmchen klang enttäuscht und leiser als vorher. Lennart musste den Kopf gesenkt haben.

»Jetzt komm doch erst mal heraus. Du holst dir ja da drin den Tod.« Gerhard streckte beide Arme durch das Türfenster. »Halt dich an meinen Händen fest, ich ziehe dich dann hoch.«

Sprachlos hatten Tim und Benjamin dem Gespräch durch die geschlossene Kerkertür zugehört. Auch jetzt verfolgten sie stumm, wie sich Lennart durch die enge Öffnung zwängte und, von Gerhard aufgefangen, schließlich auf dem Boden landete.

Ehrfurchtsvoll sah Tim den jüngeren Bruder an. »Das hätte ich mich nie getraut – so ganz allein da drin im dunklen Raum.« Er schüttelte sich bei der Vorstellung.

Auch Benjamin zeigte Lennart seine Bewunderung. »Keine zehn Kühe hätten mich da reingebracht«, verwechselte er die Tierart und klopfte dem Helden auf die Schulter.

Gerhard wurde an das musikalische Märchen von Peter und dem Wolf erinnert, als sie vom Schulberg hinunter zum Marktplatz zogen. Auch wenn sie nicht das schreckliche Raubtier wie in dieser Geschichte zur Strecke gebracht hatten, so war der Triumphzug doch gleichermaßen großartig: Lennart, eingerahmt von Benjamin und Tim, stolzierte mit geschwellter Brust auf der Mitte der um diese Zeit autolosen Straße und erklärte ein um das andere Mal, dass es ihm überhaupt nichts ausgemacht habe, sich allein im Dunkeln in einen Hexenkerker zu setzen. Er genoss die wiederholte Versicherung der anderen, einen solchen Mut wie er hätten sie niemals aufgebracht.

Hinter den Dreien schritt Onkel Heiner und war stolz auf die liebenswerten kleinen Chaoten, die soviel Farbe und soviel herrliche Unordnung in ein reglementiertes Erwachsenenleben zu bringen vermochten.

Am Abend – die Buben lagen längst erschöpft von dem ereignisreichen Tag in den Betten und schliefen – fuhr Gerhard noch einmal in die Stadt. Franziska hatte angeboten, bei den Kindern zu bleiben. Ihr schmerzten die Beine vom langen Stehen am Weinstand, sie war froh, sie vor dem Kamin hochlegen zu können.

Auf dem Marktplatz herrschte noch immer reges Treiben. Allerdings war das Gedränge und Geschiebe des Tages jetzt merklich abgeklungen und von einem ruhigen Dahinfließen des Besucherstroms abgelöst worden. Die Familien mit ihren Kindern waren schon lange nach Hause gefahren, auch die Einkäufer hatten nach Schließung der Geschäfte die Stadt verlassen.

Jetzt am Abend war man zum Bummeln gekommen. Man promenierte um das Rathaus herum, blieb gelegentlich vor einer der Buden stehen und befühlte die ausgelegte Ware. Nun ging es nicht so sehr ums Kaufen, sondern vor allem um das Schnuppern der Atmosphäre, die auf das Weihnachtsfest einstimmen sollte.

Nur an einer Stelle des Marktplatzes ging es lebhaft, ja geradezu lautstark zu. Beim Annähern registrierte Gerhard mit Erstaunen, dass es der kleine Platz vor dem

Weinstand war, von dem das tumultöse Spektakel ausging.

»Was ist denn hier los?«, fragte er die Nichte, als er sich zum Thekenbrett der Weinbude durchgekämpft hatte. »Sieht fast so aus, als stünden sich zwei feindliche Parteien gegenüber.«

»Da liegst du gar nicht so falsch.« Halb belustigt, halb beunruhigt deutete Kerstin auf die beiden Menschengruppen, die sich mit Bechern und Gläsern in den Händen gegenüberstanden und sich Parolen, so wie im Stadion Fußballfans es tun, zuriefen oder zusangen. »Da ist ein Wettstreit im Gange. Auch wenn wir gut daran verdienen, macht mir die Sache langsam Sorge.«

»Um was geht es denn?«

»Um den Glühwein. Beide Parteien streiten sich, welcher Stand die beste Mischung ausschenkt. Unsere Anhänger schreien ‚Hohenzollerntraum', die Fans der Bude gegenüber brüllen ‚Seemannslust' – so nennen die nämlich ihren Punsch.«

»Wer?«

»Die von der Marine. – Der Seebär da mit der Matrosenmütze und der Uniform, das ist der Boss von denen.«

»Jetzt verstehe ich überhaupt nichts mehr.«

Kerstin klärte ihren Onkel auf über das, was sie selbst erst heute Abend erfahren hatte: »Seit Jahren schon kommt zur Adventszeit eine Abordnung des Marinetenders ‚Werra' nach Eschwege. Stadt und Schiff haben eine enge Partnerschaft. Der Besuch der Seeleute ist schon Tradition. Ebenso Tradition ist ihr legendärer Punsch, den sie in dieser Zeit ausschenken. Nun hat es sich so ergeben – oder man hat es so gewollt -, dass sich der Stand der Seeleute und unser Weinstand gegenüberstehen. Und als dann einer der Kunden von der Marinebude laut herüberrief, unser Glühwein könne ihrem Punsch nicht das Wasser reichen, kam die Gegendarstellung von unserem Stand natürlich postwendend. Das Ganze schaukelte sich auf zu dem, was du jetzt hier siehst.«

»Mein Gott, ein Glühweinkrieg«, amüsierte sich Gerhard.

»Nun, ein Krieg im harmlosesten aller Sinne. Man bekriegt sich ausschließlich verbal und durchaus freundschaftlich – hat einfach Spaß an der Konfrontation. Außerdem schafft man so einen Anlass zum Trinken. Um nämlich vergleichen zu können, muss man beide Getränke probiert haben. Das kommt uns, aber auch den Seeleuten zugute.«

»Na, wenn das so ist, dann will ich deren Punsch aber mal probieren – natürlich nur um bestätigt zu bekommen, dass der ‚Hohenzollerntraum' das Nonplusultra ist«, beruhigte er Kerstin, bevor er mit einem gefüllten Glühweinbecher zum Stand der Mariner hinüberschlenderte.

Eine knappe halbe Stunde später erreichte Franziska ein telefonischer Notruf. »Kommst du mal auf den Marktplatz«, flehte Kerstin, »Heiner braucht deine Hilfe. Bernhard wird solange auf die Kinder aufpassen.«

Wenig später stand Franziska am Weinstand ihrer Nichte gegenüber: »Was ist passiert? Wo ist dein Onkel?«

»Dort.« Kerstins Arm zeigte hinüber zu den Seeleuten, »da hockt er.«

»Was macht er da?«

»Eigentlich wollte er nur deren Punsch probieren – um ihn mit unserem Glühwein vergleichen zu können. Dieser Uniformierte da, der hat wohl mitbekommen, dass Heiner zu uns gehört. Er hat ihn gleich in Beschlag genommen. Seitdem testen die beiden quasi als Köpfe ihrer Anhängergruppen die Getränke mit immer neuen Probeschlucken.«

»Oh weh, Heiner trinkt mit einem Seebär? Das muss ja schief gehen.«

»Ich fürchte auch.«

Franziska stellte sich auf die Zehenspitzen, um über die dichte Menschenmenge hinweg sehen zu können. Mit den Augen suchte sie nach ihrem Mann.

Als sie ihn schließlich erblickte, sah sie, dass es bereits zu spät war. Heinrich war drauf und dran, das Duell mit der Marine zu verlieren. In sisyphusgleichem Bemühen versuchte er immer wieder vergeblich, sich von einer Holzkiste zu erheben. Offensichtlich wurde er dazu von dem Matrosen ermuntert, der aufrecht und ohne eine Spur von Unsicherheit vor ihm stand und ihn mit erhobenem Glas herausfordernd anblickte. Aber es war nur allzu deutlich: Gerhard war nicht mehr in der Lage, die Herausforderung anzunehmen.

»Wir haben versucht, auf ihn einzuwirken, haben uns bemüht, ihn von dort wegzubekommen.« Kerstin zuckte mit den Schultern. »Aber auf uns hört er nicht. Deshalb haben wir dich gerufen.«

»Oh weh, Heinrich«, seufzte Franziska und setzte sich in Bewegung. Energisch drängte sie den Marineangehörigen, einen Obermaat Petersen, wie sie dem Namensschild auf der Uniformjacke entnehmen konnte, zur Seite und fasste ihren Mann unter den Achseln. Dann zog sie ihn, nicht ohne Anstrengung, hoch und legte sich seinen Arm um die Schulter. Bereitwillig öffnete ihr die Menschentraube eine Gasse, als sie den Besiegten mühsam vom Ort seiner Niederlage hinwegführte.

Kerstin kam herangelaufen. »Was soll denn nun mit ihm geschehen?«

»Ich bringe ihn am besten gleich nach Hause«, schlug Franziska vor und machte sich mit der schweren Last auf den Weg zu ihrem Auto.

Am nächsten Morgen erzählte die Nichte vom wundersamen Ende des Glühweinkrieges. Nach Heinrichs unrühmlichem Abgang hatten beide Konfliktparteien Versöhnungswillen gezeigt und eine Art Friedensvertrag geschlossen. Da die Frage nach dem besten Getränk noch immer nicht entschieden war, hatte man kurzerhand die Reste von Glühwein und Punsch in einen großen Topf zusammengeschüttet und anschließend an die ehemaligen Kontrahenten, jetzt allerdings kostenlos, ausgeschenkt. »Gott sei Dank war nicht mehr allzu viel an Resten übrig – aber es dürfte trotzdem ausgereicht haben, einige Eschweger heute Morgen mit Kopfschmerzen aufwachen zu lassen.«

Gerhard erfuhr von dem Ausgang des Wettstreits erst am Nachmittag, als er sich, noch reichlich mitgenommen, endlich aus dem Bett gequält hatte.

Schmolls waren schon längst mit ihrem bis auf die letzte Flasche geleerten Anhänger auf der Heimreise. Sie hatten versichert, im nächsten Jahr, wenn es gewünscht würde, wieder einen Stand auf dem Weihnachtsmarkt betreiben zu wollen.

Ungläubig, wenn auch vorsichtig, schüttelte Gerhard immer wieder den Kopf, als seine Frau ihm das Ende des gestrigen Abends schilderte. Angesichts seines angeschlagenen Zustandes verzichtete Franziska allerdings darauf, von ihm eine beurteilende Stellungnahme zu fordern, welches der beiden Getränke denn nun tatsächlich das schmackhaftere gewesen war.

18

Der Fall Kramer, jetzt mit dem Tod der Ehefrau Jutta ein Doppelfall, war vor der Abreise der Familie Schmoll nur kurz angeschnitten worden.

Natürlich hatte man den Mord in der Heide auch in den schwäbischen Zeitungen groß aufgemacht. Einige Blätter hatten von einem Fluch gesprochen, der über der Familie liegen musste, eine Zeitung sogar in Anspielung auf Küsters zurechtgemachte Leiche mit »Die Wiedergeburt des Pharaonenfluchs« getitelt.

Ansonsten aber konnten Schmolls nur wenig über Andreas Kramer berichten. Anfang des neuen Jahres sollte sein Prozess über die Bühne gehen, bis dahin blieb er in Haft.

Benjamin besuchte mindestens einmal wöchentlich, meist begleitet von Kerstin oder Lore, den Vater im Gefängnis. Nach wie vor sei er von dessen Unschuld überzeugt und konnte sehr heftig werden, wenn jemand etwas anderes behauptete.

Seine Mutter hatte Benjamin bisher mit keinem Wort erwähnt. Kerstin war sich sicher, dass er von deren Ermordung wusste, wahrscheinlich von anderen auch darauf angesprochen wurde. In Verbindung mit dem Jugendamt hatten sie den Rat eines Kinderpsychiaters eingeholt, der ihnen empfohlen hatte, vorläufig nichts zu tun. Erst wenn Benjamin sich mit der Geschichte beschäftigen würde, eventuell Auffälligkeiten und Veränderungen zeigte, bestünde Handlungsbedarf. Es schien, als hätte der Junge seine Mutter völlig aus dem Bewusstsein verdrängt.

Eines hatte Franziska noch vor der Abfahrt von Bernhard wissen wollen: »Was macht eigentlich der ‚Spritzer'? Gibt es etwas Neues?«

»Nein, nichts. Seit ihr ihn im Oktober beobachtet habt, ist er nicht mehr aktiv gewesen. Zumindest nicht in unserem Weinbezirk.«

»Und ihr wisst immer noch nicht, wer der Mann ist?«

»Nein. Aber da der Unfug aufgehört hat, besteht unsererseits im Moment auch kein Bedarf, das herauszufinden. Dafür haben andere jetzt Probleme mit dem »Knipser«.«

»‚Knipser'? Was macht um Gottes willen ein Knipser?«

»Er durchtrennt zum Beispiel elektrische Zuleitungen.«

»Elektrische Zuleitungen?«

»Ja. Er knipst mit der Zange Kabel durch. In diesem Fall ausschließlich Kabel, die zu Gaststättenbeleuchtungen führen.«

»Und warum tut er das?«

»Keine Ahnung. Insgesamt sechs Gasthäuser hat der ‚Knipser' in den letzten Wochen heimgesucht. Vielleicht ist er mal aus einer Kneipe rausgeworfen worden und rächt sich nun durch diese Albernheiten.«

Am Nachmittag des Folgetages rief Charly Montag an. »Na, wie geht's denn unserem Glühweintester?«

»Meinst du mich?«

»Wen denn sonst. Am Sonntagabend habe ich mir Sorgen um dich gemacht. Franziska hatte ganz schön Mühe, dich abzuschleppen.«

»Wie, du warst auf dem Marktplatz? Ich habe dich gar nicht gesehen.«

»Kein Wunder bei den vielen Menschen. Aber ich muss sagen, der Glühwein war wirklich erste Klasse. All die Jahre war ich bekennender und genießender Punschtrinker, am Sonntag bin ich mit fliegenden Fahnen zum ‚Hohenzollerntraum' umgeschwenkt.«

»Na, wenn's dich beruhigt, mir geht's wieder gut.«

»Das freut mich.« Charly räusperte sich. Die Einleitung war beendet, jetzt kam er zum Grund seines Telefonats. »Hauptkommissar Czerny aus Soltau hat mich gerade angerufen. Ich soll dich fragen, ob dir noch etwas eingefallen ist, was in der Mordsache Jutta Kramer weiterhelfen könnte.«

»Wieso weiterhelfen? Ich denke, der Fall ist aufgeklärt?«

»Das dachte die Polizei bisher auch.« Karl Montag zögerte. »Es gibt da etwas Neues, das möglicherweise eine andere Betrachtung erforderlich macht.«

»Wie soll ich das verstehen?«

»Das Obduktionsergebnis ist heute vorgelegt worden.«

»Ja, und?«

»Jutta Kramer ist erschossen worden mit der Waffe Dr. Hegers, da gibt es keinen Zweifel. – Aber der Doktor ist sich absolut sicher, dass ihr Tod ziemlich genau um Mitternacht eingetreten ist – plus, minus eine halbe Stunde.«

»Und das heißt?«

»Das heißt, dass Dr. Heger, wenn die Angaben des Gerichtsmediziners stimmen, nicht der Mörder sein kann.« Charly schwieg und gab seinem Gegenüber Gelegenheit, die Tragweite des Gesagten zu erfassen.

Das Bild des Verlagsleiters kam Gerhard vor Augen. Er sah ihn vor sich, wie er damals die Gaststätte betreten hatte. Natürlich, das war der Abend gewesen, an dem Jutta Kramer erschossen worden war.

»Du hast Recht, Charly. Wenn der ärztliche Befund wirklich stimmt, war Dr. Heger um die Mordzeit nicht am

Tatort. Ich kann das bezeugen, denn ich habe ihn kurz nach elf in Schneverdingen gesehen.«

»Ich weiß, im ‚Keglertreff'.«

»Wie, das weißt du?«

»Wenn du es uns verschweigst, müssen wir es eben anderweitig herausbekommen.«

»Ich habe einfach vergessen, es zu erzählen. Konnte ja nicht wissen, dass es wichtig ist.«

»Dein Vergessen ist deshalb nicht von Bedeutung, weil die Mitglieder des örtlichen Jagdvereins bezeugen können, dass ihr Vorsitzender Dr. Heger von elf bis zwei Uhr morgens mit ihnen zusammen gefeiert hat.«

»Ja, das stimmt – das heißt, ich kann mich nur bis halb eins verbürgen – da bin ich nämlich gegangen.« Unwillkürlich fuhr Gerhards Hand zum Kopf, als er an die morgendlichen Folgen seines Zechgelages dachte. »Und was wird jetzt?«

»Nun, ich denke, als erstes werden die Kollegen in Soltau überprüfen, ob sich der Doktor nicht irrt. Eigentlich kann er nicht Recht haben bei den erdrückenden Indizien, die alle gegen Heger sprechen. Da wird jetzt bestimmt ein zweiter Gutachter eingeschaltet. Mal sehen, was dabei herauskommt.«

Charly beendete das Gespräch mit der Bitte an Heiner, sich gedanklich weiter mit dem Fall zu befassen und sich zu melden, wenn ihm noch etwas dazu einfiele. Die obligate Ermahnung, keine eigenen Nachforschungen anzustellen und sich aus den Ermittlungen herauszuhalten, unterließ er diesmal jedoch.

Heinrich wartete auf Franziska und war schon beim dritten Bier, als sie endlich zur Tür der Gaststätte hereinspaziert kam. Ihr Gesicht leuchtete, die Augen hatten jenen lebhaften Glanz, den sie gewöhnlich nach Einkaufserlebnissen oder, wie in diesem Fall, nach geselligen Zusammenkünften anzunehmen pflegte.

Sie kam aus Alsfeld, vom Geburtstagskaffeekränzchen ihrer Freundin Ilse. Schon nach dem Mittagessen war sie aus Oberhone losgefahren, hatte versprochen, am frühen Abend wieder zurück zu sein, um noch eine Weile mit ihm zusammensitzen zu können.

»Dann musst du aber nach Eltmannshausen kommen«, war sie von Gerhard informiert worden. »Was du kannst, kann ich auch. Ich gehe heute Abend aus.«

»Zum Hans?«

»Zum Hans – in die ‚Linde'.«

»Dann komme ich eben auch dorthin.«

Sie hatten sich für sieben Uhr verabredet, nun war es fast acht.

Franziska setzte sich zu ihm an den Tisch. Sie wusste, Heinrich war Verspätungen ihrerseits gewohnt, es bedurfte keiner Erklärungen. Sie bestellte ein Wasser.

»Na, wie war's?«, eröffnete Gerhard wenig originell das Gespräch.

»Schön, wir haben viel geredet.«

»Aha – und über was habt ihr gesprochen?«

»Über alles mögliche.«

»Ah ja – und über wen habt ihr diesmal hergezogen?«

»Über praktisch jeden.«

»Na, dann war's wie immer. Aber erzähl doch ein bisschen. – Wie geht's Ilse. Was macht Erwin?«

Das, was sie nun berichtete, war im Grunde nichts, was

so wichtig war, dass es im Gedächtnis haften bleiben musste, nichts, das zum Grübeln, Widersprechen oder Zustimmen aufgefordert hätte. Aber Heinrich liebte es, dem belebenden Redefluss seiner Frau zu lauschen. Ihr Erzählen war wie eine dahinfließende Melodie, von der man sich berührt fühlte, aber nicht wusste – vielleicht auch nicht wissen wollte -, warum das so war. Gerhard lehnte sich zurück und hörte zu.

Die Gaststätte war an diesem Dienstagabend nur spärlich besucht. Lediglich einige wenige Stimmfetzen drangen von der Theke zu ihrem Tisch herüber. Das leise, stetige Rauschen des Ventilators beruhigte. Hans, der fast achtzigjährige Gaststättenpatriarch, hatte keine Mühe, den Schankbetrieb in der ihm eigenen ruhigen, unaufdringlichen Art zu meistern.

Obwohl Franziska bemüht war, nur das Wesentliche zu berichten, war es doch nicht wenig, was sie zu erzählen wusste. Gerhard war erstaunt, wie viele Namen sie erwähnte, die ihm nichts sagten und zu denen er beim besten Willen kein Gesicht vor Augen bekam. Schließlich war sie mit der Schilderung des Nachmittags zu Ende. Sie beugte sich vor. »Und du? – Gab es bei dir heute etwas Besonderes?«

Gerhard trank aus und gab Hans das Zeichen für ein weiteres Bier. »Charly hat angerufen. Es gibt da etwas Neues im Fall Jutta Kramer.« Er berichtete von dem gerichtsmedizinischen Obduktionsbefund und den sich daraus ergebenden Folgerungen. »Immer vorausgesetzt, dass das, was die Ärzte sagen, stimmt. Demnach würde Heger als Mörder ausscheiden.«

»Aber das kann doch gar nicht sein. Aus seinem Jagdgewehr ist schließlich geschossen worden, nur seine Fingerabdrücke befinden sich darauf und er war am Tatort.«

»Aber nicht zur richtigen Tatzeit, zumindest nach Auskunft der Mediziner«, wandte Gerhard ein. »Und außerdem – das Gewehr kann auch entwendet worden sein. Von jemand, der Handschuhe trug und deshalb keine Fingerabdrücke hinterlassen hat.«

»Aber dieser Jemand muss erst einmal in Hegers Auto gelangen, muss das Gewehr aus der Gerätekiste herausholen.« Franziska sah skeptisch aus. »Und anschließend – was noch viel schwieriger sein dürfte - muss er die Waffe nach getaner Tat wieder in die Kiste zurückgelegt haben.« Sie schüttelte den Kopf. »Nein, eine solche Konstruktion erscheint mir zu unwahrscheinlich. Es gibt keine andere Möglichkeit: Der Gerichtsmediziner muss sich in der Tatzeit irren.«

Gerhard sah Franziska missbilligend an. »Du bist schon wie die Polizei«, warf er ihr vor, »wenn ein Fakt plötzlich nicht in das Konzept eines offensichtlich gelösten Falls hineinpasst, dann wird solange daran herumgedreht, bis er sich schließlich in das wohlkonstruierte Bild einfügt.« Seine abfällige Handbewegung zeigte, was er von einem solchen Vorgehen hielt. »Betrachte das Ganze doch einmal von der anderen Seite. Nimm es als sicher an, dass der Obduktionsbefund stimmt, dass der Mord genau in der Zeit geschah, in der sich Heger nachweislich in der Gaststätte aufgehalten hat. Dann kann noch soviel gegen ihn sprechen, eins ist klar: Er kann nicht geschossen haben.«

»Wenn nicht er, wer dann?«

»Ja, das ist die Frage.« Gerhard stützte den Kopf in die Hände. Sein Blick ruhte nachdenklich auf dem Bierglas. Franziska beobachtete ihn und schwieg. Sie spürte an seiner Haltung, dass er über etwas nachgrübelte, etwas Wichtiges, über dessen Bedeutung er sich klar zu werden versuchte. Als er wieder aufsah, konnte sie in seinen Augen lesen, dass er eine Entscheidung getroffen und einen Entschluss gefasst hatte. »Was hältst du davon, wenn wir morgen einen Ausflug machen?«, fragte er.

»Hhmm – und wohin?«

»In die Heide, nach Schneverdingen. Ich lade dich zu einem Stück Buchweizentorte in die ‚Kaffeestuuv' ein.«

»So – und danach?«

»Danach wandern wir die Kalorien in der Osterheide wieder ab.«

»Aha – und später dann?«

»Gehen wir ins Bargfredenhus und essen Heidjer Knipp. Was meinst du zu diesem Programm?«

»Hört sich gut an. – Wenn du mir jetzt auch noch verraten könntest, was der eigentliche Grund für diesen Ausflug ist...«

Heinrich griff nach seinem Glas, hob es an und hielt es vor sich, so als begutachte er die Höhe des Bierschaums. Dann setzte er es ungetrunken wieder ab. »Eben, während unseres Gesprächs, kam mir eine Erkenntnis, die ebenso ungeheuerlich wie logisch ist. Ich werde nicht eher Ruhe finden, bis ich nachgeprüft habe, ob das, was ich annehme, richtig ist.«

»Von was sprichst du?«

»Ich glaube, ich weiß jetzt, wer Jutta Kramer umgebracht hat.«

»Wie, du weißt...?«, Franziska starrte ihn fassungslos an.

»Ja, ich bin mir eigentlich sicher.« Gerhard erklärte seiner Frau, was er vermutete und was er morgen vorhatte. Aufmerksam hörte sie ihm zu, man sah ihr an, wie betroffen und verwirrt sie war. Gelegentlich schüttelte sie ungläubig den Kopf. Schließlich nickte sie. »Ja, so könnte es gewesen sein. Und deshalb sollten wir morgen fahren. Jetzt will ich wissen, ob du tatsächlich Recht hast.«

19

Wie anders als damals war jetzt sein Empfinden, als er zusammen mit Franziska den Verwaltungsflügel des Verlagshauses Lanus betrat. Wie lange lag das zurück, als er zum ersten Mal hier gewesen war? Fünf Tage? Sechs Tage? Er erinnerte sich noch gut an seine neugierige Erwartung, als er seinerzeit das Gebäude betreten hatte, um etwas über das Buch und seinen seltsamen Weg hier herauf in die Heide zu erfahren.

Nun aber, nach den fürchterlichen Geschehnissen, lastete das Erlebte auf ihm wie eine Zentnerlast. Er war froh, Franziska an seiner Seite zu haben, als er durch die Glastür in das Empfangsbüro trat.

Auch hier war die Atmosphäre anders als beim vorigen Mal. Der Umgangston war verhalten, die Stimmen gedämpft, eine wahrnehmbare Spannung lag über dem Raum.

Die junge Dame gleich am Eingang erkannte Gerhard wieder. »Sie waren doch schon einmal hier – wegen des Buchs.«

»Richtig, ich habe damals mit Frau Heger gesprochen. Das möchte ich auch heute wieder. Ist sie im Haus?«

»Ja, das heißt... Ich weiß nicht.« Sie machte eine unbeholfene Handbewegung zu Gerhard hin. »Die Chefin ist im Moment sehr beschäftigt. Sie muss nämlich den Betrieb alleine führen, seit...«

»Seit Dr. Heger wegen des Mordes verhaftet wurde«, vollendete Gerhard den Satz. Es fiel ihm nicht leicht, seiner Stimme einen festen, sachlichen Tonfall zu verleihen. Ihm war ganz anders zumute. »Gerade darüber will ich mit Frau Heger reden. Ich bin derjenige, der die Ermordete gefunden hat.«

»Sie sind das?« Erschrocken erhob sich die junge Frau und trat einen Schritt zurück. Die Köpfe der Kolleginnen schauten von den Bildschirmen auf.

Gerhard nutzte die Verwirrung und setzte sich in Bewegung. »Meine Frau und ich suchen jetzt Frau Heger in ihrem Büro auf. Ich weiß, wo es liegt. Bitte melden Sie uns telefonisch an.«

Er führte Franziska den Weg, den er erst vor wenigen Tagen gegangen war. Der graue Teppichboden dämpfte ihre Schritte, sie schwiegen. Ein ungutes Gefühl beschlich sie bei dem, was sie vorhatten. Aber nach ihrer Entscheidung, so zu handeln, gab es nun kein Zurück mehr. Vor der Tür mit dem Namenszug Elsa Heger blieben sie stehen. Gerhard klopfte.

Aber sie warteten vergeblich auf eine Aufforderung zum Eintreten. Als Gerhard schließlich die Tür öffnete und mit Franziska den Raum betrat, saß Frau Heger, den Telefonhörer noch in der Hand, hinter ihrem Schreibtisch und sah ihnen entgegen. Ihr Blick war unverändert unstet, ihre Augen fiebrig wie bei der ersten Begegnung. Aber das zerstörerisch Leidende war nun aus ihnen verschwunden. Angstvoll, eher lauernd musterte sie die Eintretenden.

»Guten Tag.« Die Verlagschefin wahrte die Umgangsformen. Sie stand auf und trat auf ihre Besucher zu. Ihr Händedruck war kräftiger diesmal, ihre Gestik bestimmter, als sie ihnen Platz in der Sitzecke ihres Zimmers anbot.

Gerhard stellte seine Frau vor und bat um Entschuldigung, dass sie unangemeldet erschienen. Aber das, was sie ihr zu sagen hatten und auch von ihr wissen wollten, erlaube keinen Aufschub.

»Geht es wieder um das Buch?« Sie hatten sich gesetzt, Heinrich und Franziska nebeneinander auf die Bank, Frau Heger auf den Stuhl ihnen gegenüber. Diesmal bot sie keinen Kaffee an.

»Nein, das Buch interessiert heute nur am Rande.« Gerhard sah sie an, aber die Verlagsleiterin wich seinem Blick aus. »Sie wissen, dass ich die Leiche Jutta Kramers gefunden habe.«

Das kurze Schließen ihrer Augen zeigte, wie dünn die äußere Fassade des Unbeteiligtseins war, die sie um sich aufgebaut hatte. »Frau Heine vom Empfang hat mich darüber unterrichtet. – Aber warum rühren Sie das jetzt wieder auf. Ist es nicht schon schlimm genug, dass mein Mann verdächtigt wird, den Mord begangen zu haben?«

»Ein Verdacht, den Sie nicht teilen?«

»Natürlich nicht. Obwohl alles gegen ihn spricht, kann ich einfach nicht glauben, dass er es war.« Nun sah sie Gerhard doch an, trotzig, mit funkelnden Augen. »Und wenn er es dennoch war, dann hätte ich volles Verständnis für seine Tat. Dieses Weib hat den Tod verdient.«

»Aber, Frau Heger, ein Mord...«

»Nein, kein Mord«, sie schüttelte den Kopf, ihre Stimme hatte einen Anflug von Triumph, »es war eine Strafe, nichts anderes, eine Strafe für all die Schlechtigkeit, die von dieser Frau ausging.«

»Heißt das, Sie würden Ihrem Mann verzeihen, dass er einen Menschen getötet hat?«

»Dass er sie getötet hat – ja.« Sie legte die Hände vor

sich auf den Tisch, verschränkte die Finger ineinander und presste die Lippen zusammen, als wäre nun alles gesagt.

»Haben Sie sich auch gegenüber der Polizei so geäußert?«, wollte Franziska wissen. Erstaunen und Entsetzen gleichermaßen mischten sich in ihrer Frage.

»Nun, ich habe den Beamten klargemacht, dass ich von der Unschuld meines Mannes überzeugt bin.«

»Weil Sie wissen, dass er den Mord nicht begangen haben kann.« Franziska beugte den Oberkörper über den Tisch und stützte die Hände auf.

Die Angst war mit einem Male in die Augen der Verlagsleiterin zurückgekehrt. Sie drückte sich an die Lehne ihres Stuhls und hielt wie zur Abwehr die Arme vor die Brust. »Wie kann ich das wissen? Ich sagte ja, ich glaube daran, dass er es nicht getan hat, so wie eben eine Frau ihrem Mann vertraut. Aber es sicher wissen...«

»Kann nur der Mörder – oder die Mörderin«, ergänzte Gerhard den Satz, »nur er – oder sie – weiß, was sich wirklich abgespielt hat.«

Der Stuhl fiel um, als Frau Heger aufsprang. Nur für eine Sekunde zeigte sich Entsetzen in ihren Augen, ehe es einem Ausdruck äußerster Wachsamkeit wich. »Was wollen Sie damit sagen?«, stieß sie hervor und stellte sich, wie schutzsuchend, hinter ihren Schreibtisch.

Auch Gerhard war aufgestanden. Langsam trat er in die Mitte des Raums, drehte die Handflächen nach oben und versuchte, seiner Haltung alles Drohende zu nehmen. Er sprach mit leiser Stimme, ohne jegliche anklagende Schärfe: »Ich will damit sagen, dass es nicht Ihr Mann war, der Jutta Kramer getötet hat. Sie waren es, die sie erschossen hat.«

Die Stille der folgenden Sekunden, in der jeder den

Atem anzuhalten schien, wurde beendet von dem leisen Aufschrei, den Elsa Heger vor dem Niederstürzen ausstieß. Franziska, die das Kommende vorausgeahnt haben musste, war mit zwei Schritten neben dem fallenden Körper und fing ihn auf. Heinrich eilte zu Hilfe. Gemeinsam hoben sie die Frau in den Schreibtischsessel.

»Hol Wasser«, bat Franziska ihren Mann und deutete auf das Waschbecken in der Zimmerecke.

»Frau Heger!« Sie klopfte zwei-, dreimal der zusammengesunkenen Gestalt auf die Wangen, »kommen Sie, trinken Sie.« Mit der einen Hand stützte sie den Kopf, mit der anderen hielt sie ihr das Glas an den Mund.

Während sie in kleinen Schlucken trank, kehrte Farbe in das blasse Gesicht zurück. Der verschleierte Blick wurde wieder klar, die Atmung ruhig und gleichmäßig.

Wie ein Kind, das nicht begriff, was mit ihm geschah, sah sich Frau Heger um. Ihr Blick heftete sich auf Gerhard. Mit matter Stimme, frei von jeglicher Empörung und ohne den geringsten Vorwurf darin, stellte sie die Frage: »Wie sind Sie darauf gekommen, dass ich den Mord begangen haben könnte?«

Als Franziska Heinrichs Zögern bemerkte, nickte sie ihm auffordernd zu. »Erkläre Frau Heger, wie du der Wahrheit auf die Spur gekommen bist – so wie du es mir gestern erzählt hast.«

Gerhard ging zum Tisch, nahm einen Stuhl und stellte ihn neben Franziska. Dann setzte er sich selbst in den schmalen Korbsessel, der seitlich am Schreibtisch stand. Es war immer gut, ein Gespräch, in dem man Vertrauen aufbauen wollte, auf Augenhöhe zu führen.

»Gestern Nachmittag«, begann Gerhard seine Erklärung, »teilte die Polizei mir als unmittelbar an dem Mordgeschehen Beteiligtem den Obduktionsbefund Jutta Kramers mit. Sie wurde nach Aussage der Gerichtsmediziner um Mitternacht erschossen, einer Zeit also, in der Ihr Mann nachweislich nicht am Tatort war. Die erste Reaktion der Polizei – und auch die meiner Frau – war, dass die Ärzte sich in der Tatzeit geirrt haben mussten. Ich dagegen habe das Ganze andersherum aufgezäumt, habe das Obduktionsergebnis als wahr und richtig angesehen und mich gefragt, wer, wenn nicht Dr. Heger, sonst als Täter infrage kommt. Die Antwort sprang geradezu ins Auge. Nur Sie, seine Ehefrau, konnten den Tathergang so konstruieren, dass es aussah, als hätte Ihr Mann den Mord begangen. Sie hatten leicht Zugang zu dem Geländewagen, konnten das Gewehr ohne Schwierigkeiten daraus entwenden und später wieder dort deponieren. Und, vor allem, Sie hatten ein starkes Motiv, vielleicht das stärkste aller möglichen Motive: Sie waren eifersüchtig, fühlten sich in Ihrer Liebe verraten. Jutta Kramer war drauf und dran, Ihnen Ihren Mann zu nehmen. Also töteten Sie die Frau, vielleicht sogar mit der moralischen Rechtfertigung, sich so nur das wiederzuholen, was sie Ihnen genommen hat.«

Gerhard schwieg und wartete auf eine Reaktion. Elsa Heger blieb, das Gesicht in den Händen verborgen, regungslos in ihrem Sessel sitzen und zeigte mit keiner Bewegung, dass sie verstanden hatte, wessen sie gerade beschuldigt worden war.

»Außerdem war Ihr Mann nicht der Typ, der einen Mord begehen würde«, fuhr Gerhard fort. »Ich habe ihn nur einmal gesehen, habe ihn dabei sprechen hören und sein souveränes Auftreten erlebt. Er war ein Mensch, der andere Wege als einen Mord zur Ausräumung eines Problems finden würde. Eine Ahnung sagte mir, dass die Lösung, die

die Polizei so schnell gefunden hatte, nicht die richtige war. Mein Gefühl hat mich in dieser Beziehung selten getrogen. Auch jetzt habe ich keinen Zweifel, dass Sie, Frau Heger, diejenige sind, die geschossen hat. Das einzige, was ich noch nicht weiß, ist der genaue Ablauf des Geschehens am Mordabend.«

Wieder machte Gerhard eine erwartungsvolle Pause. Noch einmal stand er auf und füllte am Waschbecken das leergetrunkene Glas.

Ein kaum hörbarer Laut ließ ihn sich umdrehen. In die starre Gestalt Frau Hegers war eine leichte, fast nicht wahrnehmbare Bewegung gekommen. Begleitet von einem leisen Schluchzen sank ihr Kopf langsam auf das Rückpolster des Sessels. Die Hände lösten sich von ihrem Gesicht und gaben den Blick frei auf die Tränen, die ihr über die Wangen liefen.

Franziska rückte den Stuhl dicht heran und setzte sich neben die weinende Frau. Einige Augenblicke vergingen, in denen keiner etwas sprach. Jeder hatte zu tun, mit seinen Gefühlen fertig zu werden. Wie durch ein Ventil, das den Druck entströmen lässt, flossen die Tränen.

Dann hob Elsa Heger den Kopf und begann zu reden: »Sie müssen mir glauben, ich hatte nicht geplant, die Frau zu töten. Erst unter dem Eindruck dessen, was ich in dieser Nacht erlebte, entstand in mir plötzlich und unwiderstehlich der Wunsch, dem Ganzen ein Ende zu machen.« Ihre Stimme war leise, sie sprach langsam, mit ruhiger Bestimmtheit, so als wolle sie ein langes Kapitel zusammenfassen und einen Schlussstrich darunter setzen. »Ich wusste, dass mein Mann sich an jenem Abend mit Jutta Kramer verabredet hatte. Auch wenn er mir erzählte, er wolle erst in den Wald und später dann zur Jagdversammlung, war mir doch klar, dass er sich mit ihr treffen würde. Eine Frau fühlt so etwas. Mein Entschluss war spontan. Eigentlich ist durch nichts zu erklären, warum ich gerade an diesem Abend mich dazu entschloss, Zeuge des Treffens meines Mannes mit seiner Geliebten werden zu wollen. Ich hatte längst von dem Verhältnis der beiden Kenntnis, hatte mir zuviele Andeutungen anhören müssen, als dass ich mir noch Illusionen machte.

Ich nutzte die Zeit, in der mein Mann sich für den Wald umzog, und kletterte in den Laderaum des Geländewagens. Dort verbarg ich mich in der großen Holzkiste, in der gewöhnlich die Jagdwaffen und die Gerätschaften zum Hochsitzbau, gelegentlich auch erlegtes Wild transportiert werden.

Die ganze Sache war im Grunde entwürdigend. Versteckt in einem Kasten ließ ich mich von meinem eigenen Mann zum Ort seines Rendezvous mit einer anderen Frau kutschieren. Ich will Ihnen Einzelheiten ersparen. Ich schaffte es jedenfalls, ihm, nachdem er das Auto abgestellt hatte, unbemerkt bis zum Rand des Moores zu folgen – dass es das ‚Große Moor' war, erfuhr ich erst später aus der Zeitung. Dort wurde ich Zeuge einer widerwärtigen Liebesszene. Nur mit äußerster Kraft gelang es mir, mich zu beherrschen und ruhig zu bleiben.

Rechtzeitig trat ich den Rückzug an und verbarg mich wieder in der Kiste. Aus einem Grund, über den ich mir bis heute noch keine Rechenschaft ablegen kann, wollte ich auch den Rest ihres Zusammenseins mitverfolgen. Vielleicht ist eine solche Leidenslust ja typisch für Frauen in meiner Situation. Und ich litt – litt unbeschreiblich. Es fehlte nicht viel und ich hätte mein Versteck verlassen. Die Schamlosigkeiten, die ich auf der Fahrt vom Moor zurück mitanhören musste, waren kaum zu ertragen. Dies war der Zeitpunkt, an dem der Gedanke in mir entstanden sein muss, sie zu töten. Plötzlich jedenfalls hatte ich das Gewehr in der Hand, auf dem ich die ganze Zeit in der Kiste gelegen hatte. Als das Auto anhielt und die beiden in dem Bahnhäuschen verschwanden, folgte ich mit der Waffe. Vor dem erleuchteten Fenster blieb ich im Dunkeln stehen. Noch einmal erlebte ich eine schreckliche Stunde, als ich mitbekam, was da drinnen vor sich ging. Sie hatten die Vorhänge zugezogen, aber ich hörte sie durch das geschlossene Fenster hindurch reden, lachen – und auch Geräusche, die so eindeutig waren, dass ich am liebsten geschrien hätte.

Als mein Mann schließlich abfuhr, war ich nur noch von dem Gedanken besessen, diese Frau zu töten. Ich hatte nun endgültig die Kontrolle über mich verloren, moralische Bedenken existierten nicht mehr. Das Licht in dem rückwärtigen Zimmer verlosch bald. Ich ging um das Haus herum und zwängte mich durch die Sträucher. Da sah ich sie. Deutlich war im schwachen Schein einer Wandlampe zu erkennen, wie sie sich auszog und für die Nacht zurechtmachte. Diesmal hatte sie die Vorhänge nicht vorgezogen, offensichtlich glaubte sie sich durch das Buschwerk ausreichend sichtgeschützt.

Ich stand unmittelbar vor dem Fenster, als ich schoss. Es war unmöglich, sie zu verfehlen. Ich erinnere mich noch genau an das triumphale Gefühl, das ich empfand, als ich sie schwanken und niederstürzen sah und ihr dumpfes Aufschlagen auf dem Fußboden hörte. Aber die jubelnde Stimmung war nur kurz. Was folgte, war eine große Leere, später dann die Verzweiflung, als ich begriff, was ich getan hatte.«

Gerhard räusperte sich. Seine Stimme hatte sich belegt unter dem Eindruck des Erzählten. »Konnten Sie denn mit einem Gewehr umgehen?«, fragte er. »Die Waffe musste doch wahrscheinlich erst noch entsichert werden?«

»Ich bin ebenso wie mein Mann Mitglied im Jagdverein. Da lernt man, mit solchen Gewehren umzugehen.«

»Und warum trugen Sie Handschuhe?«

»Es war Ende November und kalt. Ich hatte den ganzen Abend über schon Handschuhe an. Ich musste sie mir nicht erst anziehen, um Fingerabdrücke zu vermeiden, wenn es das ist, worauf Sie anspielen. Ich sagte es Ihnen ja schon, der Mord kam über mich, ich hatte ihn nicht geplant. Zu solch sachlichen Erwägungen wäre ich gar nicht fähig gewesen.«

Elsa Heger schloss die Augen. Die Bilder der Mordnacht bedrängten sie.

Behutsam legte ihr Franziska die Hand auf den Unterarm. »Bitte, erzählen Sie weiter«, bat sie.

»Es gibt nicht mehr viel zu berichten. Irgendwie schaffte ich es, über einen Feldweg die Straße zu erreichen. Das Gewehr, das ich bis dahin getragen hatte, verbarg ich hinter einem Bushäuschen am Straßenrand. In Neuenkirchen ließ ich mich von einem Taxi dann nach Hause fahren. Mein Mann war noch nicht heimgekehrt, ich wusste, es würde wie immer spät werden bei der Jagdvereinsversammlung. Da fiel mir ein, dass ich das Gewehr unmöglich hinter dem Bushäuschen lassen konnte. Wenn man es fand, würde man sofort eine Verbindung zu dem Tod Jutta Kramers herstellen. Die Waffe würde unweigerlich zu ihrem Besitzer und dann zu mir führen. Ich holte also meinen Wagen aus der Garage, fuhr zu der Haltestelle und lud das Gewehr ein. Später am Morgen, als der Geländewagen in der Einfahrt stand und mein Mann schlief, legte ich es in die Kiste zurück.«

»Soll das heißen, dass das Zurücklegen der Tatwaffe in sein Auto gar nicht zum Ziel hatte, Ihren Mann zu belasten?«, fragte Gerhard. Er schien erstaunt. »Ich hatte bisher angenommen, Sie hätten nicht nur die Rivalin ausschalten, sondern sich gleichzeitig an Ihrem Mann rächen wollen, indem Sie ihn absichtlich in Mordverdacht brachten.«

»Nein, das war zu keiner Zeit meine Absicht. Es war reiner Zufall oder sich gerade ergebende Gelegenheit, dass ich an diesem Abend das Gewehr meines Mannes ergriff und dabei Handschuhe anhatte. Und als ich die Waffe später wieder in der Kiste verstaute, geschah das nicht, um meinen Mann in Tatverdacht zu bringen. Ich hatte einfach nicht daran gedacht, dass er ja als erster in den Fokus der Ermittlungen geraten musste, er, dessen Verhältnis zu der Ermordeten stadtbekannt war. Nein«, ihr Kopfschütteln drückte die Absurdität des von Gerhard geäußerten Gedankens aus, »ich hatte nicht vor, meinem Mann zu schaden.«

Sinnend blickte sie vor sich hin, dann drehte sie sich zu Franziska. »Ich weiß nicht, ob Sie mich verstehen, aber ich liebe meinen Mann. Auch jetzt noch, nach allem, was geschehen ist. Wenn ich ihn nicht liebte, wie hätte ich dann so hassen können, dass ich zur Mörderin wurde. Hass und Liebe liegen dicht zusammen. Sie können, wenn sie verschmelzen, eine vernichtende Energie freisetzen. Das habe ich gerade am eigenen Leib erfahren.«

Frau Heger stand auf. Sie hatte Mühe, frei zu stehen, musste sich mit der einen Hand am Schreibtisch festhalten. Sie versuchte, sich den Anschein gefasster Haltung zu geben, während sie sprach: »Nun wissen Sie alles, was Sie erfahren wollten, und es ist gut, dass Sie es wissen. Der Gedanke, dass mein Mann wegen meiner Tat im Gefängnis ist, hätte mich sowieso nicht mehr lange die Wahrheit zurückhalten lassen. Ich bin froh jetzt, dass Sie gekommen sind und mir meine Entscheidung abgenommen haben.«

Die Erleichterung über das Ende des fürchterlichen Zwiespalts, in dem sie sich befunden hatte, war ihr anzusehen. Sie richtete sich auf und öffnete die Arme wie eine Bezwungene, die sich in ihr Schicksal ergibt. »Was haben Sie nun mit mir vor?« Sie stellte die Frage ohne Ängstlichkeit.

Es war Franziska, die antwortete. »Zunächst, Frau Heger, wird von uns gar nichts unternommen werden. Sie wissen, wie zufällig wir in dieses Geschehen hineingeraten sind. Wir sind weder Kläger noch Richter, um zu befinden, wie es jetzt weitergehen soll. Allerdings werden wir nicht umhin kommen, den Behörden das, was wir aufgedeckt haben und das soeben Gehörte zu melden. Dazu sind wir verpflichtet, sonst machen wir uns selbst schuldig. Worin uns jedoch Spielraum bleibt, ist der Zeitpunkt, zu dem wir sie informieren. Was hältst du davon, Heinrich, die Polizei erst morgen Nachmittag zu unterrichten?«

Gerhard nickte. »Das ist längst ausreichend. Vorher sind wir sowieso nicht zu Hause.«

»Warum tun Sie das?« Ungläubiges Verwundern lag in Elsa Hegers Frage. »Ich könnte bis dahin ohne Schwierigkeiten irgendwo untergetaucht sein, könnte Beweise vernichtet oder mich auch umgebracht haben. Warum also tun Sie das?«

»Weil wir uns sicher sind, dass Sie nichts von dem tun werden.« Franziska war nun ebenfalls aufgestanden. Wie um zu signalisieren, dass das Weitere nun nicht mehr ihre Sache sei, stellte sie sich neben Heinrich.

»Frau Heger«, ihre Stimme war von fast flehentlicher Eindringlichkeit, »Sie haben einen Fehler gemacht, wahrscheinlich den größten in Ihrem Leben: Sie haben einen Menschen umgebracht. Diese Bürde werden Sie zeitlebens tragen müssen, damit müssen Sie alleine fertig werden. Aber warum nutzen Sie nicht die Zeit, die Ihnen jetzt bis zu Ihrer Verhaftung bleibt, um reinen Tisch zu machen mit dem, was gewesen ist. Gehen Sie zu Ihrem Mann und erzählen Sie ihm das, was Sie uns gerade erzählt haben. Auch er ist nicht ohne Schuld, hat ebenso wie Sie Fehler gemacht. Oft ist das gegenseitige Eingeständnis von Verfehlungen und Irrtümern eine Basis für einen Neuanfang. – Abgesehen davon kann es sich nur positiv auf das spätere Gerichtsverfahren auswirken, wenn Sie sich aus freien Stücken stellen und Ihre Tat bereitwillig gestehen.«

Die Spanne, in der Elsa Heger wie abwesend vor sich hinstarrte, erschien, obwohl sie zeitlich nur kurz war, endlos. Dann aber, als erwachte sie aus einem langen Schlaf, hob sie die zuvor halbgeschlossenen Augen und schaute ihr Gegenüber an. Der Körper straffte sich, ihr Blick bekam Festigkeit.

»Ja, Sie haben Recht«, war alles, was sie sagte. Und dann noch, beim Abschied, als sie ihnen die Hand reichte. »Danke.«

Es war der zuversichtliche, wenn auch mit Wehmut gepaarte Ton, der Gerhard sicher machte, dass sie den von Franziska vorgegebenen Weg beschreiten würde. Er wünschte ihr dafür alles Gute, wünschte ihr milde Richter, die erkannten, dass sie nicht nur die Täterin in diesem schrecklichen Mordfall war, sondern in gleichem Maße ein bedauernswertes Opfer.

20

Die Osterheide, bis vor wenigen Jahren noch Fahrübungsgelände der englischen Panzer, war eine wilde Heide. Anders als rund um den Wilseder Berg, wo intensive Pflege eine Bilderbuchlandschaft geschaffen hatte, war hier der Bewuchs noch jung, ungesteuert und urwüchsig im wahrsten Sinne des Wortes. Heinrich hatte Franziska Bilder von der total umgepflügten, nahezu pflanzenlosen Sandwüste gezeigt, die unter den Ketten der Fahrzeuge damals entstanden war. Es war ein Wunder, mit welcher Regenerationskraft die Natur in den fünfzehn Jahren seit der Schließung des Truppenübungsplatzes die Zerstörungen überwuchert und mit einer dichten Pflanzendecke überzogen hatte.

Sie gingen eng nebeneinander. Unter den Tritten knisterte das gefrorene Moos und Gras, ein dünner Dunst lag über der braunen Fläche. Um diese Jahreszeit war die Heide wie ausgestorben. Die Stille hier draußen war nahezu vollkommen.

Nur einmal hatte Franziska das Schweigen unterbrochen und gezeigt, dass sie das zurückliegende Gespräch nicht so einfach verdrängen konnte. »Meinst du, es geht gut? Wir hätten sie nicht alleine lassen sollen. Wenn sie sich etwas antut?«

»Ja, ich habe auch darüber nachgedacht«, gab Gerhard zu, »aber ich glaube, das Risiko ist gering, solange sie Hoffnung hat, ihren Mann zurückgewinnen zu können. Ein bisschen Unsicherheit bleibt natürlich. Aber ich meine, es war richtig, ihr die Chance zu geben, diese Angelegenheit selbst zu regeln. Es ist schon ein Unterschied, ob man geschnappt wird oder sich selbst stellt.«

»Hoffentlich hast du Recht.«

Als sie den Lönsstein passierten, erzählte Heinrich seiner Frau die Geschichte von der unwürdigen Nacht- und Nebelbeisetzung des Heidedichters hier an diesem Ort: »Die Nazis hatten damals vor, Löns als eine Art Symbolfigur eines bodenständigen Heimatdichters aufzubauen. Deshalb ließen sie seine Gebeine von Frankreich überführen – Löns war dort nämlich im ersten Weltkrieg gefallen. Mit einem pompösen Staatsbegräbnis sollte er hier in der Heide beigesetzt werden. Aber auf einmal passte der Dichter nicht mehr in ihre Ideologie, man hatte zuviel humanistisches Gedankengut bei ihm entdeckt. Was also tun? Löns' Gebeine waren da und warteten auf ein Begräbnis. Die SA wurde losgeschickt. In einer heimlichen nächtlichen Aktion verbuddelte sie die Reste Löns' dort, wo du den Stein siehst. Erst später, auf Protest hin, erhielt der Dichter seine endgültige Ruhestätte im Tietlinger Wachholderhain.«

»Welch ein erniedrigendes Schauspiel«, empörte sich Franziska.

»In einem totalitären Staat zählt der halt Mensch nur, solange er dem Regime nützt.«

Sie gingen weiter, vorbei am stillen Silvestersee, wanderten bis hinunter zum Pietzmoor und von da in die Stadt zurück.

»Jetzt haben wir uns die Buchweizentorte aber redlich verdient«, stellte Franziska beim Betreten der »Kaffeestuuv« fest, mit der sie am Nachmittag ihren kulinarischen Bummel durch die Cafés, Gaststätten und Restaurants Schneverdingens eröffneten.

Eine Änderung ihrer Planung ergab sich durch die Tatsache, dass sie, als Nachkriegskinder zum Aufessen erzogen, die überdimensionierten Stücke der einheimischen Tortenspezialität in ihrer Gänze verzehrt hatten. Dadurch war in ihnen ein Sättigungsgefühl entstanden, das etwas Distanz zum nächsten Essereignis erforderte.

»Was hältst du davon, ein Verdauungsschnäpschen im »Keglertreff« zu trinken? Dabei kannst du den sündigen Ort gleich kennenlernen, an dem dein Mann vor einigen Tagen versackt ist.«

Das Bild war nahezu unverändert. Wie in der vergangenen Woche saß Franz wieder auf seinem Hocker hinter der Theke, Annemarie wieselte geschäftig umher und Maren schaute gelegentlich mit dem Kopf aus der Küche. Für einen Moment argwöhnte Gerhard, dass die Familie möglicherweise diese Positionen seit seinem letzten Hiersein ununterbrochen besetzt gehalten haben könnte.

Der Wirt empfahl ihnen gegen ihr Völlegefühl »Schneverdinger Heidegeist«, einen Kräuterschnaps nach altem Heidjerrezept, der den Magen aufräumen und reinigen würde wie eine Kehrmaschine den Festplatz nach einem Kirmesabend. Sie folgten seinem Rat, tranken das erste Gläschen und bestellten ein weiteres.

Als Franz die zweite Lage »Heidegeist« vor sie hinstellte, brachte er die Neuigkeit an den Mann, die für sich zu behalten ihm augenscheinlich schwer fiel. »Wissen Sie«, sprudelte er hervor und ließ die Augen dabei rollen, »dass Dr. Heger aus dem Gefängnis entlassen wird?« Er sah Franziska erwartungsvoll an, dann deutete er mit dem Finger auf Gerhard. »Sie wissen doch, dass er in Celle einsitzt? Wegen des Mordes an der Frau, die Sie gefunden haben.«

»Ja, ja«, bestätigte Heinrich. »Jetzt also kommt er frei?«

Franz beugte sich weit über die Theke und platzierte seinen Mund zwischen Gerhards und Franziskas Ohr. Mit geheimnisvoller, vor Erschauern leicht vibrierender Stimme flüsterte er: »Er kommt frei, weil sich herausgestellt hat, dass er nicht der Mörder ist.«

Der Kopf des Wirtes glitt zurück, die flinken Äuglein gingen hin und her. Genüsslich kostete er die Wirkung seiner Mitteilung aus.

Dann brachte er noch einmal die Lippen in Hörnähe, um mit leisem Triumph zu verkünden: »Sie war es, die geschossen hat, seine eigene Frau. Sie hat ihn heute im Gefängnis besucht und dabei den Mord gestanden.«

Als sie nach einem vierten »Schneverdinger Heidegeist« zwanzig Minuten später den »Keglertreff« verließen, war der Druck im Bauch verschwunden. Das Gefühl der Völle und Schwere hatte sich aus dem Magen in Kopf und Beine verlagert.

»Du, Heinrich, der oder das Knipp, was auch immer das ist, können wir uns das nicht aufheben für das nächste Mal, wenn wir wieder in der Heide sind. Ich bin hundemüde – und außerdem ein bisschen beschwipst.«

»Ja, ich merke das Teufelszeug auch – der ‚Heidegeist' zeigt Wirkung, nicht nur im Magen. – Also einverstanden, wir machen uns auf den Heimweg in die Pension. Das Auto bleibt stehen, es wird seinen Abstellplatz noch vom letzten Mal kennen.«

Frau Schröder staunte nicht schlecht über die frühe Heimkehr. Wenn sie an das vorige Mal dachte, als Herr Gerhard... Aber diesmal war ja die Frau dabei, ihr mäßigender Einfluss würde schon dafür sorgen, dass Ausschweifungen und Alkohol nicht überhand nahmen. Sie wünschte ihren Gästen eine gute Nacht und schaute ihnen hinterher, wie sie langsam die Treppe zu ihrem Zimmer hinaufstiegen. Als sie jedoch Franziskas mühevolles Festhalten am Geländer bemerkte und sah, wie sie zweimal vergeblich versuchte, die oberste Stufe zu bewältigen, war sie sich alles andere als sicher, ob sie mit ihrer gerade getroffenen Einschätzung richtig lag.

Gerade mal eine Viertelstunde waren sie in Oberhone zurück – Franziska hatte als erstes das Kaminfeuer angezündet, Heinrich gerade den Kaffee aufgesetzt - da klingelte das Telefon. Gerhard ging in den Flur und nahm den Hörer ab.

»Hier Hauptkommissar Karl Montag«, ertönte es barsch am anderen Ende.

Oh weh, das hörte sich nicht gut an. Das klang amtlich, sehr amtlich, wenn Dienstrang und voller Name genannt wurden.

»Hallo Charly«, versuchte es Gerhard trotzdem formlos.

Aber die Stimme des Freundes hatte in diesem Moment überhaupt nichts Freundschaftliches. Jetzt dominierte der Polizeibeamte Montag, der ironisch fragte: »Na, aus der Heide zurück?«

»Woher weißt du das mit der Heide?«

»Woher ich das weiß?«, höhnte Charly. »Da gesteht gestern in Celle eine Frau Heger, einen Mord begangen zu haben, und gibt an, ein gewisser Herr Gerhard habe ihr zusammen mit seiner Frau geraten, sich der Polizei zu stellen. Ist doch klar, dass die Kollegen in der Heide von mir wissen wollen, wie dieser Herr Gerhard aus Oberhone dazu kommt, eine Mörderin aufzusuchen, sie mit ihrer Tat zu konfrontieren und ihr anschließend die Empfehlung zu geben, sich vor dem Ablegen eines Geständnisses erst in aller Seelenruhe mit ihrem Mann auszusprechen.« Der Hauptkommissar schnaubte erregt.

»Mensch, Charly, sei doch froh, dass der Fall geklärt ist.«

»Die Klärung eines Mordfalls ist Aufgabe der Polizei. Du hättest mit deinem Verdacht zu uns kommen müssen.«

Gerhard versuchte, sich den polternden Hauptkommissar vor Augen zu rufen, stellte sich vor, wie er in diesem Augenblick mit aufgerichtetem Körper und erhobenem Kinn am Schreibtisch saß und sich bemühte, der Stimme und dem Gesicht die Strenge zu verleihen, die seinem gutmütigen Wesen im Grunde widersprach.

»Und jetzt auch noch Franziska«, fuhr Montag vorwurfsvoll fort. »Dieses Auf-eigene-Faust-Handeln scheint ansteckend zu sein.«

»Versteh doch, Charly«, besänftigte Heiner, »wir waren uns doch selbst nicht sicher. Deshalb mussten wir erst mit Frau Heger sprechen. Wir hätten die Polizei schon noch informiert.«

»Ja, wenn‘s zu spät war. Was, wenn die Frau getürmt wäre – oder sich umgebracht hätte?« Wieder schnaubte er missbilligend.

»Ist sie aber nicht und hat sie auch nicht. Dafür ist sie nicht der Typ.«

»Kapierst du denn nicht, Heiner, dass die Sache auch hätte gefährlich werden können. Immerhin standet ihr einer Mörderin gegenüber.«

»Mach’s halblang, Charly. Wir sind hier nicht in Chicago. Frau Heger ist eine gebildete, kultivierte Frau und keine wild um sich schießende Gangsterbraut. Sie hat getötet, weil sie in einer einmaligen verzweifelten Lage war. Sie wird kein zweites Mal morden.«

»Aha, Superinspektor Gerhard ist auch noch Psychologe.« Montags erneutes Schnauben sollte abfällig klingen, was aber misslang, da Charly, der Freund, sich längst beruhigt hatte. »Na gut, du hast es mal wieder geschafft, der Polizei die Aufklärung eines Mordfalls vor der Nase wegzuschnappen.«

»Ihr wärt bestimmt auch noch auf die Lösung gekommen«, tröstete Gerhard. Aber dann konnte er es sich nicht verkneifen, hinzuzufügen: »Und wenn ihr in zukünftigen Fällen nicht mehr weiterkommt und Hilfe brauchen solltet - ihr wisst ja, wo ihr mich findet.«

»Das ist doch...«, empörte sich der Polizeibeamte. »Fehlt nur noch, dass du auch Kramers Inhaftierung anzweifelst und einen neuen Täter für den Mordfall in Schwäbisch Hall präsentierst.« Der Spott tropfte nur so aus Montags Worten.

»Nein, Charly, wie komme ich dazu.« Heiners Stimme war voller Unschuld. »Aber wenn du willst, dass ich herausbringe, ob es ein anderer als Kramer gewesen sein könnte, so will ich das gerne für dich tun.«

»Untersteh dich«, brach es aus Hauptkommissar Karl Montag hervor, bevor er mit einem Knall den Hörer auflegte.

»Wer war das?«, fragte Franziska, die gerade dabei war, Kaffeebecher auf das Tischchen vor dem Kamin zu stellen.

»Charly. Er weiß von unserem Ausflug in die Heide. Du kannst dir vorstellen, welche Vorhaltungen er mir gemacht hat.« Heinrich berichtete von dem Telefongespräch. »Und am Ende hat er mich ironisch nach Stefan Küsters Mörder gefragt. Am liebsten würde ich jetzt herausfinden, wer es war, und es ihm unter die Nase halten.«

»Komm, reg dich nicht auf. Setz dich zu mir ans Feuer.«

»Gleich. Ich mache mich nur noch schnell ein bisschen frisch. Ich bringe dann den Kaffee mit.«

Kurze Zeit später saß Gerhard neben Franziska vor dem Kamin. Eine Weile blickten sie in die kleinen, hellen Flammen, die über das Feuerholz hüpften.

Heinrich schüttete Kaffee ein. »Es ist schön, nach Hause zu kommen, an den eigenen Herd. Auch wenn im Zeitalter von Mikrowelle und Elektroherd das Bild, so wie es einmal gemeint war, gar nicht mehr stimmt. Aber hier am Kamin kann man erahnen, was es für die Menschen früher bedeutet haben muss, zum eigenen Feuer, in seinen Licht- und Wärmekreis heimzukehren.«

Erst jetzt bemerkte er, wie gedankenversunken, mit untergeschlagenen Beinen, Franziska in ihrem Sessel saß und in die Flammen schaute.

»An was denkst du?«

»Mich beschäftigt der Fall Stefan Küster. Eben, als du davon sprachst, wie gerne du der Polizei seinen Mörder präsentieren würdest, kam mir ein Gedanke, der mich nun nicht mehr loslässt. Er ist im Grunde nur die Weiterführung deiner Idee, die uns zur Aufklärung des Heidemordes geführt hat.«

»Meiner Idee?«

»Vorgestern Abend, bei Hans in der ‚Linde' – da hast du mir vorgeworfen, dass ich und auch die Polizei mich viel zu schnell von den offensichtlichen, ins Auge fallenden Tatsachen zu übereilten Schlüssen verleiten lasse. Man müsse die Sache auch von der anderen, der unwahrscheinlichen Seite betrachten, hast du gefordert. Und du hattest Recht. So zu verfahren hat zur richtigen Lösung im Fall Jutta Kramer geführt. Mir kam deshalb eben der Gedanke, ob ein solches Vorgehen nicht auch bei dem Mord in Schwäbisch Hall erfolgreich sein könnte.«

»Du meinst, davon auszugehen, dass Andreas Kramer nicht der Mörder Küsters ist, obwohl alles gegen ihn spricht?«

»Nicht alles spricht gegen ihn. Denk daran, wie überzeugt wir von seiner Unschuld nach dem Gespräch im Gefängnis waren.«

»Aber das war doch nur ein Gefühl, durch keinerlei Fakten untermauert.«

»Ja, und genau das ist der springende Punkt. Wir sind gar nicht auf die Idee gekommen, diesem Gefühl zu folgen und etwas zu Kramers Entlastung herauszufinden. Die Beweislast der Tatsachen war einfach zu übermächtig. Wahrscheinlich hatten wir unterbewusst Angst davor, dass sich unsere intuitive Unschuldsannahme als falsch erweisen könnte.«

»Ja, das ist gut möglich«, räumte Gerhard ein.

»Gut, dann sind wir uns ja einig. Gehen wir also jetzt davon aus, unser damaliges Gefühl war richtig: Andreas Kramer ist nicht der Mörder. Wer aber hat es dann getan?« Franziska sah ihren Mann auffordernd an. In ihren Augen spiegelte sich der flackernde Schein des Feuers.

»Hhmm«, Heinrich zuckte mit den Schultern. »Hast du einen Verdacht?«

»Ja, habe ich. Und ich meine, wir sollten ihm so schnell wie möglich nachgehen.«

Sie beugte sich zu ihm hin. »Also, hör zu.«

Diesmal war es Gerhard, der seiner Frau lauschte, als sie ihm ihre Betrachtungsweise des Falls und die sich daraus ergebenden Folgerungen vortrug. Gelegentlich nickte er, gab ihr zwei-, dreimal mit einem zustimmenden »Ja, so muss es sein« Recht. Dann jedoch, am Schluss, äußerte er dennoch einen Zweifel: »Aber was ist mit dem Motiv? Aus welchem Grund wurde Küster umgebracht?«

»Das weiß ich nicht.« Franziska stand auf und legte ein Holzscheit auf das niedergebrannte Feuer. Energisch stocherte sie in der Glut. Dann drehte sie sich um und schaute Heinrich an. »Das Motiv liegt noch im Dunkeln. Aber wir werden es herausfinden, da bin ich mir sicher.«

»Du meinst also, wir sollten nach Schwaben fahren?«

»Ja, zuerst nach Heilbronn, zu Kramer, dann nach Schwäbisch Hall.«

»Und wann?«

»Morgen.«

Heinrich beugte sich vor. Auch in seinen Augen leuchtete jetzt der Widerschein der Flammen. Entschlossen griff er nach Franziskas Hand. »Also gut, Watson, fahren wir morgen. Sherlock Holmes wird Sie begleiten.«

21

Gegen Mittag kamen sie in Brackenheim an. Wieder, wie auch im Oktober, stiegen sie im »Goldenen Lamm« ab, erhielten sogar das gleiche Zimmer wie damals. Schon jetzt freuten sie sich auf den Abend in der Gaststube bei Maultaschen und rotem Trollinger.

Aber zunächst war das, weswegen sie gekommen waren, zu erledigen. Es fügte sich gut, dass für den Nachmittag der wöchentliche Besuch Benjamins bei seinem Vater angesetzt war. Gerhard hatte gestern telefonisch seine Nichte um Zustimmung gebeten, dass er und Franziska heute den Jungen nach Heilbronn ins Gefängnis begleiten durften. Es seien da noch einige ungeklärte Fragen, die Andreas Kramer gestellt werden mussten.

Das passe prima, hatte Kerstin erfreut zugestimmt. Eine große Lieferung Weihnachtsbäume, mit deren Verkauf Bernhard den Zeitraum bis zum Einsetzen der Weinbergarbeit im neuen Jahr überbrückte, sei angekommen. Die Fichten, Douglasien und Edeltannen mussten sortiert, klassifiziert und verteilt werden, da werde jede Hand gebraucht. Sie sei froh, wenn Onkel und Tante ihr den Gefängnisbesuch abnehmen.

Die Wiedersehensfreude war beidseitig, als Heiner und Franziska am frühen Nachmittag nach Hausen kamen, um Benjamin abzuholen. Man sah es Kerstin an, sie saß auf glühenden Kohlen. Bernhard war bereits am Lagerplatz der Bäume und wartete auf sie. Deshalb war sie heilfroh, als Franziska ihr anbot, Tim und Lennart ebenfalls mit nach Heilbronn zu nehmen. Es sei ausreichend, wenn Benjamin von Heinrich zu seinem Vater begleitet werde. Er könne die offenstehenden Fragen genauso gut alleine klären. Sie wolle in dieser Zeit mit den beiden anderen einen Stadtbummel machen; vielleicht fanden sie ja eine Eisdiele, die auch im Winter geöffnet hatte.

In der Nähe der Kilianskirche setzte Gerhard seine Frau und die beiden Kinder ab, er selbst fuhr mit Benjamin weiter zur Justizvollzugsanstalt. Sie hatten vereinbart, miteinander zu telefonieren und einen Treffpunkt auszumachen, wenn der Besuch bei Kramer zu Ende war. Schließlich sollte Benjamin auch sein Eis bekommen.

Für den Jungen war das Gefängnis ganz offensichtlich ein vertrauter Ort geworden. Von der Angst und Unsicherheit, die er beim ersten Besuch gezeigt hatte, war nichts mehr übriggeblieben. Das Wachpersonal kannte ihn, empfing ihn freundlich und strich ihm über den Kopf.

Auch die Begrüßung mit dem Vater hatte den Überschwang der ersten Begegnung nach der Verhaftung verloren. Sie war herzlich, aber routiniert, wie regelmäßig sich wiederholende Besuche es mit sich zu bringen pflegen.

Kramer schien erfreut, Gerhard wiederzusehen. »Benjamin hat mir soviel von Oberhone und Eschwege erzählt. Ich hoffe nur, er und Tim haben nicht allzu viel angestellt. Wenn ich da an das Abenteuer in Niedergrützenbach denke...«

»Niederdünzebach«, berichtigte Gerhard und winkte ab. »War alles halb so wild. Wir haben herzlich darüber gelacht. Es tut jedem Erwachsenen gut, wenn ihm von Zeit zu Zeit der Spiegel seiner Spießigkeit von einem Kind vorgehalten wird.«

Sie kamen auf das zu sprechen, was Gerhard am Herzen lag.

Zunächst sprach er Kramer sein Mitgefühl zum Tod seiner Frau aus. »Es war für mich schrecklich, die Leiche von jemandem auffinden zu müssen, mit dem ich am Abend vorher noch gesprochen habe. Aber doppelt schrecklich war es, zu wissen, dass es Ihre Frau und vor allem Benjamins Mutter war, die ich fand. Auch für Sie muss es fürchterlich gewesen sein, als Sie davon hörten.«

»Weniger, als ich dachte.« Der Vater blickte zu Benjamin hin, der auf einem Stuhl stand, den er sich ans Fenster gezogen hatte. Von dort verfolgte er das Geschehen auf dem Gefängnishof. »Meine Frau und ich haben uns in den letzten Jahren so entfremdet, dass die Ehe eigentlich nur noch auf dem Papier bestand. Anfangs besuchte die Mutter wenigstens ihren Sohn noch gelegentlich in Brackenheim, blieb über Nacht oder auch mal für einige Tage. Dann aber, seit etwa einem Jahr, ließ sie sich überhaupt nicht mehr sehen. Sie verschwand von heute auf morgen aus unserem Leben.«

»Und mit ihr verschwand das Manuskript Ihres Buches.«

»Ja. Vielleicht erklärt das auch meine geringe Trauer über ihren Tod. Es war so schäbig, so erniedrigend, wie sie ging. Sie bestahl den eigenen Mann, wusste, welchen Wert das Buch für mich besaß und was sein Verlust für mich bedeutete. Dabei hatte sie keinen Anlass, mich so zu behandeln. Ich habe sie verehrt, ihr jeden Wunsch von den Augen abgelesen, ihr jeden Gefallen getan.«

»Wie kam es denn überhaupt, dass Jutta Bollmann eine Ehe mit Ihnen einging, eine Frau, die soviel Freiraum brauchte?«

»Und die so schön und verführerisch war, dass sie sich jeden anderen hätte nehmen können – wie kam es, dass sie sich für mich unscheinbaren Mann entschied, wollten Sie sagen.« Mit einem leisen, schmerzlichen Lachen deutete er zu Benjamin hin. »Er dürfte einer der Gründe gewesen sein. Jutta und ich, wir lebten damals zusammen in einer Künstlerkolonie. In dieser Zeit zählte ich, zumindest im lokalen, studentischen Bereich, zur literarischen Avantgarde, hatte kühne Visionen, war kämpferisch, fast schon revolutionär. Das hat sie beeindruckt. – Dann kam Benjamin. Wir beschlossen zu heiraten, dem Kind eine bürgerliche Basis zu schaffen. Ich nahm die Sache ernst, sehr ernst sogar. Ich glaubte daran, dass der Junge eine lebenslang bindende Klammer sein könnte, die in der Lage wäre, uns für immer zusammenzuhalten. Jutta dagegen betrachtete die Ehe nur als ein romantisches Spiel, das man im Leben auch einmal ausprobiert haben sollte. Es dauerte nicht lange, da forderte sie ihre Freiheit ein, oder vielmehr nahm sich das an Freiheiten, was sie brauchte. Der exotische Künstler hatte seinen Reiz verloren, die romantische Verklärung des ehelichen

Abenteuers war verblasst. Sie streifte die Fesseln der aus ihrer Sicht spießigen Verbindung schnell und gründlich ab und ließ Benjamin und mich allein in unserem Häuschen zurück. Können Sie verstehen, wie man ein solches Kind verlassen kann?«

Er stand auf und ging ans Fenster. Dort fasste er den Sohn an den Schultern, schaute kurz zusammen mit ihm hinunter auf den Hof. Dann kehrte er zu Gerhard zurück.

»Ich hätte natürlich von Anfang an wissen müssen, dass eine dauerhafte Beziehung mit einer solchen Frau gar nicht möglich ist. Sie war ständig auf der Suche nach Lebensgenuss. Die Gier nach dem Neuen, dem Reiz des noch nicht Ausprobierten ließ sie bei Niemandem und Nichts länger verweilen.«

Benjamin kam zum Tisch zurück. »Wann kommst du denn endlich wieder heim, Papa?«, fragte er und setzte sich dem Vater auf den Schoß.

»Es dauert nicht mehr lange. Du weißt doch, dass schon bald nach Weihnachten mein Prozess beginnt. Dort wird man feststellen, dass ich unschuldig bin und mich dann nach Hause entlassen.«

»Aber ich darf dann doch weiter bei Tim wohnen?«

»Du darfst ihn oft besuchen, das verspreche ich dir. Und selbstverständlich darf Tim auch zu uns kommen, darf bei uns schlafen, wenn er will.«

»Natürlich will er, er ist doch mein Freund.« Benjamin sprang wieder auf und eilte zum Fenster. »Schade, dass du nicht schon Weihnachten zu Hause bist«, rief er von dort dem Vater zu, während er erneut auf seinen Beobachtungsstuhl kletterte.

Andreas Kramer war erstaunlich gut über die Vorgänge in der Heide und den Tod seiner Frau informiert. Auch über die Eigentümlichkeiten, die den Druck und Vertrieb »seines« Buches begleiteten, wusste er Bescheid. Sein Rechtsanwalt halte ihn auf dem Laufenden.

Gerhard staunte, wie zuversichtlich er hinsichtlich des Prozesses und seiner Verurteilung war. Auch wenn sich bisher nichts gefunden hatte, was ihn von dem Mordverdacht entlastete, glaubte er dennoch mit fester Überzeugung, dass die Gerechtigkeit letztendlich siegen werde. Er sei unschuldig, betonte er noch einmal, und werde deshalb bald frei sein.

Die Besuchszeit ging dem Ende zu. Gerhard stellte die Fragen, deretwegen er gekommen war. »Herr Kramer, auch wenn Sie in den letzten Jahren nicht mehr eng mit Ihrer Frau zusammengelebt haben, so kennen Sie doch wie kein anderer ihre Gewohnheiten, wissen, wie sie sich in gewissen Situationen und Lagen verhalten hätte. Nehmen wir an, Ihre Frau wäre nach ihrer Trennung von Stefan Küster noch einmal nach Schwäbisch Hall zurückgekehrt, zum Beispiel, weil sie dort noch etwas zu erledigen hatte. Wo hätte sie dann am ehesten Quartier gesucht, in einem Hotel, einer Pension oder bei Freunden?«

»Warum interessiert Sie das?«

»Ich möchte etwas im Zusammenhang mit der Herausgabe des Buches überprüfen«, wich Gerhard aus. »Wo also, glauben Sie, übernachtete sie?«

»Auf keinen Fall in einem Hotel. Dieser steife Luxus war ihr zuwider. Und auch das Wohnen bei Bekannten vermied sie, wenn es ging. Es schränkte ihre Bewegungsfreiheit zu sehr ein. Ich würde am ehesten annehmen, dass sie sich eine kleine Pension genommen hätte, irgendwo im Zentrum, vielleicht auch ein Privatzimmer. Von da aus konnte sie dann ihren geliebten abendlichen Spaziergang durch die

Altstadt machen – meist kombiniert mit dem abschließenden Besuch einer Gaststätte.«

»Einer Gaststätte? Welche Art von Gaststätte?«

»Im Allgemeinen eine gemütliche, schummrige Kneipe, am liebsten einen irischen Pub, wenn sie so etwas finden konnte. Sie liebte die Musik der Insel und ihr Bier. ‚Abdampfen' nannte sie das, wenn sie bei einem Guiness an der Theke sitzen durfte, ihren Gedanken und Erinnerungen freien Lauf lassen oder einfach nur vor sich hinträumen konnte.«

Offensichtlich tat das in diesem Augenblick auch Andreas Kramer. Wie abwesend saß er da, verloren in Bilder gemeinsamer, vergangener Tage. Er starrte auf seine Hände, die er während des Erzählens in ständigem Wechsel ineinander verschränkt und wieder gelöst hatte, ein Sinnbild des Widerstreits der Gefühle zu seiner Frau.

Benjamin, der den Ablauf der Gefängnisvisiten kannte, kam heran. »Die Besuchszeit ist gleich um, Papa. Aber ich komme ja schon bald wieder.« Er legte die Arme um den Hals seines Vaters und schmiegte das Gesicht eng an dessen Wange. Einige Sekunden verharrten sie so, dann löste sich Benjamin aus der Umarmung. »Jetzt müssen wir aber los. Tim und Lennart warten in der Stadt. Franziska hat uns zum Eis eingeladen.«

»Na, dann lasst's euch schmecken.«

Kramer reichte Gerhard die Hand und drückte sie herzlich. »Grüßen Sie bitte Ihre Frau. Ich freue mich darauf, Sie beide schon bald in Freiheit wiederzusehen.«

Gerhard sah ihn an und nickte. »Ja, das kann tatsächlich schon sehr bald sein«, sagte er. Dann verließ er mit Benjamin den Raum.

22

Die Spur war dünn, aber durchaus tragfähig. Der Mensch neigt dazu, einmal angenommene Gewohnheiten beizubehalten, warum sollte nicht auch Jutta Kramer ihren Gepflogenheiten und Vorlieben treu geblieben sein.

Sie beschlossen, erst am Nachmittag nach Schwäbisch Hall zu fahren. Vor dem Abend würde der Pub, wenn es dort überhaupt einen gab, nicht öffnen. Auch Pensionen waren in dieser Zeit, in der gewöhnlich die Gäste eintrafen, am ehesten besetzt.

Der Morgen war kalt und frostig, Reif lag auf den Gräsern, als Gerhard und Franziska durch die Weinberge wanderten. Bernhard hatte ihnen den Gang zum Michaelsberg empfohlen und ihnen den Weg beschrieben. Der Blick von dort oben lohne die Mühe des Aufstiegs.

Sie gerieten kräftig ins Schwitzen, als sie durch jetzt menschenleere Wingerte bergan stapften, hinauf zu dem von einer mittelalterlichen Kirche gekrönten kleinen Bergplateau.

»Weißt du noch, was für ein Betrieb im Oktober in den Weinbergen herrschte?« Franziska blieb stehen und ließ den Blick über die blattlosen Rebstöcke gleiten. »Die vielen beerenbeladenen Wagen, und überall die Lesetrupps im Hang. Jetzt wirkt alles wie ausgestorben.«

»Ja. Aber auch das hat seinen Reiz. Das Ruhen der Natur wird dort am deutlichsten, wo es pulsierendem Leben folgt. Es gibt kaum einen Ort, an dem Wachstum und üppiger Ertrag so prall und deutlich ins Auge springen wie in einem Weinberg.«

»Vielleicht ist deshalb die Stille ringsum so intensiv.«

Franziska setzte sich wieder in Bewegung. »Komm, wir sind gleich da. Es ist nicht mehr weit bis zur Höhe.«

Bernhard hatte nicht zuviel versprochen. Der Blick vom Michaelsberg war großartig und hatte in der Tat das schweißtreibende Emporklettern gelohnt. Von jeder Stelle des Rundweges, der um das Kirchenareal herumführte, bot sich ihren Augen ein fantastisches Panorama. Über die Dächer von Cleebronn konnten sie auf Brackenheim sehen. Im Osten waren die Häuser von Bönnigheim zu erkennen.

»Lass uns dort etwas zu Mittag essen«, schlug Gerhard vor und zeigte auf die turmverzierte Stadtsilhouette. »Und danach machen wir uns auf den Rückweg. Schließlich wollen wir noch nach Schwäbisch Hall.«

Bönnigheim, wenig spektakulär in der Ebene gelegen, hatte eine hübsche Altstadt mit Türmen und Stadtmauerresten, durch die zu bummeln Freude machte. Die Gassen mit ihren weinspaliergeschmückten Häusern luden zum Durchschlendern ein, die Gasthäuser an den Plätzen zum Einkehren.

Während sie in einer Weinstube eine Kleinigkeit aßen, fiel Gerhards Blick auf ein Plakat, das an der gegenüberliegenden Wand aufgehängt war.

»Schau nur, Bach in Bönnigheim.« Er deutete auf den Aushang.

»Was wird gegeben?«, fragte Franziska und schob sich ein Stück Fleisch in den Mund.

Gerhard erhob sich und stellte sich vor das Plakat. Eine Weile studierte er die kleingeschriebenen Einzelheiten, dann kehrte er zum Tisch zurück. »Sie spielen das Weihnachtsoratorium, die ersten drei Kantaten. Aufführungsort ist die evangelische Cyriakuskirche.«

»Wer spielt?«

»Das Württembergische Kammerorchester Heilbronn, dazu singt die Chorvereinigung Concordia Bönnigheim.«

»Oh, das ist natürlich ein Leckerbissen. Und wann ist das Konzert?«

»Morgen Abend um 18 Uhr. Meinst du, wir bekommen noch Plätze?«

»Wir können es jedenfalls versuchen.«

Sie hatten Glück. Als sie bei der Bürgerinformation im Rathaus nachfragten, waren gerade zwei Karten des ansonsten ausverkauften Konzerts zurückgegeben worden. Sie griffen sofort zu und sahen, dass sie morgen auf der Empore in der ersten Reihe sitzen würden. Freude auf das vor ihnen liegende Kunstereignis erfüllte sie, als sie Bönnigheim verließen und zum Auto zurückwanderten.

Kommt die Sprache auf Schwäbisch Hall, gibt es nur wenige, die nicht als erstes an die bekannte Bausparkasse denken. Dabei hat die alte Stadt soviel mehr zu bieten, was der Erwähnung und der eigenen Inaugenscheinnahme wert wäre.

Es begann bereits zu dämmern, als Heinrich und Franziska ihren Wagen in der Katharinenstraße parkten. Die Weihnachtsbeleuchtung war schon eingeschaltet, ein lichter Schimmer lag über dem Stadtzentrum.

Am Flussufer las Gerhard den Namen »Mauerstraße« und erinnerte sich. »Hier hat Stefan Küster gewohnt, in einem der hohen Häuser.«

»Und hier ist er auch ermordet worden«, ergänzte Franziska und blickte erschauernd an den mehrstöckigen Fassaden empor.

Auf romantischen Brückenstegen, die die Flussinseln

Unterwöhrd und Grasbödele mit dem anderen Ufer verbanden, überquerten sie den Kocher. Es war noch früh, Zeit genug, durch die malerischen Gassen zu bummeln und die barocken Straßenzüge und Gebäude zu bewundern, die seinerzeit nach den großen Stadtbränden im 17. und 18. Jahrhundert errichtet worden waren.

Auf dem mächtigen Treppenaufgang zur Michaelskirche, auf dem im Sommer Theaterstücke zur Aufführung gebracht werden, blieb Gerhard stehen. Kurz ließ er den Blick über die prächtige Kulisse des Marktplatzes mit seinem lebhaften Weihnachtstreiben, über das Rathaus und die repräsentativen Renaissancehäuser gleiten, dann wandte er sich Franziska zu. »Es wird Zeit, mit unseren Nachforschungen zu beginnen. Jetzt will ich wissen, ob wir mit unseren Vermutungen richtig liegen oder nicht. Komm, zuerst suchen wir die Pension.«

Und dann fügte sich eins ins andere. Es war, als hätte eine höhere Macht beschlossen, die Angelegenheit Kramer zum Abschluss zu bringen. Schon im ersten Haus, das sie unweit des Marktplatzes aufsuchten, bestätigte die Wirtin, dass Jutta Kramer im Oktober für zwei Nächte ein Einzelzimmer bei ihr gemietet hatte. Heinrich und Franziska gaben sich als Bekannte aus, die die Frau hier kennen gelernt hatten, aber nun nicht mehr wussten, wo sie wohnte. Ohne Schwierigkeiten erhielten sie die im Gästeverzeichnis eingetragene Adresse. Es war eine Anschrift in Schneverdingen, möglicherweise die ihres früheren Elternhauses.

Nur hundert Meter weiter stießen sie auf den irischen Pub, den zu finden sie erhofft hatten. »Paddys« stand auf dem grünumrahmten weißen Schild, das, von einem Strahler beleuchtet, im kalten Abendwind hin und her schaukelte. Ein einladendes Leuchten drang durch die gelben Butzenscheiben und verhieß jene schummrig anheimelnde Atmosphäre, die Jutta Kramer angeblich so geliebt hatte.

Zu dieser frühen Abendstunde waren nur wenige Gäste in dem Lokal. Heinrich und Franziska setzten sich an die langgestreckte Theke, die den Raum dominierte. Altes, ungestrichenes Holz mit Rissen, Riefen und Sprüngen vermittelte den Eindruck rustikaler Ursprünglichkeit. Auch die Wände waren mit dem gleichen dunklen Holz verkleidet, kleine Leuchter verbreiteten ein warmes, angenehmes Licht.

Ein untersetzter Mann in kariertem, an den Ärmeln hochgekrempeltem Hemd und umgebundener Lederschürze kam heran und fragte nach ihren Wünschen. Da sie die Fahrerfrage für den Heimweg schon vorher geklärt hatten, zeigte Gerhard auf den Bierhahn und bestellte für sich ein Kilkennys, für seine Frau ein Wasser.

»Nun wissen wir, dass sich Jutta Kramer an dem Abend, als Küster ermordet wurde, hier in Schwäbisch Hall aufgehalten hat«, stellte Franziska ohne Triumph, eher mit einem traurigen Unterton in der Stimme fest. »Was wir noch nicht wissen: Wo war sie zur Mordzeit? Und, vor allen Dingen, warum wurde Küster umgebracht?«

»Deshalb sind wir hier«, sagte Gerhard und blickte zu dem Wirt auf, der die Getränke vor sie hinstellte.

»Sagen Sie«, sprach er den Mann an, »Sie haben doch bestimmt von der Sache in der Lüneburger Heide gehört, von der Ermordung dieser Jutta Kramer, die ja auch eine Zeitlang in Schwäbisch Hall gewohnt hat.«

»Ja, und?«

»Wir versuchen herauszufinden, ob ihr Tod etwas mit dem Mord an dem Bestsellerautor Stefan Küster, ihrem damaligen Liebhaber, zu tun hat. Die beiden sollen häufig bei Ihnen im Lokal gewesen sein.«

»Er nur ganz selten. Wenn, dann kam sie allein, saß so wie Sie am Tresen und trank ihr Bier. – Aber das liegt jetzt schon gut einige Monate zurück.« Der Wirt beugte sich über die Theke. »Sie ist dem Küster abgehauen, hat ihn sitzen lassen.« Er machte eine abfällige Handbewegung, die Jutta Kramer gelten mochte, vielleicht aber auch alle Frauen der Welt mit einschloss.

»Einige Monate soll das schon her sein, dass Sie sie zuletzt gesehen haben?« Gerhards Stimme klang zweifelnd. »Sind Sie sicher oder kann es sein, dass sie vielleicht im Oktober noch einmal hier war?«

Erstaunt merkte der Wirt auf. »Das gibt's doch nicht«, schüttelte er ungläubig den Kopf, »erst gestern haben wir darüber gesprochen, über ihr Auftauchen im Oktober – und jetzt fragen Sie.«

Er drehte sich um und machte ein paar Schritte auf das andere Ende der Theke zu. »Leo«, rief er zu einem Mann hinüber, der in die Lektüre der Zeitung vertieft an einem der kleinen Tische saß, »komm doch mal einen Augenblick her. Hier sind Leute, die etwas über Jutta Kramer wissen wollen.«

Der Wirt kam zurück. Er dämpfte die Stimme, als er sie unterrichtete: »Leo Biegler war mit Stefan Küster häufig zusammen. Die beiden kannten sich aus der Schulzeit. Ihn hat der gewaltsame Tod des Freundes sehr getroffen. Fünf Wochen war er jetzt in Übersee, erst vor zwei Tagen ist er wieder heimgekommen. Gestern Abend nun, als er von Juttas Tod hörte... Na, das kann er Ihnen selbst erzählen.« Er drehte sich zu dem Mann, der durch den Raum herankam. »Leo, das sind die Herrschaften, die an Jutta und Stefan interessiert sind«, informierte er und zeigte auf Heinrich und Franziska. Dann wandte er sich mit einem

»Entschuldigt, ich habe zu tun« den anderen Gästen an der Theke zu.

Leo Biegler war ein gut aussehender Mann um die Vierzig. Er trug, ungewöhnlich für einen Gaststättenbesuch, ein weißes Hemd mit Krawatte unter einem dunkelblauen Anzug. Möglicherweise war er direkt von der Arbeit zu einem Feierabendbier hierher gekommen. Sein Auftreten war sicher, sein Blick forschend. Seine feste Stimme brachte klar zum Ausdruck, dass er keine Ausflüchte tolerieren würde. »Zuerst möchte ich wissen, warum Sie sich für Jutta Kramer interessieren. Oder sind Sie etwa von der Polizei?«

»Nein, wir sind Privatpersonen, die persönlich von dem Ganzen betroffen sind. Eher zufällig wurden wir in diese Mordgeschichten hineingezogen. Nun interessieren uns natürlich die Zusammenhänge.«

Heinrich wusste, ohne sich mit Franziska verständigen zu müssen, dass sie seine Meinung teilte. Wenn sie von diesem Mann etwas erfahren wollten, dann würde hier nur die Wahrheit weiterhelfen.

Der Wirt war wieder hinter den Zapfhahn zurückgekehrt. Gerhard machte ein Zeichen, ihm ein Bier und auch für Herrn Biegler ein Getränk zu bringen. Dann zog er einen Barhocker heran. »Bitte, nehmen Sie doch Platz«, bat er, »das, was ich Ihnen erzähle, wird etwas dauern.«

Obwohl er sich auf das Wesentliche beschränkte, verging doch fast eine Viertelstunde bei der Wiedergabe des bisher Geschehenen. Er begann mit den Oktobertagen, in denen er hierher gekommen war mit nichts Anderem im Sinn, als Trauben zu pflücken und den Ablauf einer Weinlese kennen zu lernen – und endete mit der Schilderung des Verdachts, der sie heute nach Schwäbisch Hall geführt hatte. »Nun wissen Sie, warum wir hier sind, kennen unser Interesse an dem

Fall«, schloss er seinen Bericht. Er griff nach dem Bier und leerte es zur Hälfte.

Auch Leo Biegler nahm einen kräftigen Schluck aus seinem Glas. »Also hatte ich doch Recht«, triumphierte er und wischte sich mit dem Handrücken den Schaum vom Mund. »Ich wusste es von Anfang an.«

»Was wussten Sie?«

»Dass dieses Weib meinen Freund umgebracht hat.«

»Jutta Kramer?«

»Wer sonst? Ich habe selten eine Frau gesehen, die so auf ihren eigenen Vorteil aus war wie sie, die zur Durchsetzung ihrer Interessen alle erdenklichen Mittel angewendet hätte.«

»Auch einen Mord?«

»Ja, auch einen Mord. Es gab keinen Einsatz, den sie nicht gewagt hätte, wenn nur der Wert des Objektes groß genug war. – Und die Summe, um die es ging, war in ihren Augen bestimmt ein solches Verbrechen wert.«

»Das verstehe ich nicht.« Gerhard sah Franziska an, die genauso verständnislos dasaß.

Wieder griff Leo Biegler nach seinem Guiness, ehe er den Sachverhalt erklärte. Dabei wandte er sich an Gerhard. »Da Sie Jutta Kramer kennengelernt haben, kann ich mir ersparen, Ihnen die Wirkung zu schildern, die sie auf Männer auszuüben pflegte. Auch Stefan Küster war ihr rettungslos verfallen. Völlig verblendet von ihren Versprechungen, sie wolle die Vermarktung seines Buches in die Hand nehmen und einen Bestseller daraus machen – was sie dann ja auch schaffte –, wollte er ihr alle Rechte an dem Roman überlassen. Gott sei Dank hat er vorher mit mir darüber gesprochen. Sie müssen wissen, ich bin Rechtsanwalt, habe den Vertrag für ihn abgefasst und ihm geraten, eine Widerrufsklausel einzubauen, die ihm erlaubte, die Rechte im Falle, dass sie ihn verließ, wieder zurückzufordern. Ja, und dann verließ sie ihn – und er wurde ermordet, noch bevor er etwas Dahingehendes in die Wege leiten konnte. Wer sich dabei nichts denkt.«

»Mein Gott, das ist das Motiv.« Franziska fasste Heinrich am Arm. »Hunderttausende wären ihr verloren gegangen, wenn sie die Buchrechte an Küster hätte zurückgeben müssen.«

»Aber warum haben Sie nicht die Polizei über den Inhalt dieses Vertrages informiert?«, verwunderte sich Gerhard, »möglicherweise sind Sie der Einzige, der davon weiß.«

Der Jurist seufzte. Seine entschuldigende Handbewegung bat um Nachsicht. »Zum einen war schon einen Tag nach dem Mord an Küster in Kramer ein Täter gefunden. Die veröffentlichten Tatbeweise waren so erdrückend, dass ich nicht umhin konnte, mich der Meinung der Polizei anzuschließen. Und dann stand meine Reise nach Kanada unmittelbar bevor. Ich habe dort für einige Wochen eine deutsche Firma beraten. Dadurch habe ich die Angelegenheit ganz aus den Augen verloren. Erst gestern, als ich von Juttas Tod hörte und erfuhr, dass sie am Mordtag hier in Schwäbisch Hall war, kamen mir Zweifel, ob ich nicht doch besser zur Polizei hätte gehen sollen. Und jetzt kommen Sie und bestätigen meinen anfänglichen Verdacht.« Er machte eine unschlüssige Handbewegung. »Die ermittelnden Behörden müssen unterrichtet werden, da geht kein Weg daran vorbei. Wollen Sie...?«

»Am besten, wir gehen gemeinsam zur Polizei«, schlug Gerhard vor. »Aber es reicht, wenn wir uns dort morgen Vormittag einfinden. Die Sache hat keine Eile mehr. Jutta Kramer, die Mörderin, ist tot. Sie ist selbst Opfer eines Mordes geworden und kann nun nicht mehr zur Rechenschaft gezogen werden.«

23

Sie hatten vereinbart, bei der Polizei in Heilbronn vorzusprechen, der für den Fall Kramer zuständigen Behörde. Am Abend noch hatten sie mit der dortigen Kripo telefoniert, waren mit einem Oberrat Beierle verbunden worden, der die Mordsache bearbeitete und die Untersuchung leitete. Sie hatten nur angedeutet, um was es ging und ein Treffen für den heutigen Morgen verabredet.

Leo Biegler war schon anwesend, als Gerhard und Franziska das Büro des Kriminalbeamten betraten. Ganz anders, als er es von Charly Montags spartanischem Dienstzimmer kannte, war dieser Raum geradezu komfortabel und repräsentativ ausgestattet. Neben dem üblichen Büromobiliar, dessen warm glänzendes Holz eine gehobene Preiskategorie verriet, füllte eine dekorative Couch-Sessel-Garnitur aus hellbraunem Leder nahezu die Hälfte des Zimmers aus.

Oberrat Beierle erhob sich aus einem der Sessel und kam ihnen entgegen. »Sie also sind die Gerhards«, begrüßte er sie und streckte ihnen die Hand entgegen. »Mein Kollege Montag hat mir einiges über Sie erzählt.« Heinrich versuchte, einen bewundernden Unterton aus den Worten herauszuhören, aber die Stimme des Kriminalbeamten klang zu seinem Bedauern eher neugierig und amüsiert.

»Bitte, setzen Sie sich«, forderte der Oberrat auf, nachdem sie auch Biegler begrüßt hatten, und wies auf die

Couch. Flüchtig befiel Gerhard das Gefühl, mit Franziska auf dem Arme-Sünder-Bänkchen Platz zu nehmen, dann jedoch verdrängte er diesen durch nichts begründeten Gedanken und freute sich auf den Kaffee, der auf dem Tisch für sie bereit stand.

Die Atmosphäre war ungezwungen, alles andere als ein Verhör oder eine Vernehmung. Beierle und Biegler duzten sich, sie kannten sich von dienstlichen Kontakten her, aber auch von gemeinsamen Studien.

»So, dann wollen wir mal«, eröffnete der Kriminalbeamte das Gespräch. »Ich hoffe, Sie haben nichts dagegen, wenn ich Ihre Aussage auf Band aufzeichne. So brauche ich nicht mitzuschreiben und kann mich voll und ganz auf das Gesagte konzentrieren.« Das Schnippen seiner Finger war offenbar das Einschaltsignal für ein unsichtbares Tonbandgerät. Heinrich nickte, etwas anderes hätte er in diesem Büro auch nicht erwartet.

»Bitte, Herr Gerhard.« Mit einer auffordernden Handbewegung lehnte sich der Beamte in seinem Sessel zurück. »Berichten Sie uns nun alles, was Sie wissen.«

Es war nun schon das dritte Mal, dass Gerhard die ganze, inzwischen schon ziemlich lange Geschichte seiner Verwicklung in die Morde auf einem Polizeirevier erzählte. Er begann mit den Ereignissen im Oktober, fasste das Geschehen in der Heide nur kurz zusammen, da die Beamten in Heilbronn natürlich hauptsächlich an dem Fall Andreas Kramer interessiert waren. Franziska berichtigte gelegentlich oder ergänzte, sonst aber hielt sie sich zurück und überließ ihrem Mann das Reden. Erst, als er davon erzählte, wie ihr vor dem Kamin der Gedanke gekommen war, Jutta Kramer und nicht ihr Mann könnte die Mordtat an Küster begangen haben, hakte Oberrat Beierle ein: »Frau Gerhard, verstehe ich Sie richtig, dass Sie auf diese Lösung aus einer Art Protestreaktion heraus gekommen sind? Sie wollten der glatten Beweislage, die zu Kramers Inhaftierung führte, einfach etwas entgegensetzen?«

»Protest ist zu viel gesagt. Man protestiert gegen etwas, mit dem man ganz und gar nicht einverstanden ist. Das trifft hier nicht zu. So stimme ich mit der Polizei vollständig darin überein, dass alle Indizien für eine Täterschaft Kramers sprechen. Deshalb ist Protest nicht das richtige Wort.«

»Ich würde eher sagen, es war ein Versuchsballon«, erläuterte Gerhard. »Meine Frau wollte einfach mal sehen, was dabei herauskommt, wenn man als gegeben annimmt, dass Andreas Kramer unschuldig ist. Und wenn Sie den Schritt erst einmal gegangen sind, ihn als Mörder auszuschließen, fällt der Tatverdacht unausweichlich auf sie. Man wundert sich eigentlich nur, dass man nicht schon viel früher darauf gekommen ist. Der Mord erforderte einige Detailkenntnisse sowohl aus dem Umfeld Küsters als auch aus dem Kramers. So musste der Mörder – oder besser die Mörderin – wissen, dass sich die beiden Künstler am Mordabend in Küsters Wohnung verabredet hatten, musste die genaue Uhrzeit ihres Treffens kennen. - Sie musste zudem mit dem Opfer bekannt sein, da sie ja von ihm am Mordabend eingelassen und bewirtet worden war. Und dann, wer konnte Kenntnis davon haben, dass Kramer Rohypnol als Schlafmittel verwendete? In erster Linie doch seine Ehefrau.«

Oberrat Beierle verlagerte sein Gewicht, stützte den Körper mit beiden Armen auf den Sessellehnen ab. »Und wie hat sich der Mord Ihrer Meinung nach abgespielt?«, fragte er und sah der Antwort mit Spannung entgegen.

»Ich stelle mir den Ablauf so vor.« Gerhard war aufgestanden. Während er erzählte, ging er im Zimmer auf und ab. Seine Hände waren dabei ständig in Bewegung. »Wir wissen, dass Jutta Kramer am Tag vor dem Mord in Schwäbisch Hall eintraf und am Tag nach dem Mordereignis wieder abreiste. Sowohl die Wirtin der Pension ‚Rosengarten' als auch das Personal des irischen Pubs können das bestätigen. Ich nehme an, Frau Kramer kam, weil Küster ihr gedroht hatte, die Buchrechte zurückzufordern. Es ist unklar und wird wahrscheinlich auch nicht aufgelöst werden können, da beide Beteiligten tot sind, ob Jutta Kramer schon zu diesem Zeitpunkt geplant hatte, Küster umzubringen. Sie suchte ihn jedenfalls am Tag vor dem Mord auf. Vielleicht hatte sie ja vor, mit ihm zu verhandeln, ihn möglicherweise auch unter Einsatz ihrer weiblichen Reize zur Zurücknahme seiner Androhung zu bringen. Ich spekuliere jetzt einfach mal, dass sie mit ihren Bemühungen erfolglos war. Als sie dann aber von dem Treffen Küsters mit ihrem Mann erfuhr, muss in ihr der Plan entstanden sein, den ehemaligen Liebhaber so rechtzeitig zu beseitigen, dass er seine Ankündigung nicht mehr in die Tat umsetzen konnte. Am Mordabend erscheint sie unter einem Vorwand wieder bei Küster, der sie nichtsahnend einlässt, mit ihr isst und trinkt. Dabei gelingt es ihr, ihm das Rohypnol einzuflößen. Nun braucht sie nur zu warten, bis er bewusstlos zu Boden sinkt.«

Gerhard machte eine Pause. Das, was er nun konstruieren musste, war so ungeheuerlich, dass er zögerte, darüber zu sprechen. Schließlich aber überwand er sich, versuchte, jegliche Gefühle zu verdrängen und seine Hypothese sachlich vorzutragen. »Da sie den Mord aus dem Buch imitieren will, um den Tatverdacht von sich auf ihren Mann zu lenken, holt sie einen Hammer aus dem Werkzeugkasten und schlägt auf den Ohnmächtigen solange ein, bis sie sieht, dass er tot ist. Dann bahrt sie ihn in genau derselben Stellung im Wohnungsflur auf, in der auch im Roman das Opfer gelagert wurde. Anschließend verschwindet sie unbemerkt aus dem Haus.«

»Welch eine Tat! Dazu noch von einer Frau begangen.« Oberrat Beierle stand der Abscheu ins Gesicht geschrieben.

»Sie war eine ungewöhnliche Frau, in jeder Beziehung.« Leo Biegler wandte sich an den Freund. »Du hast sie nie kennen gelernt, hast ihre Ausstrahlung, ihre Macht über Menschen, vor allem Männer, nicht erlebt. Sie war als Frau mit allem ausgestattet, was die Natur großzügig vergeben konnte. Sie war schön, verführerisch, intelligent. Aber sie liebte nichts so sehr wie sich selbst. Immer musste sie im Mittelpunkt stehen, nichts anderes interessierte sie als ihr eigenes Ich. Wehe dem, der sich ihr in den Weg stellte.«

»So traust du ihr selbst ein so grausames Verbrechen wie dieses zu?«

»Ja.« Die Antwort des Rechtsanwalts kam ohne Zögern. »Wenn eine Frau in der Lage ist, so etwas zu tun, dann sie.«

Einen Augenblick schwiegen sie betroffen. Gerhard hatte sich wieder neben Franziska auf die Couch gesetzt. Mit über der Brust verschränkten Armen kam er zum Ende seines Berichts. »Bis gestern Abend hatten wir nicht die Spur eines Motivs, hatten keinen blassen Schimmer, warum Jutta Kramer den Mord begangen haben könnte. Dann trafen wir Herrn Biegler und erfuhren durch ihn zum ersten Mal von der Widerrufsklausel in dem Vertrag, der die Buchrechte regelt. Damit war für uns auch der letzte Zweifel an Jutta Kramers Täterschaft ausgeräumt. Jetzt ist es an der Polizei, Beweise zu finden für das, was ich vorgetragen habe. Das wird nicht leicht werden, vor allem, weil die Mörderin nicht mehr befragt werden kann.«

Auch Leo Biegler machte nun seine Aussage. Er bezichtigte Frau Kramer in der gleichen Weise des Mordes. Zur Erhärtung seines Vorwurfs hatte er eine Abschrift des erwähnten Vertrages mitgebracht. Er schloss mit dem Bedauern, die Polizei nicht schon früher über die Widerrufsklausel informiert zu haben.

Inzwischen waren über zwei Stunden vergangen. Die Kaffeekanne war geleert, das, was gesagt werden musste, war gesagt. Sie verabschiedeten sich und versprachen, miteinander in Kontakt zu bleiben.

Die Straßen, die sie auf ihrem Weg zum Auto durchliefen, waren an diesem Sonntagmorgen menschenleer. Eine blasse Sonne war gerade dabei, ihre Strahlen durch die dünne Dunstschicht des kalten Dezembertages zu schicken. Die ihr zugewandten Häuserfronten begannen, in ihrem Schein zu leuchten.

»Sieh nur«, Heinrich fasste Franziskas Hand, »das viele Licht am Himmel. Da hat das Dunkle keine Chance.«

»Ja, du hast Recht.« Sie seufzte tief und blickte noch einmal zurück zum Polizeigebäude. »Komm«, sagte sie und zog ihn mit sich, »der helle Tag liegt vor uns. Lass ihn uns genießen.«

24

Der Tisch war festlich gedeckt, flackernder Kerzenschein huschte über die Kuchenteller. Ein Christstollen, in der Mitte platziert, wölbte seinen weißgepuderten Rücken, es roch nach selbstgebackenen Weihnachtsplätzchen.

Kerstin hatte zum Adventskaffee gebeten. Onkel und

Tante waren ihrer Einladung natürlich freudig gefolgt und saßen nun im Wohnzimmer des Winzerhauses Schmoll. Auch Herbert und Lore waren gekommen. Das Zusammensein der Familie ihres Sohnes mit der hessischen Verwandtschaft wollten sie nicht versäumen.

Es war eine lebhafte Runde, vor allem, weil sich die Kinder immer wieder mal über die disziplinierenden Tischsitten hinwegsetzten und ihrem Rede- und Bewegungsdrang freien Lauf ließen.

Gerhard hatte ausnahmsweise nichts dagegen, dass bei diesen Bedingungen ein vertiefendes Gespräch unter den Erwachsenen gar nicht möglich war. Das Thema Kramer wurde nur am Rande erwähnt, ohne dass auf Einzelheiten oder die neueste Entwicklung eingegangen werden konnte. Sowohl Heinrich als auch Franziska waren froh darüber. Sie genossen das unbeschwerte Kindertreiben, das noch nichts von Schuld, Verstrickung und Verfehlung wusste und auch die Erwachsenen in seinen fröhlichen Strudel mit einbezog.

Franziska und Gerhard kamen nicht umhin, den bettelnden Tim in sein und Benjamins Zimmer zu begleiten. Er müsse ihnen unbedingt dort etwas zeigen, etwas so Schönes hätten sie bestimmt noch nicht gesehen. Gespannt und neugierig folgten sie dem Knaben hinauf ins Dachgeschoss. Vor der Tür mit den Namen der beiden Zimmerbewohner blieb Tim stehen. Den Rücken an das Holz gelehnt, verwehrte er mit ausgebreiteten Armen den Zutritt. Seine Stimme klang geheimnisvoll, als er flüsterte: »Ihr werdet staunen, wenn ihr unser Zimmer seht. So eins wie wir hat sonst kein anderes Kind auf der ganzen Welt.«

Nun trat er von der Tür zurück. Mit bedeutungsvoller Langsamkeit drückte er die Klinke und gab, Spalt für Spalt, den Zimmereingang frei.

Heinrich und Franziska kamen sich vor wie Schatzgräber, vor deren Augen sich nach dem Sprechen des Zauberwortes oder dem Berühren eines verborgenen Mechanismus der Felsen öffnet und den Blick auf unermessliche Reichtümer freigibt. Sie spielten mit, zögerten vor dem Eintreten noch ein bisschen, um die Spannung zu erhöhen, und hielten, als sie den Raum schließlich betraten, die Hände über die Augen, so als seien sie von dem prachtvollen Anblick geblendet.

Tim war ihnen ins Zimmer gefolgt. Er stellte sich in die Mitte des Raumes und zeigte mit beiden Armen auf die Wände. »Das alles hat Benjamin gemalt«, gab er nun endlich seinen Schatz preis. Dabei klang Stolz auf den Freund aus seiner Stimme.

Wie in einem Dorfmuseum, in dem jede Abbildung von geschichtlicher Bedeutung in erdrückendem Nebeneinander aufgehängt wird, war auch hier kein Zollbreit der Zimmerwand freigelassen. Überall hingen, mit bunten Klebestreifen auf der Tapete fixiert, bemalte oder mit Zeichnungen versehene Papierbögen. Sogar das innere Türblatt und das Bettgestell waren damit verziert.

»Das alles soll Benjamin gemalt haben?«

Tim nickte: »Das und noch vieles mehr.«

Die Erwachsenen gingen im Zimmer umher, besahen sich die Abbildungen, deren Motive vorwiegend der Natur und dem Alltagsleben entlehnt waren. Wie schon damals in Niederdünzebach bewunderten sie die Kunstfertigkeit des begabten Kindes.

»Aber in der kurzen Zeit, in der Benjamin jetzt hier bei euch ist, kann er doch nicht soviel gemalt haben?« Franziska sah Tim fragend an.

»Nein, das hat er schon vorher gemalt. Als er noch in

Brackenheim wohnte. Wir haben die Bilder gefunden, als wir seine Kleider und Schulsachen dort aus dem Haus geholt haben. Mama hat noch einen ganzen Packen davon unten. Wir waren alle ganz begeistert, Papa hat sogar ‚großartig' gesagt. Aber du, Onkel Heiner, musst das doch am besten wissen, weil du doch auch malst. Nicht wahr, Benjamins Bilder sind gut, oder?«

»Ja, sehr gut sogar für sein Alter«, bestätigte der Hobbymaler Heinrich Gerhard. »Und was euer Zimmer betrifft, da hast du Recht. So ein Zimmer wie ihr hat sonst niemand auf der Welt, nicht einmal die Feuerlandindianer oder die Eskimos.«

Sie gingen wieder hinunter zu den anderen. Tim gab nicht eher Ruhe, bis seine Mutter auch noch die restlichen, nicht aufgehängten Bilder Benjamins hervorholte und auf den Kaffeetisch legte. Unter beifälliger Bewunderung machten nun die Blätter die Runde. Der junge Künstler, der scheinbar still und unbeteiligt das Geschehen vom Sofa aus verfolgte, wurde herangerufen, belobigt und immer wieder ermuntert, so weiter zu machen, dann werde er bestimmt ein zweiter Picasso.

Tim unterbrach das allgemeine Schulterklopfen. In einer Lautstärke, die alle zu ihm hinsehen ließen, forderte er seinen Vater auf: »Guck doch mal, was da auf der Rückseite geschrieben steht. Ich kann das nicht lesen.« Er reichte eine der Zeichnungen über den Tisch.

Bernhard nahm das Blatt, drehte es um und betrachtete es. »So ein Geschmiere.« Er hielt das Papier dicht vor die Augen. »Nein, das kann ich auch nicht lesen«, schüttelte er den Kopf.

»Gib doch mal her«, beugte sich Kerstin zu ihrem Mann hinüber, »vielleicht kann ich es ja entziffern.« Sie nahm ihm das Blatt aus den Händen und schob es soweit zur Tischmitte, bis das Handgeschriebene im Lichtkegel der Hängelampe zu liegen kam.

Nach einigen Sekunden schweigsamen Studierens begann sie, zuweilen stockend über dem Schwerlesbaren, vorzulesen: *»…würde nicht eher ruhen, bis alle die Gedanken, die sich ihm während des Spazierganges aufgedrängt hatten, formuliert und schriftlich niedergelegt waren. Es war wie ein schöpferischer Zwang, unter dem Lorenz die folgenden Tage durchlebte. Nicht einmal nachts ließen ihn seine Eingebungen los. Oft genug schlich er leise, um Luise nicht zu wecken…«*

»Mein Gott!« Der laute Ausruf ließ Kerstin und auch die anderen aufblicken. Aufgerichtet und mit vor Aufregung geweiteten Augen saß Franziska da und wiederholte: »Mein Gott!« Sie deutete zu ihrer Nichte und forderte sie auf: »Lies noch ein, zwei Sätze. Ich bin mir nicht sicher, aber ich glaube, ich weiß…«

Mit einer Handbewegung wehrte sie mögliche Fragen ab. Durch Franziskas Zwischenruf aufmerksam geworden, hörten nun alle gespannt zu, als Kerstin sich erneut über das Blatt beugte und weiterlas: *»…mit bloßen Füßen die Treppe hinunter, setzte sich, fiebrig erregt, in die kalte Küche und schrieb seine Träume auf. Erst am Morgen, wenn die Dämmerung vor dem schmalen Fenster den neuen Tag ankündigte, schleppte er sich in sein Bett zurück. In diesem verzehrenden Schaffensrausch entstand Lorenz` großer Roman…«*

»Nein«, unterbrach Kerstin hier, »Das ist doch…« Sie griff nach dem Bilderstapel in der Mitte des Tisches, drehte ein Blatt nach dem anderen um. Sicherheit lag in ihrer Stimme, als sie feststellte: »Tatsächlich, alle beschrieben – in der gleichen Handschrift.«

Wie in einem andressierten Reflex wendeten nun auch die anderen die Bögen, die sie in den Händen hielten. Ratlos starrten sie auf das Hingekritzelte. Ihr wiederholtes Kopfschütteln zeigte, dass sie mit dem Geschriebenen nicht das Geringste anfangen konnten.

Franziska erhob sich. Mit einer Feierlichkeit, die ihr angesichts der Bedeutung ihres Fundes angemessen erschien, verkündete sie: »Tim hat etwas Wunderbares entdeckt, etwas, das als verschollen galt und dessen Auftauchen für unseren jungen Maler hier von großer Bedeutung sein kann. Auch wenn die Vorderseiten dieser Blätter«, sie wedelte mit den Zeichnungen, »künstlerisch durchaus wertvoll sind, so stellen die beschriebenen Rückseiten einen noch wesentlich höheren Wert dar, diesmal sowohl im künstlerischen als auch im pekuniären Sinn.«

»Ja kannst du uns mal sagen, was das sein soll?«, fragte Herbert und sprach für alle.

Lore teilte die Verständnislosigkeit ihres Mannes. »Wer schreibt denn so was. Das kann doch kein Mensch entziffern.«

»Das schrieb ein Schriftsteller«, erklärte Franziska. »Die Gedanken eines Dichters kommen oft so plötzlich, dass sie schnell aufs Papier gebracht werden müssen, ehe sie wieder verflogen sind. Buchmanuskripte sind bei Schreibkräften genauso gefürchtet wie ärztliche Verordnungen in Apotheken.«

»Und wer...«, begann Kerstin, unterbrach sich aber sofort. Mit der Hand schlug sie sich vor die Stirn. »Sag nur, das ist das verschwundene Manuskript von Kramer.«

Statt zu antworten, zog Franziska Benjamin zu sich heran und legte ihm den Arm um die Schultern. »Deine Zeichnungen gefallen uns allen richtig gut, auch deine Wasserfarbenbilder.« Sie hielt ihm eines seiner bemalten Blätter hin. »Sag mal, wo hast du denn dieses Papier her? Hat dir das dein Vater gegeben?«

»Nein.« Benjamin blickte sich um. Er schien verwundert über das Aufheben, das die Erwachsenen um das Schmierpapier machten. »Papa hat das alles vollgekritzelt, als er sein Buch schrieb. Aber er hatte Angst, dass keiner seine Krickelschrift lesen konnte, deshalb hat er's noch mal abgeschrieben. In Schönschrift. Das bekritzelte Papier hat er fortgeworfen. Aber ich konnte es noch gut zum Malen verwenden, also hab ich's mir aus dem Altpapierkarton wieder herausgeholt.«

»Wie gut, dass du das getan hast.« Franziska strich Benjamin anerkennend über den Kopf. »Jetzt kann dein Vater endlich beweisen, dass er und nicht dieser Herr Küster den Roman geschrieben hat.« Sie drehte sich zu ihrer Nichte. »Kerstin, bitte, heb alle Blätter sorgfältig auf, auch die, die oben im Kinderzimmer hängen. Das wird eine Überraschung, wenn Andreas Kramer erfährt, dass sein erstes Romanmanuskript wieder aufgetaucht ist.« Sie hielt Benjamin, der gerade mit Tim den Raum verlassen wollte, am Arm fest. »Dein Vater muss bald von dem Fund erfahren. Willst du es ihm sagen?«

»Ja, gern. Bei meinem nächsten Besuch im Gefängnis. Wenn er doch nur schon bald frei wäre.«

»Das kann schneller gehen, als du denkst.« Franziska lächelte. »Warten wir es ab.«

25

Die nach dem heiligen Cyriakus benannte Stadtkirche von Bönnigheim lag auf einer leichten Erhöhung. Sie war alt und ehrwürdig, wenn man sie von außen betrachtete, prächtig hingegen, wenn man sie betrat. Eine mächtige Orgel nahm den westlichen Teil des von Säulen unterteilten, dreischiffigen Kirchenraums ein. Ihr gegenüber teilte ein prunkvoller Lettner den Altarbereich von dem dahinter liegenden Chorraum. Durch die drei Doppelbögen des spätgotischen Aufbaus leuchteten die vergoldeten Schnitzereien eines Hochschreins, vier monumentale Grabplatten zierten die Seitenwand.

Von der Empore hatten Heinrich und Franziska eine durch nichts verstellte Sicht auf den Altar, vor dem schon die Notenpulte des Orchesters aufgebaut waren. Sie hatten wie stets früh ihre Plätze eingenommen, denn sie liebten beide die stillen Minuten vor der Aufführung, wenn sich vor ihren Augen der Saal langsam füllte und sich ein Schleier gedämpfter Stimmen über den Raum legte, wenn die Musiker ihre Stühle besetzten, die Instrumente zu stimmen begannen und mit der Wiederholung schwieriger Passagen die Finger geläufig machten. Dies war für sie die Zeit der Einstimmung auf das Kommende, des schweigenden Bereitmachens auf das, was sie gleich hören und sehen sollten.

Gerhard beugte sich über die hölzerne Brüstung und schaute hinunter in das Kirchenschiff. Gerade wurden die überall zwischen den Pfeilern und in den Fensternischen aufgestellten Kerzen angezündet. Dazu wurde ein langer Stab verwendet, an dessen vorderem Ende ein kleines Gasfeuer brannte. Mit stoischer Ruhe ging der Mann, der diese Aufgabe übernommen hatte, umher und hielt die Flamme an die Dochte. Gerhard, gefesselt von der zielstrebigen Gelassenheit seines Treibens, folgte ihm mit dem Blick. Auf einem Sims nahe der Kanzel standen drei Kerzen, die nun an der Reihe waren, angezündet zu werden. Trotz seiner Größe hatte der Mann Mühe, bis dorthin zu reichen. Er stellte sich auf die Zehenspitzen, streckte die Arme und hob den Kopf. - Gerhard erstarrte. Sein leiser Aufschrei veranlasste Franziska, seinem Blick zu folgen. Noch immer stand der Mann hoch aufgerichtet, das Profil seines gedrungenen Gesichtes und die Kontur eines Bartes zeichneten sich deutlich vor der weißen Kirchenwand ab. Nun begriff auch Franziska, was Heinrich gesehen hatte.

»Mein Gott, genau wie damals in der Mondnacht.« Sie flüsterte, als wollte sie vermeiden, dass der Mann dort unten hörte, dass sie von ihm sprach.

»Ja, es gibt keinen Zweifel, der ‚Spritzer'.« Gerhard erhob sich.

»Wo willst du hin?« Franziska hielt ihn am Arm. »In zehn Minuten beginnt das Konzert.«

»Ich bin rechtzeitig wieder da. Ich muss erfahren, wer der Mann ist.«

Mit Mühe bahnte er sich einen Weg durch die über die Treppe empor drängenden Besucher. Er fand die alte Frau noch an derselben Stelle, an der er sie gesehen hatte, als sie die Kirche betreten hatten. Sie stand neben dem hohen Stapel der aufgeschichteten Gesangbücher und hatte im Grunde keine Aufgabe, denn niemand brauchte heute ein Gesangbuch. Aber sie stand da, die kleine Frau, so aufrecht es eben trotz ihres vom Alter gekrümmten Rückens ging und demonstrierte, dass sie zu dieser Gemeinde gehörte.

Ein solcher, meist einsamer Mensch war in der Regel sehr mitteilsam. Ein Versuch würde sich lohnen.

Gerhard täuschte sich nicht. In den wenigen Minuten bis zum Konzertbeginn erfuhr er von der alten Dame alles das, was er wissen wollte: Der Mann, der die Kerzen anzündete, war der Küster dieser Kirche. Er hieß Patrick Sinkowsky und wohnte im Zentrum von Bönnigheim.

»Ist er auch Winzer?« Gerhards Eindringlichkeit gab der Frage Bedeutung. »Ich meine, ihn im Weinberg getroffen zu haben«, klopfte er auf den Busch.

»Nein, mit Wein hat er nichts im Sinn. – Im Gegenteil.« Das faltige Gesicht nahm einen bekümmerten Ausdruck an. Gerhard musste nicht nachfragen, bereitwillig erklärte sie, was sie meinte. »Seit Patrick seine Frau verloren hat, ist Wein, aber auch Bier und Schnaps, einfach alles, was mit Alkohol zu tun hat, ein rotes Tuch für ihn. Sie müssen nämlich wissen«, der weißhaarige Kopf näherte sich Gerhards Ohr, »Frau Sinkowsky trank. Der Wein, später der Schnaps, haben sie zugrunde gerichtet. Sie starb während eines Entzugsversuchs – es war bereits zu spät für eine Rettung.« In einem frommen Reflex faltete sie die Hände und deutete auf den Mann, der noch immer mit dem Anzünden der Kerzen beschäftigt war. »Patrick ist bis heute nicht über ihren Tod hinweggekommen. – Also mit Wein hat der ganz bestimmt nichts zu tun.«

Schon auf dem Sprung, stellte Gerhard noch eine letzte Frage: »Sagen Sie, trägt Herr Sinkowsky gewöhnlich eine Baskenmütze?«

»Ja«, sie nickte eifrig, »aber woher wissen Sie das?«

Das Orchester, die Solisten und der Chor hatten inzwischen den Bereich um den Altar betreten. Erwartungsvoll saßen die Zuhörer auf ihren Plätzen.

Applaus brandete auf, als Gerhard die Treppe zur Empore hinaufsprintete. Atemlos ließ er sich neben Franziska fallen. Aber der Beifall hatte nicht ihm, sondern dem Dirigenten gegolten, der, die Hände bereits zum Einsatz erhoben, wie ein Ausrufezeichen solange verharrte, bis es völlig still im Kirchenraum geworden war. Dann erst senkte er die Arme. Das Konzert begann.

Trotz der Entdeckung, die er gerade gemacht hatte, fiel es Gerhard nicht schwer, sich vom ersten Ton an von der Musik Johann Sebastian Bachs gefangen nehmen zu lassen. Zu mächtig, zu jubelnd und zu prächtig scholl das »Jauchzet, frohlocket« des Eingangschores durch das weite Gotteshaus, als dass er sich seiner Wirkung entziehen konnte.

Es wurde ein wunderbares Konzert, das alles das hielt, was die großartige Besetzung versprochen hatte. Die Ovationen des begeisterten Publikums am Ende waren frenetisch, immer wieder mussten sich die Musiker von ihren Sitzen erheben und zusammen mit dem Chor verbeugen.

Jetzt aber waren die Beifallsstürme verklungen, der Bereich rund um den Altar geräumt. Auch die Zuhörer hatten die Kirche größtenteils verlassen.

Gerhard unterrichtete Franziska über das, was ihm die alte Dame erzählt hatte. »Jetzt kennen wir den Beweggrund des ‚Spritzers, wissen, warum er das alles tat. In seiner Verbitterung nach dem Tod seiner Frau versteigt er sich in eine Art Kreuzzug gegen den Alkohol. Erst sind die Winzer dran, jetzt die Gastwirte. Sollte mich nicht wundern, wenn Patrick Sinkowsky sowohl ‚Spritzer' als auch ‚Knipser' in einem verkörpert.«

»Aber seine Taten sind doch eher Spielereien als echte Straftaten – egal ob es das Besprühen der Rebstöcke oder das Durchknipsen der Beleuchtungskabel ist. Das gleicht mehr dem mahnenden Erheben des Fingers als der Absicht, Schaden anzurichten.«

»Ja, das ist wahr.« Heinrich fuhr sich mit der Hand über die Stirn. Er war unsicher. »Du meinst also, wir sollten nicht zur Polizei gehen, obwohl wir jetzt wissen, wer der ‚Spritzer', vielleicht auch der ‚Knipser' ist?«

Gedankenvoll blickte Franziska, das Kinn auf die Arme gelegt, über die Brüstung hinunter auf den großen Mann, der in der gleichen ruhigen Stetigkeit wie zu Beginn des Abends nun die Kerzen wieder löschte. Die Kirche war jetzt fast leer, nur wenige Grüppchen standen noch zusammen und unterhielten sich.

An ihrem abrupten Erheben erkannte Gerhard, dass sich seine Frau entschieden hatte. »Wir gehen nicht zur Polizei«, bestimmte sie. »Dieser Mann braucht keinen Richter, er braucht Hilfe.« Sie bedeutete ihm, ihr zu folgen. »Komm, wir suchen den Pfarrer und sprechen mit ihm.«

Die alte Dame am Kircheneingang war jetzt damit beschäftigt, die Gesangbücher, obwohl nicht benutzt, wieder so auszurichten, dass sie sich in einer dem deutschen Auge gefälligen, rechtwinkligen Ordnung darboten. Sie freute sich, Gerhard noch einmal eine Auskunft geben zu können.

»Dort hinten, das ist unser Pfarrer.« Ihr dünner Arm deutete auf eine Gruppe von vier, fünf Personen, die im Mittelgang zusammenstanden. »Kommen Sie, ich führe Sie hin.«

Sie hatten Mühe, der Frau zu folgen, die mit kleinen, flinken Schritten vor ihnen hereilte. Neben einem großgewachsenen Herrn blieb sie stehen. Sie schaute zu ihm auf und zupfte ihn, als dieser sie nicht registrierte, am Ärmel seiner Jacke.

»Herr Pfarrer, hier sind Leute, die wollen zu Ihnen.« Mit

einer Handbewegung forderte sie Heinrich und Franziska zum Nähertreten auf. Als sie sah, dass beide Parteien voneinander Notiz genommen hatten, tippelte sie zufrieden zu ihren Gesangbüchern zurück.

Der Geistliche reichte erst Franziska, darauf Heinrich die Hand. Dann stellte er sich vor. »Hellwang ist mein Name. Ich bin der Pfarrer dieser Gemeinde.« Seine Stimme war tragend und klar, dabei voller Wärme. Sie würde auch ohne Mikrofon an die Ohren der Gottesdienstteilnehmer dringen und, da war sich Gerhard sicher, auch ihre Herzen erreichen.

Franziska übernahm es, das Gespräch zu führen. Sie stellte ihrerseits sich und Heinrich vor und bat Pfarrer Hellwang um eine kurze vertrauliche Unterredung. Es gehe um eines seiner Gemeindemitglieder.

Wenig später saßen sie sich in einer seitlichen Nische auf Stühlen, die augenscheinlich im Kindergottesdienst Verwendung fanden, einander gegenüber.

»Bitte, erzählen Sie«, forderte der Geistliche mit einer Handbewegung auf. Erwartungsvoll beugte er sich vor und stützte die Hände auf die Knie.

Franziska begann ihren Bericht mit den Ereignissen im Oktober, als sie zum ersten Mal durch Bernhard von der Existenz des »Spritzers« gehört hatten. Sie schilderte ihren nächtlichen Gang durch den Weinberg, beschrieb, wie sie trotz der Dunkelheit den Mann bei seinem unheilvollen Wirken beobachten konnten. »Es war nur ein kurzer Moment, als der Mond damals für wenige Sekunden hinter den Wolken hervorkam – aber er genügte, um sein Profil deutlich gegen den Himmel abzuzeichnen. Wir erkannten, dass der Mann einen Bart trug und eine Baskenmütze aufhatte. Vorhin nun, vor dem Konzert, sind wir diesem Profil hier in der Kirche wieder begegnet. Wir beide, mein Mann und ich, sind uns absolut sicher, dass es das gleiche Gesicht ist, das wir seinerzeit silhouettenhaft im Mondschein gesehen haben.«

Sie machte eine kurze Pause und sah zu dem Geistlichen hin, der schweigend vor sich auf den Boden starrte. Seine Haltung verriet Trauer über das Gehörte. »Da wir erfahren wollten, wer der Mann ist, haben wir uns bei der alten Dame am Eingang erkundigt...«

»Bei Frau Jakobi?« Pfarrer Hellwang sah auf. Ein kleines Lächeln erschien auf seinem Gesicht. »Na, dann werden Sie alles erfahren haben, was Sie wissen wollten – und vermutlich noch einiges mehr.«

»Sie nannte uns den Namen des Mannes, den wir erkannt hatten, erzählte uns auch von dem traurigen Schicksal seiner Frau. Nun also kennen wir sein Motiv, wissen, warum er so gehandelt hat und offensichtlich auch weiterhin in dieser Weise tätig ist. Denn höchstwahrscheinlich hat er die Aktionen, die von der Presse dem ‚Knipser' zugeschrieben werden, ebenfalls begangen.«

Pfarrer Hellwang saß noch immer mit gesenkten Augen da. »Sinkowsky.« Sein Kopf nickte schwer unter der Erkenntnis der Wahrheit. Langsam hob er den Blick und schaute Franziska an. »Warum kommen Sie zu mir, anstatt zur Polizei zu gehen? Bitte, erklären Sie mir das.«

»Wir waren uns einig, zunächst mit Ihnen zu reden. Die Polizei erschien uns als die schlechtere Lösung. Sie kann nur der letzte Schritt sein, wenn gar nichts anderes mehr möglich ist.«

Der Geistliche war aufgestanden. Sein Blick ging suchend durch den Kirchenraum, bis er auf dem breiten Rücken seines Küsters hängenblieb. Einen kurzen Augenblick schaute er dem stämmigen Mann zu, der die neben den Kirchenbänken aufgestellten Stühle zur Seite räumte und übereinander stapelte. Dann wandte er sich wieder Franziska und Heinrich zu.

»Patrick Sinkowsky ist kein schlechter Mensch, das müssen Sie mir glauben. Die Sache mit seiner Frau hat ihn aus der Bahn geworfen. Natürlich kenne ich seine Aversion gegen alles, was mit Spirituosen oder Alkohol zu tun hat. Oft genug hat er in geradezu sektiererischem Eifer dagegen polemisiert. Aber das Ganze hat sich immer verbal abgespielt.« In einer hilflosen Geste strich Pfarrer Hellwang durch die Luft. »Wer konnte denn ahnen, dass er es nicht dabei belässt, sondern zur Tat schreitet.«

»Nun, er hat nicht wirklich Schaden angerichtet. Seine Aktionen sind für die Betroffenen eher ärgerlich als mit irgendeinem Verlust verbunden«, versuchte Gerhard dem Geistlichen in seiner Ratlosigkeit zu helfen.

Eine Weile schwiegen sie. Die Kirche hatte sich inzwischen völlig geleert. Drei, vier Personen standen noch zusammen, offensichtlich wartete man auf den Hausherrn, um sich von ihm zu verabschieden.

Pfarrer Hellwangs Körper straffte sich. »Sie sind, anstatt zur Polizei zu gehen, zu mir gekommen, weil Sie erwarten, dass ich helfe. Dafür bin ich Ihnen dankbar.« Er deutete auf den Küster. »Patrick ist ein armer Teufel. Er wird jetzt viel Unterstützung und Zuwendung brauchen. Fast kommt es mir so vor, als wenn seine Taten so etwas wie Hilferufe waren, die wir viel zu lange überhört haben. Ich verspreche Ihnen, dass ich alles in meiner Macht Stehende tun werde, um ihn von seiner fatalen Obsession abzubringen. Ich werde dafür sorgen, dass sein unseliges Treiben ein Ende hat.« Der kräftige Händedruck zum Abschied besiegelte sein Versprechen.

Beim Verlassen der Kirche waren sich Franziska und Heinrich sicher, die richtige Entscheidung getroffen zu haben. Nirgends würde Patrick Sinkowsky so gut aufgehoben sein, ihm nirgends so viel Hilfe zuteil werden wie unter der Obhut dieses Mannes.

26

Der klirrende Frost, der seit Tagen das Land in festem Griff hatte, schien die Mahner vor einer Klimaerwärmung widerlegen zu wollen. Für die bevorstehenden Feiertage war Schneefall vorausgesagt, die Aussicht auf eine weiße Weihnacht erhöhte die Vorfreude und die Kaufbereitschaft von Wintersportgerät und -kleidung.

Je näher das Fest kam, desto ruhiger und gelassener ging es im Oberhoner Landsitz zu. Sowohl Heinrich als auch Franziska schotteten sich bewusst ab von der Hast und dem zunehmenden Getriebensein, das den Großteil der Bevölkerung geradezu zwanghaft mit der Annäherung an Weihnachten befiel. Die wenigen Vorbereitungen, die das sich alljährlich um diese Zeit wiederholende Heimkommen des Sohnes und der Töchter aus ihren Studienorten erforderlich machte, erledigte Franziska rechtzeitig und ohne Hektik. Heinrich war ihr dabei selten im Wege, da er es sich wieder angewöhnt hatte, in ausgedehnten Wanderungen seine geliebten Wälder zu durchstreifen.

Nach den ereignisreichen zurückliegenden Wochen, in denen sie oft an die Grenzen ihrer psychischen Belastbarkeit gestoßen waren, sehnten sie sich nun nach nichts anderem als friedvoller Ruhe und vorkommensfrei dahinfließenden Tagen.

Noch einmal waren sie an das Mordgeschehen erinnert worden, als Hauptkommissar Montag sie mit einem Anruf über den Abschluss der Fälle informiert hatte. Nach dem umfangreichen Geständnis seiner Frau war Dr. Heger bereits aus dem Gefängnis in Celle entlassen. Auch Andreas Kramers Freikommen stand unmittelbar bevor. Man hatte, der These folgend, dass seine Frau Küsters Mörderin war, ihre Habseligkeiten gründlich durchsucht und dabei Aufzeichnungen entdeckt, die den von Gerhard vor Kriminaloberrat Beierle konstruierten Tathergang nahezu deckungsgleich bestätigten. Offensichtlich war Jutta Kramer nicht mit dem Vorsatz zu töten nach Schwäbisch Hall gefahren. Erst, als sich die Gelegenheit ergab, hatte sie den Gedanken an den Mord entwickelt und ihn schließlich ausgeführt.

Der Plagiatvorwurf, der durch das Auffinden von Kramers Erstmanuskript erhärtet worden war, würde in einem getrennten Verfahren später verhandelt werden. Charly berichtete, dass der Druck und Vertrieb des Buches mit Küsters Namen als Autor vorerst gestoppt sei.

»Ich soll dir Grüße von Hauptkommissar Czerny aus Soltau ausrichten«, hatte Karl Montag am Ende des Gesprächs ein gegebenes Versprechen eingelöst, »und auch Oberrat Beierle aus Heilbronn lässt grüßen – dich und deine charmante Frau. Außerdem soll ich...«, hier hatte Charly gestockt, »...euch beiden die Anerkennung und den Dank der Polizei für euer Mitwirken bei der Fallaufklärung übermitteln.«

Es war leicht, sich vorzustellen, wie Charly mit säuerlich verzogenem Mund an diesem Satz geschluckt haben musste.

»Danke, Herr Hauptkommissar«, hatte Heiner erwidert, »ein Lob aus dem Munde der Polizei beflügelt.«

»Um Gottes willen, wozu?«

»Dazu, als guter Bürger die Augen aufzuhalten. Was sonst?«

»Na, hoffentlich nur das.« Dann, zuguterletzt und unerwartet, war der Polizeibeamte, wenn auch nicht allzu hoch, über den eigenen Schatten gesprungen: »Auch wir, Gunter und ich und auch die übrigen Kollegen, möchten uns bei euch für den einen oder anderen Tipp bedanken, der uns möglicherweise die Auflösung der Morde ein bisschen erleichtert hat. Obwohl ich sagen muss...«

Doch dann hatte Charly, der Freund, den bildlich erhobenen Zeigefinger gesenkt, die Stimme gedämpft und den Hörer, ohne den Satz zu beenden, nach einem Gruß aufgelegt.

Die Ermittlungen waren abgeschlossen, die Fälle aufgeklärt. Die aufregenden Tage der Nachforschungen und Enthüllungen waren vorbei. Vor ihnen lag die Aussicht auf ein ruhiges, friedvolles Weihnachtsfest.

Ein großes Paket war in Oberhone angekommen, ohne Absender, aber mit dem Vermerk: »Gleich öffnen. Inhalt verträgt keinen Verzug!« Heinrich hob den Karton an, rüttelte und roch an ihm, aber weder Gewicht noch Geräusch oder Duft verrieten, was er enthalten könnte.

»Nun mach schon auf!« Für Franziska, die Frau, war ein ungeöffnetes Paket nahezu unerträglich. Aber auch Gerhard wollte jetzt wissen, was ihnen von wem zugeschickt worden war.

Nachdem sie schließlich den Inhalt mit einiger Mühe von der sorgfältigen Verpackung befreit und vor sich hingestellt hatten, ahnten sie, wer der Absender des großen Präsents war. Franziska entzifferte die Beschriftungen der drei eingetopften Pflanzen, die das Paket enthalten hatte. »‚Lemberger' steht hier auf dem Schild, auf dem da ‚Trollinger' und das dort ist ein, ‚Schwarzriesling'. – Und hier liegt eine handgeschriebene Karte. Hör zu, ich lese sie vor: ‚*Ihr Lieben, in Erinnerung an schöne gemeinsame Tage im Weinberg schicken wir euch ein lebendes Andenken an diese Zeit. Bewahrt die jungen Reben während des Winters kühl, aber nicht kalt im Hausinneren auf. Im April könnt ihr sie dann an einer geschützten sonnigen Stelle in die Erde pflanzen. Wenn sie später soweit sind, dass sie Früchte tragen, kommen wir selbstverständlich und helfen bei der Ernte. Danke nochmals für eure Hilfe im Weinberg. Kerstin, Bernhard und die Kinder*

P.S. In den nächsten Tagen wird Benjamins Vater entlassen. Wir haben mit Herrn Kramer vereinbart, gemeinsam Weihnachten zu feiern, schon der Kinder wegen. Die drei Buben sind außerdem fest entschlossen, die kommenden Ferien in Oberhone zu verbringen. Stellt euch schon einmal darauf ein‘.«

Ein tiefer Seufzer ließ Franziska aufsehen. Verwundert schaute sie zu ihrem Mann, der, die Augen halb geschlossen, selig vor sich hinlächelte. »Schön, dass sie kommen, alle drei. Es wird dann zwar bei uns wieder etwas unruhiger und lauter, auch ein bisschen unordentlicher – aber was ist das gegen die Freude, die die Kinder ins Haus bringen werden.« Gerhard trat zu seiner Frau und schloss sie in die Arme. »Ich bin froh darüber, dass wir Benjamin nicht aus den Augen verlieren. Er versteht sich so gut mit Tim – und auch ich habe ihn richtig ins Herz geschlossen.«

Der Druck, mit dem Franziska seine Umarmung erwiderte, verriet, dass es ihr ebenso ging. »Ein Kind wie Benjamin muss man einfach lieb haben. Dieser Junge drängt sich unaufdringlich in dein Leben, man kommt gar nicht drum herum, ihn zu beachten und zu mögen.«

»Ja, du hast Recht. – Habe ich dir eigentlich erzählt, was

Lore seinerzeit sagte, als wir Benjamin zum ersten Mal zu Gesicht bekamen?« Gerhard hob, ohne seine Frau loszulassen, den Kopf und versuchte, sich die Worte ins Gedächtnis zu rufen. »Ich erinnere mich noch, dass sie leise ausrief: ‚Wie dominant dieser kleine Bursche ist.' Das war es, was sie beim ersten Anblick des Jungen empfand – und auch mir ging es damals so. Ohne dass er das mit Absicht tut oder es ihm bewusst wird, dominiert Benjamin die Herzen der Menschen, die mit ihm zu tun haben.«

Sie schwiegen und gaben sich ihren Empfindungen hin. Dabei war es nicht zu vermeiden, dass ihre Gedanken auch das unbegreifliche Verhalten der Mutter streiften. Aber sie kehrten glücklicherweise schnell wieder zu dem Kind zurück, dessen Lebensweg sich mit dem ihren in so wunderlicher, aber auch wunderbarer Weise vor einigen Wochen gekreuzt hatte.

»Heinrich.«

Gerhard löste sich aus der Umarmung und sah seine Frau an. Er kannte diesen Tonfall, der so bewusst unschuldig und belanglos daherkam, dass er ihm sofort die Bedeutung dessen, was sie ihm mitteilen wollte, signalisierte.

Franziskas Augen glänzten, ein verklärter Ausdruck stillen Glücks lag auf ihrem Gesicht. Ihre Hand strich zärtlich über seine Wange, während sie mehr hauchte als sprach: »Lass noch ein Plätzchen frei in deinem Herzen. Dort wohnen jetzt schon so viele – ich natürlich an erster Stelle, dann deine Familie, nun auch noch Benjamin. Ich fürchte, es ist kein Platz mehr darin frei, wenn jemand Neues anklopft.«

»Jemand Neues?«

»Heinrich.« Mit liebevollem Kopfschütteln blickte sie ihren verständnislosen Mann an. »Du liebst doch Kinder

– hast du gerade gesagt. Und dass du Enkel willst, hast du schon mehrfach verkündet. Jetzt also ist es soweit.«

»Wie?« Drei Sekunden vergingen, dann begriff auch Gerhard. »Nein.«

»Doch. Ich habe es schon seit längerem geahnt, aber seit heute Morgen weiß ich es. Susann war gestern beim Frauenarzt.«

»Das heißt, du wirst Oma?« Heinrich riss ungläubig die Augen auf.

»Und du Opa.« Franziska winkte ab.

Dann aber lachten sie los und fielen sich in die Arme. Es war ein Lachen, so freudvoll und laut, dass es weit über die frostigen Wiesen scholl und vom kommenden Großelternglück im Hause Gerhard kündete.

»Du, Franziska.« Gerhard deutete auf die Töpfe mit den kleinen Weinreben. »Pflanzt man nicht zur Geburt eines Kindes einen Baum oder etwas Ähnliches?«

»Ja, schon.«

»Was hältst du davon, wenn wir den Lemberger für unseren Enkel pflanzen?«

»Und was ist mit dem Trollinger und dem Riesling?«

»Die setzen wir daneben. Für die nächsten Enkel, die vermutlich bald folgen werden.«

»Na, hoffentlich sehen das unsere Kinder genauso. – Und wo sollen die Reben stehen?«

»Auf dem Weinberg natürlich. Der Name verrät doch, dass dort schon in Vorzeiten Wein angebaut wurde. Der Untergrund ist schiefrig, der Hang sonnig. Ich werde den Bauern fragen, ob ich einen Quadratmeter seines Landes für den Anbau nutzen darf.«

Gerhard trat ans Fenster und sah zu dem nahen Hügel hinüber.

»Und dann, irgendwann im Herbst, wenn die Trauben gelesen und gepresst sind, wird Opa Heinrich dort oben auf einer Bank neben seinen Rebstöcken sitzen, das Glas mit dem eigenen goldenen Wein schwenken und auf das Wohl der ganzen Welt trinken...«

Franziska stellte sich neben ihn. Versonnen blickte sie auf den abgerundeten Kegel des Weinbergs. Dann, nach einem tiefen Atemzug, legte sie ihm die Hand auf die Schulter. »Ja, das muss schön sein dort oben, hoch über unserem Haus. Unter uns das Dorf, die Flussaue und dahinter die Wälder. Das ist doch schon die halbe Welt, auf die du trinken willst.«

Die werdende Großmutter legte ihren Kopf an den des künftigen Großvaters und flüsterte: »Heinrich, weißt du was? Oma Franziska kommt mit dir auf den Berg. Um wie viel schöner süffelt sich's doch zu zweit.«